为了爱，我们穿越美国

〔美〕布莱恩·本森（Brian Benson）/ 著

张晓斐 / 译

GUANGXI NORMAL UNIVERSITY PRESS
广西师范大学出版社
·桂林·

著作权合同登记号桂图登字：20-2015-110 号

图书在版编目（CIP）数据

为了爱，我们穿越美国 / （美）本森著；张晓斐译．桂林：广西师范大学出版社，2016.3
书名原文：Going Somewhere : A Bicycle Journey Across America
ISBN 978-7-5495-6837-6

Ⅰ．①为… Ⅱ．①本…②张… Ⅲ．①长篇小说－美国－现代 Ⅳ．①I712.45

中国版本图书馆 CIP 数据核字（2015）第 129435 号

广西师范大学出版社出版发行
（广西桂林市中华路 22 号　邮政编码：541001
网址：http://www.bbtpress.com）
出版人：何林夏
全国新华书店经销
广西民族印刷包装集团有限公司印刷
（南宁市高新区高新三路 1 号　邮政编码：530007）
开本：945 mm × 1 150 mm　1/32
印张：8.25　　字数：200 千字
2016 年 3 月第 1 版　　2016 年 3 月第 1 次印刷
印数：0 001~8 000 册　　定价：36.00 元

献给我的家人

充满兴味地置身变换的季节,比无望地苦恋春天更令人快乐。

——乔治·桑塔亚纳

译　序

因为翻译，我有幸成为这本书的首批中国读者之一。这是一本关于冒险、爱情和自我思考的好书。

人们常说，一生至少要有两次冲动，一场奋不顾身的爱情和一次说走就走的旅行。故事就是这样开始的，年轻英俊的作者在异国他乡遇到了红玫瑰一样娇艳动人的瑞秋，决定追随瑞秋实现她骑行穿越美国的梦想。他们约定从作者的家乡威斯康星州北部一路向西，以瑞秋的家乡波特兰为终点。这场浪漫的爱的冒险将如何结尾？作者用直白真实、通俗易懂的语言，事无巨细地将这场骑行展现在我们面前。我们仿佛身临其境，跟随两人一起走过茂密的北方森林，走过北达科他州和蒙大拿州的荒凉平原和陡峭山地，这一路有令人陶醉的美景、爱人相伴的幸福、陌生人的善意和自我思考的顿悟，也有疲惫不安、争吵沮丧和自我怀疑。即使没有悬念迭起的剧情，我也被深深吸引，迫切地想知道他们下一站会遇到什么样的人，会有怎样的经历，担心他们会中途放弃，想象这场旅行会如何结束。

作者的文笔真实自然又幽默风趣，就像一位老友在向你讲述他的旅行经历，时不时会把人逗乐。他对沿途景观和骑行感官体验进行了生动细致的描写，看完之后，不禁也想体验一把骑行。作者有着难得的真诚，没有过度美化自己，而是坦白表现出性格中的负面因素，甚至说自己是自私的混蛋，他在骑行中不断地进行自我思考和成长，就像每一位年轻人一样。

本书算不上辞藻华丽、大气磅礴之作，但像是叮咚作响的春日山涧，一股清新的气息萦绕人心。如果你喜欢旅游，喜欢骑行，喜欢浪漫的冒险和遇见陌生人，想了解美国的风土人情，或者想在闲暇时候读书休闲放松，本书就是最佳选择。

张晓斐

2015年春于济南

目　录

第三部分　中间地带

第四部分　接近终点的地方

第一部分　通往未知的桥梁

第一章

无处安身，四处飘零

我把脸贴在雾气朦胧的车窗玻璃上，深吸一口气，车内夹杂着柴油味、烧木材的烟味、雨水浸湿的树叶味，还有汗湿了的衣衫发出的味道。窗外的人行道上，人流涌动，熙熙攘攘：有身着鲜艳民族服装的老妇女在嘶哑着嗓音劝人购物，有穿着拉链雨裤的背包客们睁着好奇的大眼睛，往返穿梭，东来西往。耳边萦绕着熟悉的曲调："呃危地——马拉！呃危地——马——马——马拉！呃索洛——拉！哦酾——拉，哦酾——拉，哦咻——咻！"[①]我的心在怦怦跳，感觉皮肤也一阵战栗。因为我感到，自己也总是这儿那儿地东奔西走，总在四处漂泊。或许因为我上错了公交车。洛斯恩昆特罗斯看上去很像夸特罗卡米诺城，也和其他所有拥挤不堪的枢纽城市大同小异。无论是乘"艾尔玛德"号，还是"艾尔圣地亚哥"号，坐在车内黏兮兮的塑料座椅上，窗外的情景都别无二致。公交车载着我从一个目的地赶往另一个目的地，从这个尘土飞扬的集市前往那个玛雅金字塔，从那处不可错过的瀑布景点，到如今突然意识到，我早已把漫游散心当成了

---

① 原文为："*A Guate a Guaaaate! A Solola! A Xela a Xela a Hue Hue!*"其中，"Guate"为危地马拉国首都危地马拉市，索洛拉（Solola）与酾拉（Xela）均为危地马拉地名，后者酾拉为该国第二大城市。

目的地，而其实我心里根本漫无目的。

我身边的戴夫在鼾声中突然停顿了一下。我回过脸来，看到他头歪向一边，口水顺着下唇流下来，险些滴在他褪色的棕色T恤上。在这样的环境中，真不知道他是怎么能睡着的。“艾尔玛德”号发出剧烈的咳嗽，喷出一阵烟雾，在剧烈的震动中恢复了动力，蹒跚前行。车又开始动了，那首该死的歌又开始在我脑海中循环播放：“公交车轮儿——转啊转——转啊转，轮儿转啊转……”

我一下将额头撞在车窗上，响声弄醒了戴夫。他挤了挤眼睛，睁开来，脑袋靠着座椅来回晃动。

“快到了吧，巴尼？”他打着哈欠问。

我两年前在麦迪逊认识了戴夫，之后他很快就把我的名字忘在了脑后。第二次见面的时候，他称我“巴尼·博斯沃思”。从那以后我就成“巴尼”了。

我点点头：“估计还有差不多15英里①就到醽拉城了。”

“这么说还要三个小时。”

“对。”

他从包里拿出一本破旧的平装书，翻开书签所在的那一页开始阅读。我一下蜷起身子，将双腿高高曲起抵在前座的靠背上，两眼望着车外的路边市场，看到有癞皮狗、烤玉米、堆叠在一起的烤玉米饼、卖七美分的鳄梨，还有人，很多的人。他们有的朝着这里、有的朝着那里，朝着四面八方走。说实话，我再也无法弄清他们究竟在往哪里走。

一年前，我从威斯康星大学麦迪逊分校毕业，完成了所有课程，拿到文科双学位，心中充满了理想主义的激情，深信自己注定会成为一名工会领导者，或者成为一名高中历史老师，或是当作家，要么是切·格瓦拉再世，最好是以上所有的

① 1英里约为1.6千米，15英里约为24千米。

理想同时实现。但是我没赶上工会夏季招聘的最后期限。要拿到教师资格证,好像也要很费功夫,而且我除了在校写过学期论文,给学生报刊投过杂评随笔什么的之外,什么也没写过。所以,把《摩托车日记》[①]这部片子看了三遍之后,我决定,我真正需要做的是像电影里说的那样:如果你想改变世界,先得让世界改变你。于是,我靠自己的学位证,谋得了一份在郊区中国餐馆当服务生的工作。那一年里,我把收到的小费都存起来,和戴夫一起在《孤独星球》厚厚的旅行指南页面上标记下我们喜欢的地方。不久,我们俩就开始买机票,打包行李,开始了长达一年的史诗般的旅程,从墨西哥北部到阿根廷南部,然后再回到现实生活中来。

我将身子在座椅里又往下滑了滑,整个人都陷在座椅中,膝盖高过了我的头。这才刚过了四个星期,我就痛快地承认:我真是恨透徒步旅游了!我恨那些瀑布,我恨那些古迹,我讨厌和冥顽不化的斯堪的纳维亚人一遍遍重复同样的言谈。我最恨的是,我明明身处在自己选择的、应该感兴趣的地方,却感到如此孤独,如此犹豫,如此有负罪感。我有负罪感,因为我花了一年时间从事狗屎一样的工作,结果却……成了这样。我有负罪感,因为我明明拥有大学文凭,无债务压身,笃信社会正义,然而,却混到了这般田地——不仅成了个自我放纵的游子,还是个放纵之后依然不开心的背包客。

我不能再这样继续下去了。我需要停下来,做点事情。需要感受到,去往某个地方是真正有意义的。

我把手伸进包里,拿出旅行指南,翻到几天来我读了十几遍的那些页面。书页定格在危地马拉的克萨尔特南戈市,也叫作“酾拉”城。这应该是个美丽的景点城市,多有外国

---

① 巴西著名导演沃特·塞勒斯执导的一部有关切·格瓦拉的公路电影。

游客光临，却没有失去自己的特色，而且还有很多非营利组织驻扎，可以让人“重在参与，从基层做起”。此外，它大约也就在15英里开外。此刻我想要逃离现状、破门而出的话，酾拉城就是离我最近的紧急出口。

我转头看向戴夫，他还拿着书，但眼睛已经闭上了，嘴巴张成椭圆形。

“戴夫。”我喊道。

他睁开眼睛：“巴尼。”

“我们得聊聊。”

两天后，我在酾拉城的公交终点站，向戴夫挥手告别，也对我曾经的妄想挥手道别。

刚到酾拉城的最初几周，我迫切地想找到一种归属感。我需要认识实实在在的人，而不是幽灵般在宾馆旅社进进出出的人。因此，我报名参加了西班牙语言班，去健身房，为一所小学集资募捐，还在咖啡馆或者公园中与陌生人攀谈。很快，我就找到一间房子，同住的还有一个危地马拉人、两个外国人和一个叫卡尔的爱尔兰人。我搬进来那晚，卡尔邀请我去听一个爵士乐队的演出——乐队主唱是他西班牙语学校的同学。

我们来到“皇家巴黎”时，乐队已经开始演奏了。音乐厅位于一座二层楼的阳台上，有四面通透的玻璃墙，灯光非常温馨。从楼梯口，便听到了慵懒舒缓的贝斯声，键盘伴着吉他的三和弦声，呜呜嘟嘟的小号吹出低低的合奏。我们走到门口，透过落地的玻璃墙，我看到乐队里既有危地马拉本地人，也有外国佬，全都是男性。

卡尔耸了耸肩：“啊，可能她生病了没过来吧。”

他找了一张桌子，我走到吧台那儿要了几瓶危地马拉啤酒里酒劲最小的摩撒酒（Moza）。往桌子上放酒的时候，我注意到一位女士走进门来，利落地把手机放进钱包里。她美得让人目眩神迷，让人感慨造物主的不公。银蓝色的美目衬着小麦色的皮肤，精致的锁骨下，是柔滑的肌肤和美丽的弧线，还有那宛如神祇般顺直的金发。她款款走来，从几对情侣旁经过，他们虽然穿着考究，却在她的美貌下黯然失色，尴尬不已。她轻巧地滑入吉他手身旁的椅子上，发现了卡尔并向他招手。卡尔也挥手回应。我的手举到一半又放了下来，因为我不确定，这样向一个根本不知道你存在的漂亮女士致意是否合乎礼仪。

卡尔转过头来，说："那是瑞秋。"

"酷。"我听见自己这样说道。

我看着瑞秋将身子倾向键盘手，那是个矮小的家伙，穿着松垮的、领尖带有纽扣的衣服，明显配不上她。他们小声交谈，她笑着回过头去，优雅地将话筒拉到唇边，开口吟唱"在我孤独的心中……"歌声响起时，乐队停止了演奏，四周的交谈声消失了，人们纷纷转过头看向她。我惊讶得目瞪口呆，感觉无法自持，只能沉浸在这美妙的歌声里。她这么年轻，却抽着烟，有着张力十足而又清澈的歌声，简直是个奇迹。

在她的歌声里，时间静静流逝，可能是几分钟、几小时，抑或是千年光阴。冰川生长又消融。忽然，乐队又开始演奏了。瑞秋走下台和卡尔打招呼，我惊慌失措，因为我对此毫无准备，根本没想过竟然能和她说上话。我按美国中西部的方式打了个招呼，然后开始极力赞美她。

"你的声音非常美妙。"我说道。

"谢谢，"瑞秋拉过一把椅子坐下，掏出一包"美国精神"(American Spirits)香烟，"真的，我觉得一切都得归功于它。你不介意我抽烟吧？"

我当然不介意。只要她肯坐在这里，她想做什么都没问题。

她吐了几口烟雾，环顾四周，我努力制造话题和她聊天，但总是被她的朋友打断。他们走过来，亲吻她的脸颊，询问她晚上的安排。我只好坐在一旁当听众，听她说即将举行的募集善款的慈善舞会，以及一个叫帕科的家伙，还有她费尽心思地为她学校里每个古怪的学生组织了告别会，而这些学生只学习了五天西班牙语。有时候，我听不到她讲话的内容，只是在听她讲话的方式。那声音真他妈的美好！如此性感又有力度，即使不是在唱歌，只是在讲话，也让人万分着迷……而事实上，她正在讲胃里的寄生虫。

无论如何，她在这里有自己的生活，有自己的社交圈子，这种归属感和自信让她愈发美丽，或者说，让她的美丽变得更立体。几分钟后，我就分不清自己是想得到她，还是想变成她。

此时，乐队到了休息时间。这支乐队叫索杜拉(Soltura)，大致是“随性”的意思。瑞秋把我介绍给吉他手安德鲁和他的弟弟盖伦，就是那个矮小的、配不上瑞秋的键盘手。我简单问了他们好多问题，关于他们何时来到这里，在这里如何生活以及为什么会选择这里。听到他们的回答，我的内心波涛汹涌。他们三个有许多共同语言，在我听来，这比西班牙语还要陌生得多。这是一种让人有归属感的语言，我想学会它。

下个周末，安德鲁邀请我去看一场演出。我对爵士几乎一无所知，但我弹过几年吉他，练习一下的话，基本能弹出12节的蓝调和A小调的博萨曲(bossa novas)①，有时候弹得还不错。至于其他音乐种类，它们乐调变化快，旋律又难，我

① 美洲爵士乐的一种。

只能听懂我耳朵抓到的音符，让自己不至于太过脱节。

接下来的几周，我看了好多次演出。每次演出都像过山车，动人心魄，让人振奋。下午，我把自己关在房间里，自学速成音乐理论，我练习音阶和发声，沉迷于从安德鲁那儿拿来的“傻瓜韵律”的乐谱。不久之后，我不再只是从人群中看着瑞秋，而是能顺着她的旋律加入几个和音，得到她不时的微笑和赞美。

一天晚上，我们从演出现场来到艾尔德文地，一间全年无休的雷击顿音乐酒吧，酒吧正为瑞秋做义工的庇护所举办一场筹资活动。我们点了自由古巴鸡尾酒，围坐在圆桌旁。那晚的表演非常精彩，我开怀畅饮，感觉胺多酚上升，我表现得诙谐有趣，又机敏犀利，提问也恰到好处。不一会儿，就只剩我和瑞秋两个人了，我们依偎在一起，伴着音乐放声歌唱。我们开怀大笑，要了更多的自由古巴，抓着对方的胳膊要求对方重复刚刚的话，接着，她就开始问我是否要陪她走回家，我说好的，当然好的。

我们漫步在鹅卵石铺就的街道上，我确信，这就是我一直在等待的时刻。我们将会来一场惊天动地、口齿生香、放纵不羁又心存敬意的性爱，然后再来一次。接着我们会一起坠入爱河，永葆青春，不会老去，我们会创造出美好的音乐，谈论美好的话题，然后永远美好下去。但我们到她家时，盖伦也在那儿。我突然变成了一名普通访客，这简直要人命。盖伦跟着我们走进瑞秋的卧室，拿过一把吉他，假装自己是古巴知名音乐家西尔维奥·罗德里格斯一样演奏起来。一小时后，他终于离开去了客厅。但是，最佳时机已经没了，我也没了激情。我们接吻了几分钟，但彼此都太累了。瑞秋说她困得睁不开眼，但坚持要我留下来。最后我穿着整齐地躺在她身边，想着自己不能冒昧。

第二天，瑞秋告诉我，她觉得我们可以来一场柏拉图式的精神恋爱。我觉得这主意糟透了,但还是点头同意,假装这也是我想要的。

不久后,安德鲁离开危地马拉,索杜拉乐队和盖伦的房子都空出一个位子。我填补了这两个空位,开始把全部精力都倾注在乐队上。我每天不是在学习或者练习,就是在说我必须得如何如何更努力地学习和练习才能赶上我的队友。盖伦开玩笑说,如果让他以我的形象做个会说话的娃娃,那它的台词肯定是"我真糟糕!我真糟糕!"

(糟糕的)吉他手这个新身份意味着我和瑞秋每天都有更多相处时间。在她身边,我觉得越来越舒服,我越来越不像一个只会睁大眼睛傻笑的小粉丝,她看起来也越来越喜欢我的陪伴。事实证明,我们有很多共同点,从左倾的政治立场到吐槽不可理喻的犹太阿姨,再到我们共同的粗俗幽默倾向。我们聊天会聊很久,从贝尔·胡克斯①聊到 Boyz II Men 乐队②,每次盖伦催我们弹"My Way",就一起向他伸舌头。有天晚上,乐队表演完吃晚饭时,我信口说要把我最好朋友的头胎卖掉,去看贝克的演唱会,瑞秋不仅大笑起来,还说了句少儿不宜的话。

那天晚上,瑞秋、盖伦和我又一起坐到午夜过后。依然是盖伦先跟我们道了晚安,但这次瑞秋和我没有离开,我们坐在沙发上,听着我们最爱的怀旧音乐,谈着令人想念的人或者事物。终于,一种熟悉的、稠密的静默笼罩了我们。瑞秋站起来向她的房间走去,她回过头说:"你也可以一起进来。"

这次,我们赤裸相见了。

---

① 贝尔·胡克斯,美国最著名的女权主义理论家之一,也是享有盛誉的文化批评家、作家和教育家。

② 美国著名的蓝调音乐(R&B)演唱组合。

我们从容地度过那一夜，保留了一些界限，没几天，这些界限就无影无踪了。但是在接下来的几周里，我们一直很谨慎，决定不告诉盖伦或者乐队其他成员，甚至彼此之间也不谈论这个话题。这段崭新的关系是脆弱的。我担心如果眼光放得太远，它就会爆炸消失。我知道，无论如何，这段关系都会很快结束，因为我们都有承诺在身，将来会回到美国，她会回到俄勒冈，而我会回到威斯康星。

所以，我们非常享受当下的时光。我爱她在休息时歪着头含笑看向我的样子。我绝不是第一个在远处爱慕瑞秋的男人，也不会是最后一个。所以，能和她坐在一起，和她在一起，就像拥有了全世界最甜蜜的秘密。整个星期我都在盼望着周日下午的到来，那天最后一场演出结束后，我们会走回瑞秋的房子，在床上缠绵着度过这一天剩下的时光，在清醒和睡梦中浮沉。

其他时候，很难有这样安静的时刻。我除了乐队，基本没有其他事情，而瑞秋的生活则满得有点荒谬。她要上西班牙语课，还要筹划告别会，为写一篇关于男子气概的论文做研究，在当地一个家暴庇护所做义工，还要坚持瑜伽/体育养生法，她对此有近乎宗教般的信仰。她能勉强来参加我们的演出就很不错了，更别提两周一次的练习了。但是她却为我腾出了时间，我们每天都会见面。随着动身日期的临近，我开始考虑要去哪里，为什么要去那里，还有这些问题的答案是否与瑞秋有关。

这次旅行实际上是瑞秋的主意。八月的一个下午，我们走在去圣佩德罗的路上。还有几周我就要离开危地马拉了，我们在阿蒂特兰湖边的沙滩上度过了几个小时，那片沙滩不算漂亮，但非常幽静。艾尔拉戈是一个巨大的火山口，由一座古老的火山喷发而成，蓄积着蓝宝石一样晶莹湛蓝的湖水。在异国他乡表演音乐谋生，这种生活并不轻松。当我们需要休息的时候，就会来到艾尔拉戈。

回城的道路崎岖不平，植物茂密。一般情况下我会走在前面，这是因为每次我在瑞秋后面走的时候，都会因为腿太长、心情太过轻松无忌而磕磕绊绊。所以瑞秋坚持让我在前面引路。我们静静地散着步，享受阳光和美丽的湖滨风光。瑞秋忽然开口说："Es matamoscas。"

她话音刚落，就忍不住大笑起来。

我轻弹了她一下。Matamoscas。前一天晚上，我们在旅馆做面团子，用的是廉价的平底锅，洋葱快要烤焦了，我四处找能用的工具，慌乱之间发现一个类似铲子的东西，赶紧拿来翻锅里的蔬菜。几秒钟后，旅馆老板走进厨房看到这一幕，倒吸了一口气喊道："Es matamoscas。"

我从没听过这个词，但听起来有点耳熟……对了，我知道mosca，它的意思是苍蝇……我去！我居然在用苍蝇拍炒菜！

"喂！这真的很像铲子啊。"我小声抱怨着。

瑞秋本就是个情绪转变很快的人，几秒钟就能从平静似水笑到泪眼婆娑，现在更是笑得说不出话来。她笑得前仰后合，直不起身子，脸颊上挂着泪花。事情发生的时候我还因为苍蝇拍感到窘迫，如今却一点都不觉得尴尬了，只觉得快乐。我现在和瑞秋在一起，她充满活力，明媚动人，全身心都陪伴着我，我已经很幸福了，就算是把死苍蝇拌在了我们的调味汁里也没关系。

她整整笑了一分钟，快平静下来的时候，又忍不住大笑了起来，最后终于能顺畅呼吸了。我亲吻了她，离开那唇瓣时，我感觉到一股强烈的冲动，想告诉她我爱她。但我不知道这句话是否合时宜，它意味着什么。我只知道两个星期后我就要离开危地马拉了，两个星期的时间肯定不够，远远不够。

我想起那天早些时候，我们聊到徒步旅行的缺陷。瑞秋说她以后可能不会再去徒步旅行了，但是她一直想骑自行车穿越美国。我问她原因，她耸耸肩说："我也不知道，只是觉得会很有意思。"我等了五秒钟，瑞秋稍加考虑，简单地列出了几条原因。第一，她曾骑自行车走过波特兰的大街小巷，但从来没有骑 40 英里以上。第二，她从没见过中西部还有平原地区的风景。第三，她觉得在落基山脉上骑行肯定会锻炼出"紧翘的屁股"。

我记得瑞秋在几秒钟内就列出了这些原因，而且现在她肯定还能一字不落地重复出来。这就是瑞秋做决定的风格，条理清晰，说一不二。

我转身继续走路，瑞秋跟在我后面。我本想哼唱一段好听的音乐出来，却没有成功。于是我边走边回过头问她："那个，骑自行车旅行这件事，你真的在考虑吗？"

"是啊，应该是的，"瑞秋拭去眼角笑出来的泪花说，"我五月份就不上课了，希望到时候能去。"

我说："太棒了，我也一直想着要来一场骑行之旅呢。"按某种时空观念来说，这是实话。瑞秋提到这件事后，我确实一直在想着呢。从 25 分钟之前。

我没有停下脚步："我们一起去怎么样？"

"嗯，有人给我背装备当然好啦。当然，我很愿意和你一起骑行。"

决定之后，我们马上开始讨论这件事。从那次散步到回程汽车上，再到我在危地马拉最后的两星期，这期间讨论一直持续着。我们决定从我的家乡威斯康星的乡下出发，骑行到瑞秋成长的地方——俄勒冈州波特兰市，至少要向着这个方向去。我们没有确定要穿越哪些州，什么时候出发，需要什么装备，这些细节问题以后自然会解决。重要的是，我们有了这样的念头，一个承诺，就是这样。

分开的时间到了，我们互相告别。坐在飞往威斯康星的飞机上，我已经开始思念她了，而想到我们的计划，我又激动起来，有了坚持的动力。我要去该去的地方了，瑞秋就是目的地。她会和我一起骑行，带我一路西行，走过湖泊、平原和高山，穿过一座长达 2500 英里的桥梁，到达一个崭新的，属于我俩的地方。当我们终于到达目的地时，我们会屏息凝神，心醉神迷，了然它的奥秘，然后向着新的目标进发。

第二章
山上的秘密湖泊

东巴克特本路和西巴克特本路的连接处依然散布着零碎的沙石,而我也依旧行驶过快——在这样盘旋的下坡路上骑车,不飞驰起来就怪了。我更改路线,骑到对面的路上,凌空越过砂石间的一道沟壑,单手握把,另一只手招呼瑞秋跟着我来。我把注意力都放在这些事上,没留意到那只秃鹫,直到它在我头顶30英尺①高的地方盘旋,影子投在地上,像一只巨大的黑色回旋镖。

我让自行车自己滑行,最后在路边停住车,瑞秋紧随我后。我们一起看那只秃鹫,只见它雪白的尾翼轻点阳光下清透碧绿的湖水,荡开点点波光,然后猛地冲至沼泽上空,向南飞去。

“我还是不敢相信,这就是你成长的地方。”瑞秋说。

我耸耸肩:“相信吧,女士。”

她从车架下管的银色行李箱中拿出一瓶水,喝了一大口,眼睛依旧没离开那只秃鹫。咽下这口水后,她问:“我们真的有必要离开这里吗?”

我说:“没有啊。我们完全可以搬过来和我的父母一起

---

① 1英尺约为0.3米,30英尺约为9.1米。

住。肯定很浪漫。”

“好，”瑞秋微笑着，面朝东点点头，“我们去告诉他们吧。”

她立即动身，防滑鞋好几次踩错了地方，发出金属碰撞的声音，最后终于准确地放在脚踏板上，开始骑车。我也跨上车座，紧跟其后。

我们在威斯康星州北部已经待了将近一个月。每天和我的父母待在一起，偶尔在当地商店的露台或是亲友婚礼现场上演奏音乐，赚点外快。我们还去麦迪逊市火拼了三天，寻找需要的装备，看得眼花缭乱。现在我们已经有了挂篮、搁物架、车前灯、头灯、莱卡短裤和排汗衬衫。还有自行车，情侣自行车。

我们几周前就买了这两辆自行车，但直到现在，瑞秋还不是很熟悉，每次看她调成高速档骑车上陡坡，我就会无奈地摇摇头。瑞秋的车是银黑色，车架52厘米，我的是棕金色，车架58厘米，除此之外，这两辆车没有任何不同。车的上下管都印有花纹修饰的斜体“富士旅行”字样。车把很宽，车把竖管旁边有套制动杆，骑行时我们可以改变手的位置。两辆车的车座、把手、车轮辐条和车圈、轮胎全都是黑色的，黑色的搁物架上，放着黑灰色的挂篮。自行车齿轮侧都贴着小贴纸，上面是巨大的黑色大写字母，标明两辆车是从同一家店里买的。

这些事情并不是计划好的，真的。我们来到麦迪逊时，只带了一张满满的购物单和完全不切实际的行程规划，压根不知道自己在做什么。我们很快发现，麦迪逊市的商店里没几款我们能买得起的钢架自行车，而我老爸和瑞秋在网上查到的资料都认为钢架自行车是长途旅行的唯一选择。似乎富士旅行自行车就是“不二选择”了。因此，在拜访了麦迪逊的每一家商店，且在克雷格分类网站上疯狂搜索了一番之后，我们还是忍痛买了富士自行车。

棕色，银色。他的车和她的车。

现在，瑞秋远远地骑在我前面，快要到山顶了。我调成低速档，握紧车把，加快蹬脚踏，富士车猛冲向前，我加大握把和蹬车的力度，车子很灵敏，反应迅速，我简直想下车把它带到树林里爱抚一下。

直到一周前，我只拥有过两辆自行车，一辆是单速的蓝色哈飞，一辆是青春期时买的崔克，我之前一直觉得它是世界上最棒的自行车，直到我发现了富士。试骑了大概六分钟之后，我就发现虽然同为自行车，富士和哈飞天差地别，就像猎犬和蝴蝶犬的差距一样。就算承载了 20 磅①物品——我们的挂篮装到一半满——我们的首次载重试骑也很成功，骑上去感觉轻快又有力，简直难以置信。这辆自行车能带我去任何地方。

我从后面赶上瑞秋，说："骑起来居然这么简单！我是说，这些包有点沉，但我的腿感觉还好，好像充了气似的。"

瑞秋骑着车，点了点头。

我问："你感觉怎么样？"

"我觉得腿很累。"

"哦，嗯，额，我的腿也有点累，但是好的那种累。感觉很好，是吧？"

"对，布莱恩，是好的那种累。"瑞秋明媚地露齿一笑，真诚的表情有点耐人寻味，"说实话，这确实有点难，但我很喜欢。等到达波特兰的时候，我肯定会变得健康又性感。"

我本想告诉她，她已经非常健康，非常性感了，但"波特兰"这个词让我犹豫了，只好说："嗯，你为咱俩作出了这个决定，我很高兴。"

---

① 磅，英美制重量单位，1 磅约为 453 克。

瑞秋笑了，直视我的眼睛说："不好意思，说错了。等我们到达终点的时候，不管这终点是大千世界的哪个地方。这样说是不是好点儿？"

"是的，"我说，"好多了。"

到目前为止，这场交谈还算平常。显然瑞秋觉得我们会在波特兰结束，我不这么想。我不知道自己想在什么地方结束，但肯定不是波特兰。

不是因为我不喜欢那座城市，恰恰相反。几个月前，就在我离开危地马拉和我俩在威斯康星相聚的中间节点上，我乘火车去找瑞秋，深深地爱上了她的家乡。这里邻里和睦温馨，氛围轻松悠闲，城市色调偏冷，亲密感却像苔藓在潮湿环境里一样迅速滋生。瑞秋真正拥有这个地方。在这里，她有很多奇怪的工作，志愿演出，一大堆朋友，还有规律的早晨。早上她会喝咖啡，吃麦片，听听股市行情报道，不时提出自己的见解。她有很多喜爱的咖啡馆、公园和酒吧，并熟知各种骑行到那里的绝佳路线，她知道哪些停车标志可以不予理会，哪些必须遵守，而且她总是穿着一套骑行装——一件合体的黑色夹克，内搭褪色的灰色灯芯绒衣服，搭配得非常合理，即使她在大雨中骑行也很性感。她带我领略了她在波特兰的生活，这种生活真切反映出她是怎样的人，想成为怎样的人，这让我从愉悦到茫然，再到醒悟和忧惧。

我知道她花了很多年来经营这种生活。

我不确定自己能否融入这种生活。

我不想知道结果。

我只想找到一个新的地方，不像郦拉或者波特兰，在这个地方她会像我一样睁大眼睛、毫无头绪。所以，此刻我很享受她在威斯康星的时光，这是我的地方。

身后传来引擎的轰隆声。我站起来使劲儿蹬脚踏，超过了瑞秋，向在我们后面爬坡的拖船卡车挥手致意，卡车隆隆地开过去，车里的乘客打开窗户，大力挥手。我慢慢滑行，等瑞秋赶上我，这时，我瞥到一个小湖泊透过松林若隐若现。

几年前，我从学校毕业，还没有开始那场倒霉的徒步旅行，我曾在山上度过整个秋天，和父母住在他们漂亮的湖滨别墅里，给林间小屋上上色，当当足球教练。中途，父母离开这里去旅游了，我独自在树林中待了三个星期。在那之前，我从未独处过这么长时间，还担心自己会感到孤独、无聊和难过，但事实证明我很爱独处。我爱这份安静，在这里，不需要面对艰难的选择，每当我步入丛林深处，躺在厚厚的松针上读书时；当我在繁星点缀的夜晚潜入静谧的黑色湖水中；当我能够随心所欲地做事，做任何事，别人不会知晓的时候，我都会感到难以名状的快乐，就像我对自己倾诉了一个秘密。

这个松树环绕的小湖泊，是我最喜欢的秘密。许多个晚上，暮色降临时，我会带上啤酒，划桨撑船，穿过父母居住的湖泊，向西北角的那条小溪驶去，小溪的尽头是一片沼泽地。我缓慢又安静地划着船，船桨"堪堪"划开水面，经过成片的睡莲叶子和高高的水草，聒噪的青蛙和青鹭，还有卧在倒树上的彩龟。如果幸运的话，还能看到鼓着嘴衔着树枝的海狸。一会儿，小溪渐渐开阔，眼前出现了一片宁静的不知名的小湖泊。这时，我会把船桨放在膝盖上，打开啤酒慢慢享用，任自己在湖上漂流。南岸有几栋房子，看上去没有人住。这里只有我一个人，纵情山水，无人可见。一想到这儿，我就感到前所未有的甜蜜，全身都洋溢着非同寻常的喜悦。这种甜蜜持续到第三周，我忽然希望有人能在陪在我身边，无需言语就能理解我。这个人能坐在我身旁喝酒，听鸟叫，适时地对我报以微笑，让我知道，我们之间无须开口，便能心意相通。

我收回目光，看向瑞秋。她正看着松林，也可能是在看山上的湖水。我很确定她正在微笑。

我们把自行车停靠在房子旁,卸下挂篮放在车库里。车库门口正对的那面墙边,摆放着越野滑雪板、几袋鸟食,还有我们的装备,摞得齐膝高,大约 4 英尺宽,有各种各样的袋子、雪杖、亮色的布。我们只有两辆自行车,却得带着这些东西骑行数千英里。

我不确定最后会怎么处理这些乱七八糟的东西。我是说,我当然记得在麦迪逊四处奔走为买这些装备大出血的时候。但是这些东西和骑行这个概念似乎没有关系,甚至有些冲突。从一开始,在我们的想象中,这会是一次不落俗套、反消费的旅行,可以避开俗世纷扰,去往未知的远方。反观现在呢,我们带着驼峰水杯、克里夫巧克力棒、闪亮的新头盔和刚出厂的挂篮。

我曾无数次问自己,是否真的需要这些装备,是否真的需要除自行车和背包以外的东西?毕竟,盖伦就只有这两样。

盖伦十六岁就搬到危地马拉城并组建了一支爵士乐队。他梦想着能举办一场以美国音乐为主题的传奇音乐会,让容纳 800 人的剧院座无虚席。盖伦是我见过钢琴弹得最棒的家伙,而且他还能用气球做出各种奇特的动物,能在电话上用完美流畅的西班牙语和八九十岁的古巴老人聊天。心情好的时候,我会向他寻求灵感,其他时候我真想挖个洞把他埋进去。这家伙正准备独自一人骑自行车跨越美国,从波士顿出发,去往未知之地。也许他的终点和我们的一样也说不定。

几天前我们通了电话,聊到路线和装备。显然,他买了个吊床而不是帐篷,这样他随便找两棵树或者废弃的谷仓就能睡觉了。他用一美分和两个啤酒罐自己造了个炉子,可以用防冻液点火，就是在威斯康星冬天用来防止汽车管道冻住的东西。他找到了一辆很棒的八十年代的钢骨架自行车。除衬衫、鞋子、短裤和夹克外，他基本上什么也没带。如今他正在搜寻最后的装备——一个粗呢旅行包，好用来装他那简陋的装备。不是拖车，也不是挂篮，就是个破粗呢包！

我挂断电话，意识到我和瑞秋的骑行方式完全错了。但当我向她提出疑问，谈到盖伦那精简的装备时，她说："吊床？太糟糕了吧。我宁肯多带点东西，也不愿意每天穿同一双汗湿的袜子还有臭气熏天的短裤。"

如今，我盯着地上堆积的挂篮、防雨罩、防滑鞋、排汗袜等，努力说服自己瑞秋是对的，这些东西实用又不贵，盖伦最后肯定会为他的小气而吃亏，还有……

"嘿"，瑞秋拿手在我眼前晃了晃。

我眨眨眼，转向她。

"地上有什么好玩的东西吗？"她微笑着把她的挂篮放在那堆装备上。

"没有，"我说，"我只是在走神。"

"你说话真像你爸爸。"

"你说话真像我妈妈。"

"你妈妈说话真像你妈妈。"

我点点头，认输了，跟着瑞秋离开车库来到厨房，发现"说话很像我妈妈"的那位女士正给我们家无比愚蠢的金色猎犬唱"时间到，睡觉觉"。猎犬一声不发，双眼无神，张着嘴巴，雕像般一动不动，好像真的被歌声催眠了。

妈妈看见我们，问骑行如何，行李是不是太重，有没有考虑过留在威斯康星不走了。瑞秋告诉她，我们就是这样决定的。听到这，妈妈说要换个泳衣，往楼上走去。我跟着她上楼，但被她制止了。她把手放在我的肩膀上，眼睛看着我脖子上的肿块。

几个星期前，我脖子右后方鼓起一个乒乓球大小的包，看起来很像是跑错位置的喉结，摸上去又硬又热。肿块拉紧了那片皮肤，皮肉变红了，所以我的脖子一直红红的，还一阵阵地疼。头一动那里就疼，也就是说，只要醒着就疼，夜里睡觉也经常会疼。我不知道起包的原因。还好我有一群乐于提出意见的非专家人士。每个人和他们的妈妈们，尤其是我的妈妈，都煞有介事地说那是不好的象征。肺炎，癌症，或者是藏着吃肉的外星人的卵囊。一开始我觉得那只是个淋巴结，之前我的腋下也因为严重发炎鼓起过类似的包。但后来我也多疑起来，于是去看了医生。医生看了大约一分钟，坐回椅子上语速飞快地告诉我："没错那就是个发炎的淋巴结可能会更大不过不用担心结账吧一共200美元。"我离开医院，觉得更痛恨我们的医疗体系了。

现在，妈妈正摸着那肿块。我躲开了，更多是出于尴尬而非怕疼。

"妈，我没事。"

"还疼吗？"她问。

"妈，我真没事。"

"要不要来些布洛芬[①]？"她问道。我的妈妈相信布洛芬可以治好一切病——头疼、发烧，甚至种族歧视。

"没事的，"我说，"其实今天感觉没那么肿了。"

我撒谎了，但妈妈好像相信了。她掉转视线看着通往我房间的楼梯，又看向我，说："我知道，这场旅行对你们俩来说非常重要。我说希望你们留下来只是半开玩笑的。我们会想念瑞秋，也会想念你的。"

三个星期前我带瑞秋来到家里，在此之前我的父母从没见过她。但现在他们已经爱上瑞秋了，瑞秋马上就完全适应

---

① 布洛芬，一种消炎镇痛药。

了这里，这让我的父母——包括我，都感到震惊。对瑞秋而言，这是个完全陌生的地方，她谁都不认识，每天都和我的家人待在一起。我之前就希望瑞秋能喜欢这里的生活，喜欢周五的炸鱼，七月四日的国庆焰火，下午去游泳或者到树林中散步，还有喜欢白尾巴的小鹿和啄木鸟。事实证明她确实很喜欢。不过她最喜欢的是待在房子里，看看书，和我的家人一起去码头散步，当然，还有一成不变的规律早晨。每天早上八点左右，她穿着一件帽衫下楼，打打哈欠伸伸懒腰，口中念着“咖啊啊啊啡”——我妈妈形容这时候的她像一只嗷嗷待哺的雏鸟。不管其他人有没有起床，她都会按习惯吃饭、读书、发表意见，就像在波特兰一样。

在过去的几周里，我又开始思考和瑞秋相遇那天的感受，我想要她，也想成为她这样的人。她很自信，敢探索未知的领域；自我意识很强，无论身在何处都可以坚持自我。我也渴望这样。我希望能不断前行，希望在任何地方都能坚持自我，也希望我在探索这一切时，能有瑞秋相伴。

此时，瑞秋穿着泳衣，披着浴巾回到厨房，我从门廊栏杆那拿下泳裤，随她来到湖边。我们在那里度过了整整一个下午，在湖中不停地游泳或者在码头上休息。瑞秋的脚趾被湿滑四散的水草缠住了，她尖叫起来，我恶作剧地扯了几把水草插到她头发里。后来，帮着妈妈做完晚饭，我们回到码头上玩音乐，欣赏落日，一直徘徊至蓝黑色的夜空被繁星点亮。我躺在瑞秋身旁，凝视着夜空，双腿还因下午的骑行隐隐作痛，脑子里关于盖伦、装备、波特兰和其他乱七八糟的事情全都消失不见了，只想着眼前这宁静时刻。将来会有多少这样的时刻在等着我们呢？我迫不及待想去找答案了。

第二部分　威斯康星的冰河时期

第三章

宏图壮景，美好时刻

我们俩站在父母的车道上,我穿着刚洗过的灰色涤纶T恤,瑞秋穿着无袖米色同款。我们都穿着紧身莱卡内裤,套着宽松的黑色短裤,后者存在的唯一目的就是盖住前者。我们戴着头盔,系好带子。车子状态也很好,车胎打满气,链条经过润滑,装满的挂篮已摆放妥当。这真是个极好的拍照时机——金色阳光透过松针,斑驳的树影洒落在自行车和人身上。但周围没有人给我们拍照,我也不知道怎么用我笨重的旧数码相机定时拍照,于是我准备伸长胳膊自拍——就是充斥在好多二流摄影师相册里的那种照片。

我调出拍照界面,和瑞秋在镜头前拥抱。两个大头盔把自行车都遮住了,但我们相互依偎,笑得很甜蜜。

"亲爱的,快看!"我说,"这是我们互相憎恶之前的样子啊。"

瑞秋用头盔顶了下我的胳膊:"你可真会说话!"

到目前为止,我们已经听过无数次说这场骑行会毁了我俩的嘲讽了。风吹日晒,艰难爬坡,还有腰酸背痛和不能按时洗澡,几周下来我们就得崩溃;得在一件接一件无所谓的小事上达成一致意见,压力太大我们会受不了;我想快点儿瑞秋想慢点,或者其中一个人根本不想走,到时候该怎么办。

我们并不在意这些言论。威斯康星非常棒,我们对骑行也抱有莫大的信心。一定会一起走下去。

“这样很棒,是吧?”瑞秋盯着镜头说,“你的妈妈肯定会喜欢这张照片。对了,她竟然没再打电话过来。”

我点点头,抖落掉些许负罪感。我父母现在在芝加哥。我知道像巴伯·本森这样无论在何时何地都深爱自己孩子的母亲,如果没能为自己的孩子隆重送行,肯定会伤心欲绝。但像这样离开也好,只有我们俩,没有人看到。

“你带地图了吗?”瑞秋问道。

“当然。”我摆出一个微笑,表示这还用说吗,但当她看向别处时,我就心虚地伸手到挂篮袋里翻找折起来的地图。她从湖泊上收回目光,正好看见我把皱起来的地图展开——露馅了。

这地图其实是由九份从地名词典上影印的地图粘成的。我用黄色荧光笔画出了我们的路线,从右下角一直延伸到左上角。我们还有其他选择。“骑行探险”公司为骑行穿越美国的旅行者设计了多种小巧、防水又制作精良的路线图,但我们都觉得压根没必要买这个。这场旅行关乎独立和冒险,关乎我们两个人,我们不希望被呵护或束缚。

我车上前后的搁物架上挂满了成对的挂篮,里面装着无数件东西,地图只是沧海一粟。有蓝色鹅绒包、黄色帐篷,一个装满工具的一品脱①塑料袋,里面有维修工具、拆胎杆、钢丝扳手、打链器、活动扳手以及带有螺丝刀、六角螺钉等的多功能用具,另一个小包装着我的牙刷牙膏、布朗博士牌的除臭剂和薄荷精油。除了调味包、一把木勺和一个红色叉勺,我还带了爸妈在70年代买的锡餐具,把刚做成的小酒精炉也一起打包了。我放下自尊,问盖伦是怎么制作的,然后自

① 品脱,一种容量单位,美制干量1品脱=0.5506升,美制液量1品脱=0.4732升。

己开始用钻头、尖嘴钳子还有几个啤酒罐尝试制作,做得很慢,但最后成功了。

我留了一个挂篮放衣服,有用来换洗的排汗衬衫、莱卡短裤、一件长袖保暖衣和一顶毡帽。黑色“人”字拖、亮黄色披风、两双袜子、一条四角裤、一条露营毛巾、几条难看但易干的线呢裤子、一件羊毛外套。外套右胸口位置有个洞,是之前被篝火溅出的火星烫破的,我当时并没有发现。

前面的拉链口袋装着我觉得会经常用的东西,有地图,阿兰达蒂·洛伊写的《微物之神》(*The God of Small Things*)——快被我翻烂了,三支笔,一本银蓝色蜂窝状封面的精装日记本。我还把相机、杀虫剂、防晒霜和童子军时用的小折刀都塞了进去。九岁时我向友善的邻居兜售出规定额的糖果,得到了这把折刀作为庆祝我成为男子汉的奖励。

后面行李架上也挂着挂篮,挂篮上我用橡皮筋把帐篷柱和被褥捆在一起,还有个可爱的小箱子,里面放着一把口琴、一个摇摇蛋,还有一把崭新的夏威夷四弦琴。十年前我蹩脚地用吉他弹奏了《少年心气》这首摇滚曲,从那以后我从未离开吉他超过一周以上。不知道能不能用上这些乐器。

我带了工具和帐篷,瑞秋带了防雨罩和我们精心挑选的食物:面粉、苏打粉、做煎饼用的奶粉、一大包自制的燕麦卷、爸爸从抽屉里拿的能量棒,还有其他东西,我记不清了,我们用不了几天就能吃完这些东西。她也带了一些衣服和装备,和我的很像。保暖袖套和短裤、两件排汗背心、眼镜、毡帽、黑色“人”字拖、运动太阳镜,还有中途休息时可以穿的衬衫。

她前面的挂篮里也有一个日记本,一本发黄的《与啄木鸟的平静生活》(*Still Life With Woodpecker*),那是汤姆·罗宾斯写的,我们的电话(其实是她的电话)。后面没放食物的挂篮里,放着她巨大、廉价的睡袋。它笨重,保温极差,温度在华氏 40 度[①]以上时睡在里面才不冷,毫无性能可言。装睡袋的挂篮被撑得鼓起奇怪的形状,像起了个肿瘤。

我低头看着那“肿瘤”,下意识地抬手摸了摸脖子上的肿块。它变大了,抽疼得更厉害,我最后不得不听从妈妈的建议,每天吃几次布洛芬止痛。我还没向瑞秋坦诚这件让我担忧的事。我越来越觉得这肿块可能真是个预兆,不是某种疾病的预兆,而是预示这场旅行会处处不顺。也许它在提醒我应该采取盖伦的做法,或者根本就不应该开始这次旅行。

或者那就是个发炎的细胞组织而已。

我甩掉这些念头,又看向自行车。虽然难以估量,但肿块至少重达 50 克,我们每人都带了 40 多磅的物资,还不包括 20 多磅重的自行车。

我抬起头,正好与瑞秋目光相会:“我们的东西都带全了吧?”

“对,应该是。”她低头看了会儿她的自行车,打了个响指说,“等等!你还记得那个保龄球吗?”

“记得。”我指着后面的一个袋子说,“就在板子下盖着呢。”

“很好,我忘了这事儿了。”她低头看看车道,又回头看我,耸耸肩问道,“那么,准备好了吗?”

我点点头。其实我没完全准备好,也不觉得这是最佳时机。但我们的准备已经很充分了,制订了计划,通过了试骑,备齐了物资。现在只要一路向着太平洋骑行就可以了。

当我的双脚终于放在了脚踏上开始蹬的时候,感觉像开启了一项伟大的事业。我们在骑行。经过九个月的日思夜想,我们终于开始骑行了。

---

① 华氏度,英美制温度单位,33.8 华氏度约为 1 摄氏度,40 华氏度约为 4.4 摄氏度。

我们顺着车道骑下山，叫喊着想让林间所有的生物都听到。砂石路变成柏油路时，我们左拐了，让车子依惯性滑行，我们笑着，眼睛亮晶晶地彼此注视，就像一方刚刚跟对方第一次说了“我爱你”一样。接着我们转过一个弯，前方是个上坡，我调成低档，握紧车把，集中注意力想把自己和四十磅的物资都送上坡。这非常艰难。现在的重量是之前环湖骑行练习的两倍，而且练习时我知道目的地，也知道多久能到。现在不但重量加了，对前方的一无所知也让我感到不安。

我们骑到山顶时，我已经累得无力欢呼了。旅行开始后一分钟，我觉得就是骑自行车观光而已。现在，呃，好吧。我惊讶于自己只想着和心爱的女人周游世界这个浪漫的念头，没怎么花时间考虑细节。之前我觉得我们就是在美国西部漫游，像乘坐热气球，不从普通视角，而是从高空把各地的风土人情尽收眼底。

开始爬第二座山了。我的车可不是热气球，而是个该死的储物柜。之前我一直很喜欢自行车，因为它们轻快好骑。我可以迅速加速，从静止冲到 20 迈①，可以骑车越过障碍，可以灵活穿过栅栏间 2 英尺的空隙或者急转弯，凭两个轮子和一些钢管就能做到这一切。然而现在，不能猛加速、不能飞跃、不能穿过窄路或者急转弯，我骑的就是个储物自行车，只能载着行李。

我回头看向瑞秋，她被落了 5 英尺，正看着车道。她抬眼一瞥，气喘吁吁地说：“我想小睡一会儿。”

我点点头，站起身来努力蹬车。富士车随着动作摇摇晃晃，不停地向左向右倾斜，最后猛地向左倒去，我掌握好平衡，坐回车座上；显然不该站起来骑装满东西的自行车。我低下头，看着膝盖不断起伏，双脚在行李包间蹬着圈。我喜

---

① 英文“mile”（英里）的音译，1 迈约为 1.6 千米，时速 20 迈约为 32 千米/小时。

欢被挂篮围绕的感觉，觉得很舒服，就像是坐在了自行车里面而非上面。

爬上山后，是一个平缓蜿蜒的下坡。我放松下来，坐在车座上身体后倾，大口呼吸湖上的新鲜空气。松鼠窸窸窣窣地在灌木丛中疾行，弄断了细枝。风从码头上吹来，带来一丝汽油的味道。我想，我可能看不到宏图壮景，但我拥有美好的小时刻。

我转向瑞秋，急于和她分享这感悟。但不知道如何用言语表达，话出口成了："真是棒极了。"

瑞秋鼓励地点点头，好像我是个咿呀学语的婴儿。

我们沿着巴克特本路骑行，经过有秃鹫飞过的沼泽，经过整齐码着柴火的小木屋。我们曾多次在湖边试骑，我不由觉得我们只是要绕湖一周，目的地是我的家，不是远方，然后下午喝喝小酒，在码头上玩玩音乐。然而这次，在道路尽头的 K 郡，我们没有右拐回家，而是左拐向西骑行。这样，宏图壮景又变得清晰起来。我发现道路是如此坑洼不平，松林苍翠欲滴。我在这条路上走了好多年，它一直平淡无奇，毫无变化，一开始走就能看到尽头。我第一次觉得，这是我最后一次走这条路了。

"我特别喜欢这些树。"我说着看了瑞秋一眼，抬头凝视苍劲的树枝，希望瑞秋也能看过来。她如我所愿了，我很开心，因为对这些光影斑驳的树的欣赏是转瞬即逝的，我决心创造与这些时刻的联系，与它们对话，或者至少是独白，让它成为当下美好的一刻。依我说，我希望这次旅行的每个时刻都是充满意义的美好时刻，能在我的个人回忆录里留下或轻或重的一笔。

我看着路，顺着人行道骑到底，路的尽头是橡树和松树林。这一刻终于到了。我们在天地间一路前行，全神贯注于当下重要的事情——松林和人行道，时间和美好时刻。

“31 英里!”

骑了 8 英里,这是我的最快速度。我不知道自己带着这么多行李到底可以骑多快,所以每达到一个称得上危险的速度,我就很兴奋。我回头看瑞秋的反应,如我所料,她还在 100 码[①]开外呢。瑞秋距离感弱,对危险的警惕性又高,所以在骑行、走路或者起床的时候,她行动得都很慢。我则恰恰相反,从小吃壮胆的食物、喝私酿威士忌长大,喜欢刺激和冒险。

我让车依惯性滑行,看着瑞秋在后视镜里越来越近。

“一小时骑了 14.7 英里。”我说道。我一直留意着这数字,觉得是时候说出来了,几个下坡让我们的平均速度提升了五分之一。“还不错,是吧?最晚六点半咱们就能到西梅奥斯了。”

“好。不过前面几英里都挺陡的吧,花的时间可能要长一些。”

“嗯,也是。我们现在只是热身,我有点习惯这重量了。”我扯了个谎,赶紧笑得更开来掩饰。

“我只是觉得这是第一天,可以比预想的稍微走慢一点。”她微笑着耸耸肩,又看向路。

这样的对话时常发生。瑞秋并不悲观,是那种“还有半瓶水呢”的乐观女孩,只不过她约会的对象却是个悲观的家伙,觉得“要是杯子有水,那冰箱里肯定有个无底洞等着填呢”。瑞秋考虑到地势和自己的能力作出了客观判断。但我觉得没有最好,只有更好,所以尽管我觉得沮丧无力,还是表现得非常乐观。这当然是为了照顾她的情绪。

接下来的十几英里陡得要命,瑞秋没有像我说的加速骑行,我们的平均速度拉低了,逐渐慢下来,其实这样更好。要

---

① 1 码等于 3 英尺,约为 0.9 米。

是只有我一个人，肯定会不顾一切地盲目追求速度，错过这段路上湖水荡漾、绿树成荫的静谧风景，这曾经是我的最爱之一。如今，多亏瑞秋，我身心放松，呼吸平缓，脑海中满是对K郡的回忆：在湖滨为我中学时的"真爱"举行庆生派对，无数次骑行不到10英里去拜访我唯一的挚友，赶着去练足球时几乎每次都能看到鹿群。

继续骑了15英里后，我们停下来，在迷舟湖里游泳。之后坐在湖边沙滩上，欣赏着湖水，瑞秋说："我肯定会怀念这个地方。"

我差点脱口回答："我也爱你。"

我们回到停放自行车的地方。所谓"停放"，其实就是放倒而已，装满衣服和睡袋的挂篮充当了垫子。事实证明，停车简单，把车拉起来却是个复杂的过程。首先，你得把它拉离地面，这无异于举起一个65磅重的哑铃。然后，你要设法在保证负重过多的前轮没有歪斜的情况下，将腿跨过上管。最后，你得把防滑鞋踩到脚踏上，开始蹬，同时保持身体前倾以防止自行车歪倒。

"之前我靠在车库墙上做这个，感觉简单多了。"瑞秋说。

我表示赞同，尽管并不想承认这个事实。

我们继续向着博尔德章克申镇进发，走过K郡的另一条宁静道路和一条尘土飞扬的道路后，来到鲍勃和特里·西蒙尼的林间小屋，那是我的家族故交。他们主动提出让我们进院子休息，我们心想趁有机会，最好利用一下免费营地，于是便答应了。

我们本来计划悄悄进来，在湖边搭帐篷，尽量不打扰人家的宁静夜晚。但一进车道，我就听见树下传来爽朗的笑声。我们骑到一片空地上，看见一个风景如画的小木屋，岸边松树繁茂，阳光亲吻水面，泛起波光点点。屋子前面是一群大胡子的男人，他们停下正在玩的高尔夫游戏，向我们举起啤酒示意。

“他们到了！”其中一人喊道。大家纷纷鼓起掌来，我脸红了，觉得骑行的距离太近，不到接受这待遇的程度。

“欢迎欢迎！”鲍勃大声喊道。

鲍勃曾说过他在举行家庭聚会，在西蒙尼看来，就是一群活跃又骄傲的意大利人聚在一起。我曾期待会是一派安静有序的景象：大人们在走廊读书，孩子在湖滨石上玩耍。现在看来，真是和想象的大相径庭。

瑞秋和我还没来得及下车，就努力回应着鲍勃热情的握手。他把我们介绍给兄弟姐妹认识，这时，特里从湖边走过来，笑容如此温暖，我不禁有种读书报告得了优的感觉。特里告诉我们在哪里搭帐篷合适，带我们迅速参观了房子，然后领我们出来和男孩子们一起玩高尔夫。玩游戏时，鲍勃总是适时送来啤酒，后来拉我们一起吃晚饭，不顾我们说要自己做饭的抗议。他们不停往我俩盘子里放烤鸡、土豆和蔬菜，问我们接下来要骑哪条路，摇摇头告诉我们还有更漂亮、更安静的路可以走，劝我们和住在那条路上的朋友待在一起。我简直要跳到餐桌上以表达对他们热情招待的谢意，但是鲍勃的小姨子偷偷拿走了我的盘子，还在我想帮她清洗餐具时把我嘘走了。

我们道了晚安走向湖边时，夜幕已然降临。我们还没搭帐篷，这有些麻烦，因为早上我整理手边装常用物品的拉链包时忘记了装头灯。不知道放哪儿去了。我按装杂货袋的方式装挂篮，先放最重的，比如帐篷和背包，再把其他的放在上面。瑞秋也是这样装包的，所以翻找了几分钟后，四个挂篮里的东西全被倒了出来，装备散落在草地上，就像在举行夜间的庭院旧货出售会。

搭好帐篷后，我们把东西扔回包里，走到码头尽头的长椅那儿。两只潜鸟在叫,听起来不像精致鸟儿,反倒像凶恶的狗。星辰垂在地平线上,散落在明滑如镜的湖面上。我仰望天空,认出了几个星座。顺着北斗七星边缘向上是北极星,然后可以找到仙后座里的“W”。但是,我小时候玩过太多马里奥赛车①这个游戏,一看到“W”就会想起瓦里奥。

“瓦里奥?”瑞秋好奇地问。

“你知道吧,坏人瓦里奥。我是瓦——里——奥!我——一——定——会——赢!”

她握着我的手说:“我爱这个看着天空会想起任天堂游戏的男人。”

“我爱爱着那个男人的女人。”

我们静静地坐了一会儿。我想瑞秋应该是在听潜鸟的叫声,沉浸在这静谧之中。而我却很忙,兴奋地想找些高深、诗意的词来纪念这一刻。没一会儿我就放弃了,我找不到这样的词,找不到。我们只是在另一个繁星点缀的晚上,坐在另一个码头上,肚子里装满了别人家的食物。

“我在想,”瑞秋说,“现在盖伦在什么地方呢?”

我眨眨眼。过去的半小时中,我一直尽力让自己不要想这件事。

几天前我们和盖伦聊过,他告诉我们,上路后仅仅一星期,他就已经在几场蓝草音乐节中当过志愿者,逐渐熟悉加油站热狗的味道了。有天晚上他睡在一个很像恐怖片布景的破败谷仓里,早上醒来就看到一只秃鹫在房椽上拍打翅膀。现在他没准正和煤矿工人开派对,或者在用啤酒罐煮样子难看但味道不错的食物,或者是竖起自行车单轮骑行,或者蒙眼挥舞着燃烧的剑,这样穿过整个郡。

---

① 《马里奥赛车》是以任天堂旗下知名游戏马里奥系列人物为背景开发的赛车游戏,瓦里奥形象为戴“W”标志的帽子的邪恶大叔。

我转头看向瑞秋，张张嘴，但要说的话卡在喉咙里。她闭着眼睛，直身挺胸，深深地吸了一口威斯康星夏夜的空气。忽然，我一点都不在乎盖伦在哪儿了。我可能不会睡在谷仓里，但他不可能睡在瑞秋身边。我回想起在我父母家的那些夜晚，我们躺在码头上，我就在她身边，抬头就是满天繁星，想着时间和美好时刻的区别。这个时候就是美好时刻。

我闭上眼，将头向后靠去，呼吸着威斯康星的空气，这味道清甜又熟悉，这是属于我的味道。

第四章
一切发生的地方

我们以每小时 10 英里的速度在威斯康星安静的乡间小路骑行。落日低垂,微风私语,四面绿水环绕。这里有大湖、清湖、憩湖,还有十几个无名池塘和水洼,都依偎在落满松针的沼泽地上。看着这美景,一种自豪感油然而生,好像这美景是出自我手,又有些难过,因为我要离开它了。因此,当我们偶然发现了停泊在北贝斯湖的小船,瑞秋建议停下来吃点东西时,我说好的,不仅是为了吃东西,更是因为我想坐下来,最后一次好好观赏这景色,把它记在心里。

我们骑到那里,把自行车停放在碎石路上。瑞秋打开一盒酸奶,我拿了一些饼干,走到洒满阳光的小码头尽头。身后的空地上没有汽车,除了对岸芦苇间停泊的亮橙色小船,水面上空无一物。这个地方完全属于我们。

我脱下鞋袜,把脚浸在水里,看着瑞秋,她正看着湖面。我顺着她的目光,期望她把注意力放在正确的事物上。荧光橙色的独木舟和棕色蒲草如何交相辉映,睡莲叶子和芦苇、落叶松和松树、枫树和橡树如何在水边形成一道绿色光圈,缥缈的白云又是如何掠过那玻璃般明净的水面,可能她注意到了这些。可能她静静坐在那里时,想到的就是这些。

就像我想让她做的那样。我手中拿着沾有酸奶的勺子,膝盖上有些饼干的碎屑。

我倾身过去,把她的头发掠到耳后亲吻她。她回吻我,并不是我期待中的浅尝辄止的吻,而是那种“我注意到荧光和蒲草的区别了现在快脱掉我内衣”的吻。

如果你觉得带套会煞风景的话,那你真该试试帮跨坐在你身上的人脱莱卡面料的内衣。我手腕一用力,扯掉了她外面的短裤,但是莱卡内裤……该死的莱卡面料!我和那织物作斗争的时候,瑞秋环抱着我,把脸埋在我的颈窝。几秒钟后,她说可能她的皮肤喜欢这料子,翻身到一边,仰躺着扭动了几下,成功把内裤褪到膝盖以下,然后又跨坐在我身上。我一手撑在码头上,一手抱着她,顺着她光滑的背部曲线上移。手指不经意间碰到树丛中的锯齿状突起物,我一瞬间有点担心屁股会不会被扎到,或者更糟糕的情况。

瑞秋把我拉进草丛里,我立刻忘了被扎的危险,管他呢。她的手抓着码头下承重的铁管,身体摇晃着。我抓着她的头发、臀部,一切我能抓到的东西。我目不转睛地看着她,然后把头埋在她的胸口,感觉像被全世界笼罩。我感觉到微风缠绕在颈间,太阳晒得脸颊发烫。湖面闪烁点点碎钻,映在脚底。蓝色、棕色和绿色交相辉映,也与我融为一体,流动在每条毛细血管里,充盈全身。我沉浸其中,沉浸,沉浸——

低吼声化为喘息,然后转为笑声和情事过后的那些话。

“哇。”

“对啊。”

瑞秋起身快速清理了一下,又躺下来继续和莱卡内裤斗争,她刚调整好腰带,我就听到后面传来一阵低沉的轰隆声。一辆破旧的福特皮卡正驶来,扬起好多灰尘,后面还拖着一辆同样破旧的船。

我把手放在瑞秋的膝盖上,努力让场面看起来很正常。车门在我们身后“砰”的一声关上了,我回头看见两个男人打开车天窗，拿出两支船篙。离我们最近的那个人转过身来，从迷彩司机帽檐下看了看我们，点头挥手致意。我也向他挥手致意，然后又看向湖泊。独木舟已经漂离视线，但蒲草依然环绕湖滨，云朵依然挂在天空，倒映在水面。

“你能相信这一切吗？”我问道。

“嗯？”

“我们就这样来到这儿了，”我说，“现在，这就是一切发生的地方。”

我的目光在湖上徜徉，越过四季常青的松林，看向广阔天空。瑞秋微笑着低下头，拿勺子仔细在酸奶盒里寻找最后那点酸奶。她把盒子弄得干干净净，就像她在我父母的厨房里，在波特兰老公寓的沙发上常做的那样。好像这码头就是我们的家。

“糟糕！我的车子！”

不会这么倒霉吧。

“你车子漏气了吗？”瑞秋把手肘放在车把上问道，车子斜向我。

我们离开那片湖泊，才骑了 15 英里，明亮宜人的清晨就过去了。现在烈日高照，没有风，也没有水，只有刺眼的阳光穿过飘浮在空气中的尘土，而且尘土特别多。鲍勃和西蒙尼说 FF 道路蜿蜒平缓，绿树成荫，确实是这样的，但这里正在重新铺路，现在压根还没有铺呢。

我跳下车，蹲下来前后推我的自行车，眼睛盯着后轮花鼓看。花鼓外面那两圈——后来我知道那里学名叫“法兰”——都钻有 18 个洞，各接着一根高强度的铝辐条。总共有 36 根辐条，让轮圈受力均匀，把轮圈和花鼓连接起来。但是有一根辐条断了，就断在花鼓连接口那里。整根辐条像被截肢了，头还跟着法兰转动，其他地方则挂在轮圈上晃荡。

我觉得三十六分之一不算大事，但我的车轮可不是这么想的。一根辐条的断裂毁了整个系统。我把自行车抬起来，转动车轮，轮圈上辐条断开那部分歪向左边，每转一圈都会擦过刹车片。

“不，不是爆胎，”我抬头对瑞秋说，“我弄断了一根辐条。”

“这就弄断了？”她问道，“哇。”

“我知道。”

我看着富士车，摇摇头说：“我还以为我们是朋友呢。”

瑞秋走下车说：“嗯，至少我们还有备用辐条，对吧？”

我们是有备用的，都整齐地焊接在车轮的特制凹槽口那儿呢。而且换辐条理论上很简单。只要取下车胎，把坏的辐条拉出来，把好的放进去。就完成了！但断掉的辐条是在后轮的传动侧，就是面向车链那侧，我得先把花鼓周围的齿轮组拆了，不然什么也不能做。

我想起临近出发的前几周，我和瑞秋曾去过附近的米诺夸镇几次。在那里，当地技工教过我们基本的维修方法和花哨的骑车技巧。他叫杰夫，心地很好，要是说话简洁些就更好了。他解释了如何用美钞补车胎，强调了定期给车链润滑的重要性，并拧紧了车上的所有螺栓。他还提到过一些换辐条的事情，但是我不记得他提过怎么拆齿轮组。

我紧闭双眼，鼻子用力呼气，气流强到吹起了我膝盖旁的尘土。这件事真的发生了。骑行第二天，才行进了 30 英里，我就遇到了解决不了的难题。

我花了几分钟，试图用莱特曼工具钳拧开固定齿轮组的螺丝帽，但是我失败了。我把钳子丢在地上，觉得自己很蠢。肯定有个工具能办得到的，但我找不到。

“要来一个吗？”瑞秋问道。

我抬头看到她拿着两个三明治。我一整天都在想着这些三明治，想象着我们坐在宁静的湖边吃着三明治，白尾鹿在森林里轻巧地漫步，一只秃鹫在上空鸣叫。一定非常美好。

“是的。”我说着，没有看她，直接用沾满油的双手抓过一个三明治，开始撕扯塑料包装袋。然后我控制自己的情绪，意识到我们被困在这里，在尘土里吃饭，这并不是瑞秋的错。她只是想帮忙而已。

“谢谢，瑞秋。”我挤出一个笑容，“这得花点时间。”

“一定会好起来的，”她说，“需要电话或者其他东西的话就喊我吧。”

我闷闷不乐地吃着三明治，考虑应该怎么办。我知道肯定有解决办法，但要花费些时间，可能需要搭便车。我不想搭车，我想靠自己解决这个问题。我把三明治袋子塞进挂篮里，开始翻找工具。我决定用辐条扳手，起码能节省些时间。辐条扳手看起来很像小灯泡的横截面，我可以用它来松紧辐条，把车轮调整到正常形态。爸爸曾教过我怎么做，我对此感觉很自信。我只需要调整好车轮，骑到下个镇上，就能找人帮我卸下齿轮组了。

我忙活的时候偷看了瑞秋几眼，她正倚在树桩上看《与啄木鸟的平静生活》，看起来很满足，没流露出任何不耐烦的情绪。但我觉得不耐烦。离我们设定的下一个营地还有40英里，我们还得在附近的巴特那特停下来修自行车，所以必须得快一些。我焦急地加快手中动作，不到十分钟就把车轮安回自行车上了。我试着骑了几圈，蹬的时候扭过身子看着车轮，还是有些歪斜，但足够骑到巴特那特了。

只有那几英里在修路，其余的路段风景很美。道路非常平坦，如箭头般直指西方。太阳依旧挂在天空，柏油路反射阳光的热度，但现在有了东风的加入。听说在中西部地区，东风很少见。我们可以好好享受一下。

我边走边这样想。

修完车后，瑞秋和我刚要继续前行，就碰到了六个帮郡里干活的人，他们说接下来的两英里没法骑自行车，其中一人看到我们沮丧的表情后，主动提出帮我们渡过难关。五分钟后，我们回到柏油路上，继续往西骑。我的自行车变得有点奇怪，但我告诉自己是心理原因。我已经及时做了修理，我们很快就会到巴特那特了，还有——

“砰！”

声音有些沉闷，就像煮蛋计时器在抱枕下的响声。第一根辐条断裂的时候没有发出这样的响声，但我就是知道。我低头刹住车，跟瑞秋说了几句话。她肯定也听见了这响声，慢慢减速停下了。我都不用下车看就知道又断了一根辐条。

所以我们现在正拖着自行车往前走，努力保持着平衡。推自行车本来是很容易的事，就像拉滑轮行李箱，但推装满挂篮的自行车更像拖着拼命抗拒的巨型圣伯纳犬。我得两手并用才能保证车不歪到沟里去。我的脚朝着正西方向走，上身却扭向西北。

这样根本没法穿越美国。

“车在这地方坏了也不算太坏。”瑞秋说。她一直都很会鼓励我。我强作笑容，她抬起扶着竖管的手握住我的胳膊。她的自行车冲向沟里，就在前轮撞上沟边的时候被及时拉住了。她沉默着走了一会儿，说道：“这不是什么大事，布莱恩。会解决的。”

我点点头，心里却不是这么想的。这的确是大事。辐条断了两根，我修不好，我们没能在湖边吃三明治，还有，在旅行开始的第二天，我们就不得不去搭便车。坐——汽——车。

我们走了没一会儿就碰到一群人在路边搭棚子。他们的皮卡车在路肩排成一排，最靠近棚子的那辆车开着后门，车上的音响放着红心乐队的《梭鱼》①,歌声震天响。我曾多次在这样的地方工作过,这场景感觉很熟悉。太熟悉了。我避开和他们的眼神接触,盯着棚子的墙壁看,好像在检查工艺是否粗劣。我忽然在意起自己亮蓝色的排汗衬衫、崭新的自行车和装备,还有无法掌控这些装备的事实。年轻的时候,我常常坐在汽车后挡板上,穿着工装,喝着苏打,吃着饼干,惬意地看着游客费力地把崭新的船挂在崭新的拖车上,驶下车道。现在位置换了,我成了游客。

于是,瑞秋推着车走向播放着音乐的卡车,有个男人在乘客座上翻找东西。他看起来有六十多岁,高个,有些佝偻,穿着的吊带裤有点皱。瑞秋做了自我介绍,询问他到巴特那特还有多远。她可以大大方方地向陌生人寻求帮助,寻求需要的东西,毫不畏惧。这是她在酾拉城最初吸引我的原因之一,也是让我为之倾心的原因之一。但现在,她在帮我问需要的东西。

"巴特那特?"他问,"你们去那里干吗?"

"我车子的辐条断了,"我抢着答道,想保持一点尊严,"我没有修理工具,希望在那里能找到。"

"在巴特那特?我看够呛。最近的自行车店在阿什兰呢。"他抬头看看路说,"我一会儿要去巴特那特,我很乐意送你们到帕克福尔斯那里,比巴特那特远一点,要是幸运的话也许能找到人帮你们。无论如何,那里有个公园很漂亮,是个不错的露营地。"

我们谢过他,爬上皮卡车厢商量对策。现在已经是下午三点多了,就算我们能在帕克福尔斯修好车子,也得需要一天的时间。那个"漂亮的公园"听起来像是个不错的选择,要是找不到能帮我们的人,第二天瑞秋可以待在那里,我搭

① 红心乐队(Heart)是美国唯一的女子重摇滚乐队。

车去北边60英里处的阿什兰，找到自行车店，把轮子修好，再搭车回来。这计划简直令我作呕，但好歹也是个计划。

几分钟后，我们又开始向西行进了。速度很快。我以为快超速行驶了，结果瞥了一眼驾驶室，速度计上显示是52。时速52英里还在法定限制之内，但是按这样的速度，他两三个小时就能走完骑自行车一天才能走完的路，这还是在自行车一切正常的情况下，现在这种情况，根本做不到这点。接下来的几个月，我们会反复弄坏东西，搭车，然后找人给我们解决问题。

我的手不自觉地摸着脖子上的肿块。它变得更大，像熔岩一样炙热。我更确信里面有什么东西，除血液细胞和肿胀组织之外的东西。我不知道具体是什么，但它像一个凶兆。我连自己的身体都控制不了，更别提我的自行车，还有前面的遥遥路程了。

我把轮子放好，看着瑞秋。她把手搭在车厢生锈的侧边上，闭着眼睛，头发随风舞动，像流星尾巴一样在她身后飘着。我情不自禁地笑了。小时候，我最喜欢的事情之一就是爬到爸爸卡车的后斗里。就算卡车只是停在车道上，我也会爬上去，在车罩里探寻宝藏，看着爸爸砍木头或者只是坐在那里幻想去往某个地方。我告诉自己，我们在前往该去的地方。我闭上眼睛，重复这句话。一遍。两遍。五遍。这样过了一小会儿，我就心无杂念了。只听到发动机轻轻的嗡嗡声，感受到风吹乱我的头发。

半个小时后，我们的司机让我们在海因斯公园下车，那是个漂亮的小地方，紧靠着流经帕克福尔斯的那条河。司机提醒我们拿好东西，拒收我们给的汽油钱，向我们挥手告别，按照原路返回了。我感觉他并不是真要去巴特那特，更别提帕克福尔斯了，可能是直接回去工作了。

搭帐篷的时候我闷闷不乐。我们只骑行了 34 英里,搭了 19 英里的车,现在我们又要每人支付 5 美元,在这个有野餐桌、浴室和烧烤架的安逸公园里野营。我知道有时可能需要花钱野营,但那应该是我们在极其艰难的骑行之后才应该有的奢侈享受。只有在我们应得的时候。

"荒谬!"我抱怨道,声音足够让瑞秋听清,我想让她发现我的心情很差,"才第二天。真他妈让人沮丧。"

"没事的,"她说,"我们会解决的。"

"是,我知道,我只是感觉很糟糕。我是说,要是只有我自己的话,就不会是这样子。"正说着,我意识到这是十足的屁话。又接着说:"现在还得让你等着,等我搞清楚我的车到底是哪里和我不合。"

瑞秋站起来,双手抱住我的腰说:"布莱恩。"她叫我名字的发音很特别,别人只有在心疼我或者是生我气的时候才会这样喊。她说:"我没事。我是说,我也不希望你搭车去阿什兰,有什么好担心的呢?这个公园很漂亮,我们可以去探索一个新城镇。"

我想了想。这个公园的确很好看,还有浴室、野餐桌和烧烤架。此外,尽管我在帕克福尔斯附近长大,曾多次看他们篮球队大败我们的篮球队,但我还从未亲眼看过这镇子。

"去散散步吧?"她问道,"我们等会儿再来搭帐篷。"

我们把东西都丢进帐篷里,把车子锁在一棵松树上。公园北边,有座桥横跨河上,穿过它,我们看到一面水泥墙。整个河东岸好像都属于弗朗博纸业公司,一排毫无生气的房子上印着公司的标志,其中最显眼的是一间没有窗户的工厂,看起来很像监狱。我们继续走,经过工厂来到镇子上,走过每个城镇都有的标志:杂货店、邮局、酒吧。一家老电影院外挂着霓虹灯牌,上面写着"Park",让它看起来很像世界上最气派的停车场。[1] 我们经过那里时,正好看到一个男人骑自行车经过,黄色的拖车里是一包杂物,还有一个很小的孩子。

瑞秋拍拍我的屁股,用口型说:“去吧。”

我在十字路口赶上那个男人,他规规矩矩地停下来,看着道路两边。原来他是个中学教师,正要去图书馆还书。我说我们也要去那里,看到他想问一下镇上有没有自行车商店。他稍稍耸肩,又点点头,指着几条街之外的一个街角的商店。他说,那其实是个出售二手货物的商店,但店主经常会廉价出售自行车,也许他知道怎么修理。

我们走到那个商店。透过窗户,我看到里面有落满灰的椅子、毛绒玩具、桌面游戏,还有,自行车!有些东西摆放在架子上,大部分被堆在地板上,摞在一起。看起来这个地方有段日子没开门了。我们刚要拐去图书馆,后面有个男孩喊住了我们。

“需要帮忙吗?”他问道。这个孩子看起来只有十三四岁,棕色头发,非常瘦弱。他拿着几张从街对面的小租赁点租来的碟片。

不需要,我心想。但他这么问让我觉得很贴心,就快速解释了一下我们的困境。

“那是我爸爸的店。”他说。

“真的吗?”我突然对这对话感兴趣了,“那他明天会开门吗?”

男孩想了几秒,回答道:“我现在就可以打电话给他。他在家。”

瑞秋和我因为这提议振奋起来,他从口袋中拿出电话开始打。这男孩严肃得有点奇怪,我觉得我们说话的时候他根本没眨过眼,也没有过一丝笑容。他快速地讲着电话,只说

[1] Park 有公园之义,也有停车之义。

有人需要帮忙。我真想把电话从他手里夺过来,或者最起码也要教他把情况说清楚,但是几秒钟后他就挂了电话,放回口袋里。

“他半小时后到。”

二十分钟后,一辆老旧的蓝色雪佛兰在我们面前喘着粗气停下了。驾驶室的门打开,发出嘎吱嘎吱的声音,一只靴子踏出来,接着是另一只,然后一个男人出现了。一个大块头的男人。他把车钥匙拔出来,车子终于不再抖了。这个大个男人缓慢地绕过车头,手滑过引擎盖。我有 6 英尺 1 英寸①高,我觉得自己已经很高了,但跟他比起来就像他店里的玩具娃娃。他得有将近 7 英尺高,500 磅重。②

“我知道你俩遇到一点难题。”他说道,脸上浮现出笑容。我不知道自己在期待什么,但他的声音很和蔼,表情也是,脸上的纹路显得很温和。他先朝我伸出手,握手的时候,我的手完全被包裹住了,显得特别迷你。我见他转向瑞秋,包裹住了她更加小巧的手。

“我叫杰夫,”他来回看着我俩说,“怎么能帮到你们?”

我尽可能清楚地解释了我们的困境,但我对自行车术语所知无几。所以杰夫只是问了自行车在哪儿,我们还没反应过来,他已经载着我们开往海因斯公园了。在路上,我们简单概括了自己的情况:我们从伊格尔里弗地区来,要到俄勒冈去;是,我们是情侣;不,我们之前没有骑行的经历;不,我们不会修理自行车。到公园后,我把车轮和备用辐条扔上卡车,跳回驾驶室的时候,瑞秋已经开始问杰夫问题了。他不是帕克福尔斯本地人,但已经来这儿十年了,几年前开了这家店,除了管理店铺,做点手工活儿,大部分时间都在教会

① 约为 1.9 米。

② 7 英尺约为 2.1 米,500 磅约为 227 千克。

工作。

他说："是教会让我重获新生。"我想问个模糊的问题来套些话，但还没想好怎么问就到商店了。

杰夫让我们从后门进去，他去找"调圈台"。很明显那是种用来调节轮子的工具，但我之前从没听说过。他艰难地穿过杂乱的盒子，走进一个像办公室的地方，瑞秋和我就在店里闲逛。这简直像灾难现场：架子上摆满旧桌游和丑陋的花瓶，地板上也胡乱堆满东西，大部分是运动用品，网球拍堆积成山，一个脏了的儿乐宝牌篮球框，六辆不同程度损坏的儿童自行车。

杰夫从办公室走出来，就他的块头而言，他动作已经很轻柔了，手里拿着的应该是调圈台。他走到一个长铁桌那儿，把桌上的一堆纸推到一边，放下调圈台说："让我们来看看坏掉的轮子吧。"

杰夫用打链器把齿轮组卸下来放在一边。打链器的名字听起来有点老套，其实就是一段铁链被螺栓固定在铁杆上。他拆下车胎，拔出坏了的辐条，把新的放进去——大功告成！——然后把轮子放在调圈台上。我之前觉得调圈台看起来就像个大型起钉器，不过它真的很管用。两根铁柱直立在平台上，各撑着花鼓的一边，柱座旁探出另一根管，分出两个对着的爪子——杰夫说那叫夹钳——可以在车轮转动的时候调整车圈。他解释说，车圈表面碰到夹钳时，他就可以进行调整。我用刹车片也可以做到，但是用这种方法更精准。

瑞秋出去打电话了，我待在店里，边看杰夫修自行车边和他闲聊。他当过几年汽车修理工，一直很喜欢修自行车，尽管他从小就不能骑。"没有我这么大块头的人能骑的自行车。"他笑着说，"我骑坏过好几辆，就再也不尝试了。我会修，但从来不骑。"

十分钟过去了,然后又是二十分钟。他还没修好车轮,好脾气快被消磨没了。我理解这处境,修不好东西已经很窘了,更何况还有一位观众。我尽可能地假装自己很忙,一会儿去看看瑞秋,一会儿打量店铺,试着聊聊店里杂乱摆放的商品。“对,一直有人过来看这些东西。”他说着,还是眯眼看着辐条。听他那语气,我估计这个店已经难以为继了。

现在,杰夫已经汗流浃背,呼吸沉重。调整车轮不是重活,但他店里很热,这项工作又很繁琐。我觉得有些抱歉,用这样的琐事占用了他一晚上,尤其是当我意识到只有十块钱现金时,这歉意更浓了。

“杰夫,修不好也没关系的,”我只好说,“第一根辐条断了之后我又骑了几英里,可能搞坏了什么东西。非得要搭车去阿什兰的话,也是我的过错。”

他咕哝了几声,但没有抬头。我心领神会,走出去找瑞秋,她正给她妈妈打电话。我引起她的注意,挥挥手里的十块钱,指着她扬扬眉毛。她皱了皱眉,举起一只手。五块钱。所以我们总共有十五块。我的银行卡在公园里。糟糕。我走进店里,杰夫正站着转动车轮。他满头汗水,原本宽松的T恤衫现在紧贴在身上。

听到关门的声音,他转过头,笑容有点虚弱,说:“修好了。”

“真的吗?天哪!谢谢你,杰夫。我真不知道怎么表达我的谢意。”

我开始说我们的现金状况,但杰夫像没听到一样走进了办公室。我想他可能是要在公园结账,就在店里转了转,把灯关掉,努力想帮上忙,然后跟着他走出商店。上车后,我又一次感谢他给我们的帮助。

“不用谢我。我也曾经身处困境,并不是每次都能得到帮助,”他说,“我曾经做过坏事,但现在我有了第二次机会,可以做对的事情。”他瞥了我们一眼，发动了引擎。他好像还有话要说，我想把这些话引出来。

“我觉得，你不像是个坏人。”我说道。

“那是因为你没看到我痛打条子的样子。他们追着我跑了半个美国，出动了四个警察才把我制服。其中两个还进了医院。”

瑞秋躲到我身后。杰夫在说这些话的时候没有悔意，反而有些自得，像是在说他在足球比赛里触底得分了。我想象他殴打警察的样子，他生气的样子。那场景很吓人。

“那是从前了，”他好像知道我们在想什么，说，“我得到了第二次机会，也抓住了这个机会。”

之后，他兴高采烈地讲他所在的教会，他和上帝的关系，他认为生命的意义在于助人。幸好他没有问我以为他会问的问题，没有一个劲儿地传教，说些“这就是基督教徒会做的事情，你们入教吧”这样的话。他只是给我们讲了他的心路历程。他没有收我们的钱，尽管我百般哀求，他还是坚持不肯收。最后他说：“我不是为了钱才帮你们。”我明白再提钱他会生气，就没有再坚持。

他把我们送到帐篷那儿的时候，天已经黑了。在这个美丽的周一晚上，杰夫花了将近三个小时在店里修修补补，开车绕来绕去，只是为了两个倒霉的陌生人。我们说明天早上请他吃早餐，但他婉拒了，说还有工作要完成。说着，他回到车上，听我们最后道完谢就开车离开了。瑞秋和我一边吃着奶酪和饼干当晚餐，一边欣赏着繁星，思考着我们到底做了什么，能值得他人这样的帮助。

第五章

与之同行

我醒来时听到远处传来割草机的声音。一开始的几分钟,我躺在睡袋里半梦半醒,但是发动机的嗡嗡声越来越响。帐篷门没拉上,一定是昨晚我们去厕所(其实就是棵松树)的时候忘记了。透过开着的帐篷门,我看见一个穿法兰绒的男人开着一辆约翰·迪尔牌的割草机。

海因斯公园要修剪草坪了。

瑞秋坐起来伸懒腰。昨晚有点冷,她穿了一套白得耀眼的保暖内衣,从头包到脚,那是我们出发前她放进包里的。她第一次在晚上穿这个的时候,我们就发现它在黑暗中能发光,现在即使是在微弱的晨光中,她周身也笼罩着白色的光晕。合身的衣物,雪白的光晕,还有她飘逸的长发,这一切都让她看起来像冬季电影里的女主角。

我把头探出帐篷。又是一个美好的夏日,蓝色的天空中飘浮着朵朵白云,我们又会继续骑行,享受这一切。我们的目的地是一个叫沃什伯恩的小镇,就在苏必利尔湖旁边,要往北走 70 英里。

我们拆下帐篷,把睡袋打包放进挂篮,穿好衣服。我今天选了一件灰色 T 恤,决定以后除非必要,否则再也不穿那件一看就知道“我是个愚蠢又有钱的游客”的亮蓝色衬衫了。瑞秋也把那件亮瞎眼的粉色背心放起来,换成她在第一天穿的米黄色衣服。

我刚要坐上车座,瑞秋问:“今天要抹润滑油吗?”

“对,应该要抹。”

我伸手在挂篮里翻找,找到一管羚羊油。在掌心里挤了一团,手探到短裤下面,抹到能和座位接触的每一寸皮肤上。

“嗯,”瑞秋搭着我的肩膀说,“这样,真的很——性感。”

我猛地抬手把最后一点油抹到她胳膊上。瑞秋尖叫起来,把东西胡乱抹到我脖子上。

羚羊油。名字听起来很温和,像是可以抹在法棍面包上的东西。但你可不能这么做。它是种胯部润滑油。

我的父亲曾跟我说过羚羊油——是个注册商标名,拼写作“Chamois Butt'r”。多年前,我曾和父亲还有他的自行车友一起去长途骑行。那天我们要骑行 100 英里,在那之前我连 50 英里都没有骑过。那时我十九岁,正是自以为是、天不怕地不怕的时候,不屑把润滑油涂在屁股上,觉得那是老家伙才用的玩意。结果骑行结束后,我觉得会阴火辣辣地疼,像被人用打磨机磨过一样。从那之后,我就成了羚羊油的忠实拥戴者,并说服瑞秋也来用它。

瑞秋挤了一掌心羚羊油,正往腿间抹,她厌恶地皱着鼻子,说:“感觉像是坐在了一桶蛋黄酱上。”

我们八点之前就上路了。虽然昨天骑的路程短,但双腿还是觉得无力。不是疼,就是觉得像灌了铅一样沉。幸好今天是顺风,轻风推送我们一路北行,中途没有休息就到了 17 英里外的格利登。

在镇子南边,我就看到路边竖着一个路牌,上面手工刻着“黑熊之都”的字样,再往前走几百英尺是一个加油站,顶棚刻着“黑熊路口”。我们转到主干道上,左边是一栋白色的二层小楼,里面有家叫“布伦熊”的饭店,右边低矮的红砖建筑是格利登黑熊面包店。这地方很会树立自身形象。

瑞秋和我买了一些熊掌面包，在面包师的极力推荐下，穿过马路去参观小镇的吉祥物“熊先生”。在二十世纪六十年代，一群猎人在格利登附近射杀了最大的那只黑熊，并把尸体填充起来。如今黑熊就摆在小学旁边的小木屋里，四面都是玻璃墙。磨砂钢牌上显示，熊先生重达665磅，足足用了七个人才把它从树林里拖回来。我相信这说法。它体型巨大，像是一座由皮毛、牙齿和爪子堆起来的山丘。我审视着它，体会着把它放在这里会是什么感觉。打败野生的、不受控制的东西，用钥匙和锁束缚起来。在这个新家里，熊先生看起来并不狂野，反而很富态。它皮毛光滑，眼珠亮晶晶的，鼻头闪着光泽，看起来像刚被整饰过。

我把额头抵在玻璃上，注视着那双发亮却毫无生机的眼睛。我明白了。熊先生是邪恶世界的象征，把它填充过的身体摆在这里，是庆祝格利登人对自然的征服。熊先生只是个噱头，格利登人精心装饰它，营造出黑熊的主题，期望以此吸引大城市的人来旅游。所谓大城市，就是指有高速公路出口、特卖场或者连锁快餐店的地方。游客带来的旅游资金让诸如威斯康星的城镇不至于枯萎消亡。

我们也曾遇到过几个类似城市。博尔德章克申，世界麝香之都；梅瑟，世界潜鸟之都；帕克福尔斯，世界松鸡之都；巴特那特倒不是什么之都，但号称有威斯康星州最好喝的水。当然，还有我高中所在的伊格尔里弗，号称雪上摩托车之都——你猜得到是哪里的——当然是世界之都。每个地方都拿着金字招牌吸引顾客，请他们来闻麝香，喝水，听潜鸟叫，乘雪地摩托穿梭于各个酒吧，喝得烂醉如泥，再去打该死的松鸡。除此之外，请务必来租个小屋，买身舒适的衣服，再来个汉堡。

我离开玻璃墙，转身看着大街，空荡荡的，心里有些触动。我非常喜欢在小城镇长大,但一毕业我就毫不犹豫地离开了那里。我曾无数次回来,有几个夏天还回去在工地干活,跟朋友在湖滨、酒吧玩乐。我们所有人都像游客一样,参观,然后离开,从未想过留下。年轻人是城镇重要的一部分,格利登和康诺弗要是能留住镇上的年轻人,就不必大张旗鼓地吸引游客了。

"嘿,"瑞秋把手搭在我的肩膀上,"准备好出发了吗?"

我从思绪中回过神来,看向她。瑞秋正在戴头盔,眯着眼睛看明亮的太阳。我的面前,是瑞秋、两辆自行车和上面的行李袋子,这是我前进的方向。我的身后,则是熊先生。

"好了。我们出发吧。"

我们向北骑经确夸美光国家森林一带,这是一片150万英亩的次生林,原始森林已经被砍伐掉了。道路两侧,松树、枫树和冷杉延绵不绝,和谐共生,整个森林像被一个巨大的割草机修整过。在我们的大地图上,确夸美光森林像一个扁扁的绿色多边形,我一直期待着能在里面骑行,森林中一定别有洞天,道路苔藓滋生,头顶大树参天。生活就像地图,地图就像生活。但当我们身处其中,我却觉得无论是看起来、闻起来还是感觉上,这里都跟之前走过的地方没有任何不同。在地图上,它们不过是城镇和森林间的空白地带。但这处森林,也同样有落叶乔木和常绿乔木,有火山岩形成的小路,气味也没什么不同,松针、动物的排泄物、腐烂的树叶,还有汽油,交织成一种奇特的芳香。

"CB!"瑞秋喊道。她人在我后面,听语气她肯定是笑着说的:"不对,等等,BFTB!"

我知道这词肯定有什么含义,但就是想不起来。昨天开始,我们琢磨了一种在路上沟通用的密语,我知道CB是指后面有车,TB是指后面有卡车,但是BFTB是什么意思?我瞥了一眼后视镜,瑞秋身子伏在车把上,她身后是一面不规则的金属墙。突然间,一种奇怪的直觉涌上心头,我知道BFTB什么意思了,它是指——

一辆大卡车!它呼啸着与我擦肩而过。那是辆双拖半挂车,车上垒着高高的硬木厚板,看它经过,我不由想起了《星球大战》里的开场。半挂车就像皇家歼星舰,轮廓从混沌不清中慢慢清晰,直至完全出现在视野。卡车轰隆着驶过,我深吸了几口柴油夹杂着松树的奇妙气味,感受热气喷洒在脖子上,努力保持平衡,不被卷到车道上去。歼星舰发动时产生巨大的真空,我争分夺秒地疯狂蹬车,向这真空靠近,有那么一瞬间真的感觉自己腾空而起了,心中充满喜悦。然而风消散了,挂车也远去了,消失在前面的转弯处。

"天哪!"我说,"真是棒极了!"

瑞秋显然不觉得这事儿有多棒,但她还没来得及说什么,我的后轮就发出了"砰"的一声。

瑞秋也听到了,问道:"该不会是……?"

我滑行到路旁,下车查看,还真是。这该死的辐条又断了一根。这次不在驱动侧,理论上说,不用拆开齿轮组就能修。我强压下心中的焦虑感,抬头挤出一个微笑,对瑞秋说:"你找个地方休息一下吧。"

她表情隐隐有些不耐烦,或者怀疑,但还是耸耸肩,走到草丛那边:"我去打几个电话吧。"

我点点头,开始卸自行车。我一边把尤克里里琴和睡袋从货架上卸下来,拆下挂篮,放倒自行车,一边一直回想杰夫是怎么修理轮子的。脑子里浮现了一个不光彩的念头,又立即被我否决了。杰夫已经尽力了,而且分文未取,这不是他的错。

我采取了杰夫使用的步骤。拆下轮子,卸下轮胎,把断裂的辐条拔出来,换上新的后再把轮子装回去,祈祷,再以刹车片来调节，把轮子修正。我记得杰夫说过，可以用曲尺对辐条进行细微的调整，调节松紧，就可以搞定了。神奇的是，这真的管用。十分钟后，轮子还跟刹车片有摩擦，二十分钟后，就基本正常了。看来我真的修好了它。

很快，我又在马路上骑车飞驰了，瑞秋紧跟在身后。欣赏着满目葱绿，享受着车轮尽职尽责带来的顺畅，我知道，在这场没有对手的抗争中，我赢得了全面胜利。

胜利的喜悦只持续了半个小时。向北边的阿什兰骑行时，我开始有些懈怠，总是听到下面传来不和谐的“咔哒咔哒”的声音，让人心烦意乱。于是我每隔五分钟就得停在路边，跪着检查辐条是不是又断了。然而辐条没断，轮胎也没漏气，只是一个挂篮歪了，带子不断打到帐篷柱上而已。最后，我不得不承认，车子没问题，有问题的是车手。我被彻底打败了。两腿酸得要命，颈背只要一动就觉得针扎似的疼，脑袋在蠢爆了的头盔里憋得难受。胯部像被施工队拿电钻打了整整一天，我曾听说男性每骑三十分钟车就得离开车座三十秒，要不然就等着绝育吧。我这么做了，但还是很疼，不久就疼得麻木了。

我问瑞秋能不能休息会儿，她忙不迭地同意了。我们在一个废弃伐木场（也可能是个蒸汽朋克[①]游乐园）的车道上停下，吃着糖果，瑞秋抱怨膝盖和手腕疼，我刚想说让她调整手的位置，她就插口说一直都在这么做。我不知道还要说什么，这种问题不会随时间消逝，只会变得更糟。这只是开始，我们对此都一筹莫展，只能在情况恶化之前多休息一下。

我们继续往北骑，我不但觉得又累又痛，还觉得无聊。在我们这场宏大又浪漫的远离尘世的旅行的第三天，我居然

---

① 蒸汽朋克（Steampunk）是一种流行于20世纪80年代至90年代初的科幻题材，用于着重表现那些工业革命的早期科技。

觉得无聊了。这让人难以接受，于是我挨着瑞秋骑行，拉着她开始讲西班牙语。我们说好要时不时讲西班牙语，以防把原本就半生不熟的知识忘掉。一开始我们俩像演话剧一样，硬挤出些简单的句子。一方说“me duele el culo”（西班牙语：我屁股疼），对方回答“voy a botar el casco en el lago”（西班牙语：我要把头盔扔到河里去）。不过不久我们就能进行正常对话了，聊着我童年时去苏必利尔湖，还有瑞秋小时候去太平洋海岸玩的经历。就这样，我们一路到了阿什兰。

阿什兰是苏必利尔湖边的一个大学城，城镇不大。还没看到湖的真身，就感觉湖的气息席卷过街道，漫过全身，空气中弥漫着奇妙的芬芳，这味道像是去掉了盐分的海风。苏必利尔湖的气息和触感还是一如既往的清冷。

我们在一个湖滨公园停下，我打电话给杜恩和安·克里斯坦森，他们是西蒙尼也就是之前让我们在她家草坪露营的女士的朋友。杜恩接了电话，他的声音柔和悦耳，说着“欢迎。慢慢来。意大利面”这样的话。

我顿时对他有了好感。

再骑 11 英里就到沃什伯恩了。这是顶风前行的 11 英里。湖水隐退在森林之后，已然看不见了，清凉的气息却仍然萦绕在树干、灌木丛中，朝我们扑面而来。风速很慢，时速可能只有 10 英里，但已经足够让我们举步维艰了。骑到一半我就觉得很困难了。现在回想起来，是异常艰难。我一直把酸痛的肌肉和嘶哑的嗓子归咎于爬坡，还有冒着尾气的汽车，不过此刻，这种疼痛和嘶哑似乎有所不同。我松开车把，抬手摸脖子上的肿块。它跳动着，像是有什么要破茧而出。

杜恩和安有五十岁左右，肌肉发达，脸色红润，具有天然的好身材。我和他们一起坐在雅致的铺着方格布的野餐桌前，像个家境贫寒的小孩贪婪地呼吸着新鲜沙拉和自制海鲜汁的香气。瑞秋在吃饭的时候也能和人谈笑风生，多亏了她，我才知道他俩整个冬天都会去滑雪，夏天会骑自行车，他们曾多次骑行，有次骑行了整整4000英里，这让我们的旅行相形见绌。他们是骑行高手，而且非常贴心。晚饭后，我们四个在一起畅谈，从骑行聊到对威斯康星的喜爱，又讨论到农家肥厕所到底是什么，一直聊了几个小时。日落时分，瑞秋和我搭好帐篷，我觉得酒足饭饱，十分惬意，都想不起肿块的事了。

翌日清晨，我醒来时感觉像吞了砂纸一样。糟糕。

瑞秋和我走进房子时，杜恩正要开始他一天的工作，他是个医生。我抬手摸向肿块，它还是又红又肿又痛。昨晚杜恩没提到肿块的事，我当时松了一口气，现在却要局促不安地请他给我检查一下。

杜恩捏了捏肿块，按了几下。"好像只是个淋巴结肿块，"他说，"不过……你有没有得过单核细胞增多症？"

"呃，没有。"我说道。从高中之后我就没听说过这种俗称"接吻病"的疾病了，高中时孩子们以此为借口，谈论接吻甚至是性爱。"你觉得我得了单核细胞增多症？"

"我也说不准，但淋巴结肿大是它的症状之一。"他注意到我脸色变白，又接着说，"别担心，要是过几天还觉得不舒服，你可以随时停下来去诊所看看。"

瑞秋和我决定在沃什伯恩留一天，一方面是因为我疑似单核细胞增多症的症状，另一方面是因为，说来也怪，我们有差事要做。无论在做什么，我一直在想这个病。骑车去阿什兰时，买小巧便携的飞轮拆卸器以防辐条再次断裂时，帮瑞秋挑合适的充气垫子来换掉她那个烂得没法在上面睡觉的泡沫垫时，买食物准备做墨西哥辣肉酱以感谢招待时，在公园喝咖啡时，坐在苏必利尔湖湖滨时，骑车回沃什伯恩时，我都在想。

我们中午前回到房子那儿，我跟瑞秋说要去睡午觉，其实是躺在帐篷里开始焦虑。我在睡袋里躺平，感受心脏在胸腔里跳动。我对自己说，如果真得了单核细胞增多症，我们就得回到康诺弗，起码要待个几周，等到我能下床走路的时候，已经来不及骑行到西海岸了，还有——

我及时打住了。也可能只是个恼人的鼻伤风而已。

我吃了几片布洛芬，走进屋里。瑞秋正窝在椅子里翻看一本《国家地理杂志》。我们着手做墨西哥辣肉酱，从食品室找到罐装番茄，从院子里摘了新鲜蔬菜，跟买的东西拌在一起，杜恩和安回家时，我们刚好完成。辣肉酱很美味，能回馈给东道主一些东西，这感觉很好。尽管这礼物很简单，大部分原料还是取之于人。当晚我们聊得更加尽兴，杜恩和安提了好多关于骑行路线和接待者的意见，但是药效很快就发作了，我觉得视线模糊，有些冷，于是吃了一点饭就回帐篷了，跟肿块和纷乱思绪独居一室。

瑞秋从我腿边的袋子里抓了一把蓝莓，一个个往嘴里扔，引来在前面栖息的一只毛发蓬乱的小鸟。

“这可不是给你的，小家伙。”她说道。

那只海鸥又朝着我们坐着的长凳走了一步，头部一动一动地，像是和着某种只有它能听到的拍子。

“我们不是刚刚说过吗？”瑞秋皱起眉头，“你没有认真听我讲话哦。”

我笑着把手放在她的膝盖上。今天天刚亮我就醒了，感觉更加糟糕，就多吃了几片药，努力忽视身体的不适感。就算鼻塞流涕，生活也还是要继续嘛。现在，沐浴在阳光下，内啡肽和咖啡因成分发挥了作用，我觉得重新上路的感觉不错，何况现在是在贝菲尔德，这可是威斯康星的浆果之都呢。

我们半途中被一片自摘果园吸引，停下来摘了好多浆果，找到这个可以俯瞰城镇港湾的小公园，把战利品倒在长凳上。

“我敢肯定，我们在这个港口停泊过。”

“是吗？”瑞秋盯着地上的海鸥问，“当时坐的是谁的船？”

“呃，说实话，我也忘了。”

小时候，我们一家人曾几次出海去附近的使徒群岛。我对此只保留了一些模糊的记忆：我勉强拽住一根半挂在船帆上的绳子时，爸爸喊我大副；我和利亚在船舱尾的床上扭成一团打闹；利亚晕船，吐了妈妈一身。我还真没考虑过船是谁的这个问题。当时我并不在意这个，现在也不在意。

“我明白你为什么常常提起这个湖了，”瑞秋看着水面说，“它确实有点像海洋。”最近她时不时会说起这个，我把这话当成对我的赞美。

“对，”我回答道，“我们还要沿着湖岸再骑 100 英里。”

我们正朝着科纳科皮亚镇进发，人们通常叫它“科尼”。杜恩和安认识住在那里的一对年轻夫妇。那天早上杜恩打电话给他们，问他们能否收留我们一晚。我本想拒绝他的好意，觉得我和瑞秋是时候靠自己了，但转念想到我靠自己的时候不像个战胜的英雄，反倒落魄得要命，就决定还是接受好心陌生人的慷慨相助吧。

在贝菲尔德西部，森林渐渐退出视线，取而代之的是大片随风摆动的农田，路旁偶尔闪过几棵树和 5 英尺高的干草堆。我们在风景最优美的地方下车，走到田地里的草垛旁解手。我知道这片土地在秋天绝对会美得令人叹为观止。我最爱这里的秋天，到那时，草坪会被修剪得很短，深红、橘红和黄色的树叶交相辉映，清爽的空气中飘来一丝烟囱冒出的烟味。我突然感到非常遗憾。我每年都在期待威斯康星秋天的到来，最近几次的旅行中，我也能挤出时间回来感受秋天的色彩斑斓。如今,我要第一次缺席了。

我注视着这景色,目光落到瑞秋身上。她正走向我,一派天真烂漫的样子,她穿过田地,在草堆旁绕来绕去,大声笑得有点傻气。我被她的情绪感染,也跟着笑了一会儿。如果说有什么能让我割爱离开威斯康星的秋天,那就是瑞秋。

我们并肩骑行,路上鲜有车经过。道路变得像路旁的农田一样起伏不平。一会儿是下坡路,速度快到眼泪都要流出来了,一会儿是上坡路,使劲儿蹬车腿都发疼,这样起起伏伏,最后终于到了平地。翻过最后一座山,我看到山脚下有个指向美亚斯沙滩的牌子,立刻被它击中了。这些字像塞壬①的歌声在我脑中盘桓,引诱我过去。

我刹住车,调转车头,跟瑞秋说想去看看那片沙滩。我没说原因,她也没问,只是跟在我后面,顺着平直的车道来到湖边的停车场。我蹒跚走向沙滩旁的指示牌,心中却已然明了上面的内容。我知道自己在哪儿了。我竟一整天都没有想起这件事,一直神游天外,直到现在眼前这种情景吞没了我。我在这里,在海蚀洞地带。我看指示牌的时候,瑞秋一直在看着我。尽管我无须读,也不想读指示牌上的字,我还是读出声来给瑞秋听:

海蚀洞之难:华盛顿大学学生在苏必利尔湖划船时遇难

海蚀洞很美,同时也暗藏危机。这里没有着陆点,陡峭的悬崖无法攀登。乱流弄翻了这个正值花样年华的学生的船,这位身高两米一,体重一百七十磅的大学生运动员被海浪拍至悬崖上,未能生还。

三年前的那个夏天,我接到了一个电话,准确地说,是条

① 塞壬,希腊神话中人面鸟身的女妖,以令人无法抗拒的天籁歌声诱惑航海者,让他们触礁。

短信。那时我正帮朋友维贾伊搬家，送他去读研究生，我们的那场从威斯康星州到加利福尼亚州的公路之旅即将结束。我正在优胜美地国家公园进行徒步旅行并安营在那里。森林里没有信号，我和维贾伊回到旧金山的路上才感到兜里的手机在震动，我拿出手机，发现七条语音信息。心猛地一沉。进森林前信号好的时候，我检查过手机信息，现在才过了两天而已。

第一条信息是妈妈发的，我一度以为可能七条都是她发的。她诠释了“直升机母亲”①的定义，不管有事没事都操心。可能她看了关于附近森林火灾或者雪人的报道，所以不停地打过来看看我是否平安。

但是第二条信息来自乔什。他的声音发抖，出奇地正式。他说，布莱恩，我需要和你谈谈。是有关山姆·拉森的事。请尽快回电。

不用听其他语音消息，我就知道山姆出事了。现在回想起来，是因为乔什叫了他的全名：山姆·拉森。

乔什和我都十分清楚，只有一个山姆。我们说到山姆时，说的是那个有着精灵般的大耳朵，一直微笑的山姆。那个有棕色大眼睛，经常笑出眼泪的山姆。玩球时，他的罚球总是投不准，“砰”的一声弹得老远。他身材瘦长，肌肉却很发达，在公交车上或者桌子前无法施展，显得很憋屈，在足球场上却优雅迷人，羚羊般矫健。他心思细腻，朋友们都在地下室玩闹时，他会和我妈妈真诚地交谈许久。这个男孩乐于分享他的感受，每个人都把他当成最好的朋友。

山姆是我们这群人里年纪最长的一个，我、鲍尔、乔、乔伊、乔什和山姆。高中时我和他们形影不离。我深爱着这群人，一想到“家”这个词，立刻就会想到他们。我们一起做了

---

① 直升机母亲(helicopter mom)是美国媒体用来形容过度焦虑和宠爱孩子的母亲，她时刻盘旋在孩子的周遭，插手大小事。

很多疯狂的事,从码头、救生艇、悬崖甚至空中的管道上纵身跳入湖里;在冬天的冰面、夏天的沙地上开皮卡和轿车玩甩尾;因为未成年饮酒、超速行驶和破坏公物被法院传讯;彼此诉说着不知如何跟心爱的女孩交谈的烦恼,熬夜直至天亮。

我们是家人。而只有在出事的时候,你才会叫家人的全名。

我让维贾伊停车,路边有条沟,我躲在沟底假装没人能看见。我拨了乔什的电话,在啤酒罐撞击声、空食品袋的窸窣声、呼啸而过的汽车和柴油尾气中,我听见乔什的声音从3000英里之外传来,他告诉我,山姆·拉森去苏必利尔湖了;山姆·拉森和他的父亲莱尼在贝菲尔德海蚀洞地带划皮划艇;天气变得很恶劣;山姆·拉森掉进了湖里;六尺高的海浪把他卷离小船;山姆·拉森的嘴唇变得青紫;他的父亲,那个强壮的游泳高手别无他法,只能先游到海边求助;救生队乘直升机来了;山姆·拉森那时已经失去了意识;山姆·拉森在冰冷的湖水里待得太久了;救生队已经尽力了,但还是没能救回山姆·拉森。就在我打电话前一小时,山姆·拉森去世了。

我不记得除了"我爱你"和"我会尽快回去"这两句,我还跟乔什说了什么。我只记得我坐在那里,盯着脚边的杂草,后来站起身走向车子,开门,瘫坐在座位上。

"你没事吧?"

我盯着挡风玻璃。"山姆出了意外。他死了。"

维贾伊深吸了一口气,猛地回头:"天哪,布莱恩。"他看着我,好像有一个小时那么久,然后回过头看着路说:"我他妈才不信山姆死了呢。"

我觉得不快,但没有因为这话怪罪他。我和他一样,也不相信山姆死了。

就在一个小时前,我们还在谈论山姆。

这些年，我和山姆有些疏远。一开始我们吵架了，为了些狗屁小事，我也记不清了，后来就是长时间、更大的分歧。我们还会给对方发邮件，每年见几回面，但友情却处于不咸不淡的状态。过去山姆是我最好的伙伴之一，我期待我们哪天能重修旧好，变成更好的朋友。到那时，我们已经成熟，能接受彼此的成长变化。然而那一天始终没有到来。我们分别在麦迪逊和奥克莱尔读大学，中间隔着三个小时的路程，不能经常待在一起。我们被卡在了中间地带。

我满希望我俩能打破这种停滞的状态。几个月前，我去奥克莱尔看他。到的时候是周五晚上，他家的派对已经开始了。山姆用他瘦高的身子环着我，给我一个大大的拥抱，然后递给我一瓶啤酒，勾住我的肩膀。"布莱恩，"他咧嘴笑着，地下室传来的震耳欲聋的嘻哈乐，他拔高声音说，"我真高兴你能来。"他停住，笑得更开了，水汪汪的棕色眼睛直视我的双眼。他喝了好几个小时，但我了解这双眼睛，这眼神另有深意。他就这样毫无征兆地开口了，我没有任何准备："过去这几年，真是蠢爆了，是吧？"

我干笑了几声，还没来得及开口说话，他们足球队的几个队员就走过来拉他去主持派对去了，我也加入了狂饮的队伍。那天晚上以及第二天，我们都没有继续深聊，也不需要这么做。这不仅仅是一场对话，还是一个开端。一个弥补我俩隔阂的邀请。

我错过了那个开端，那个邀请。

远方的地平线那儿有个地方，在那里，我们会用过去的情谊，构建新的未来。这个地方消失了，我被永远留在了中间地带。

我和瑞秋走向湖边，我一直希望能来看看这些海蚀洞，至少来看看上面的悬崖。我希望看到这些我会心痛。但现在我向东眺望，只看到一片绿色消失在蓝色湖水中。

我坐在瑞秋身边，从我读完指示牌后，她什么话也没说。我们以前曾谈论过山姆，不过只是寥寥数语。除了那些老套的事情，我实在不知道该告诉她什么。通常，她会和现在一样，握着我的手摩挲着，问我是否还好。我告诉她，我没事。三年过去了，每当我想起山姆，感受到的不是悲伤，而是空虚。他去世后那一星期，我和最亲近的朋友们待在湖边的小屋里度日，我哭不出来。有好几次，我需要离开，不是因为太难过，而是觉得不够难过。不是因为我不爱他。我当然深爱着山姆。我只是习惯了他出现在我的过去和未来。我还拥有过去，而且我不知道如何悼念我们的未来。其实，我还期待着我们的未来。

我转头看着瑞秋说："我是第一次来这里。"

她安慰地摩挲着我的手，

"我一直在等。我想——"我注视着湖水，声音低下去，"说实话，我也不知道自己在等什么。可能我是想，找个恰当的时机过来，感觉会……我说不清楚。感觉会不同。有所不同，就是这样。"

瑞秋看着我的眼睛，有那么一瞬间她看上去要哭了。

"对不起，"她抓着我的手说，"我不能完全体会这种感觉。"

我回握住她的手，没告诉她，其实我也没能完全体会。我站起来，微笑着说："我想去散步。"

瑞秋点点头，皱着眉头微笑道："好。"

我向着东边的海蚀洞走去，努力让自己有感觉，任何感觉都行，但我做不到。我只知道我想念山姆，即使感觉不到他已经离世；我想念威斯康星，即使站在这片土地上也在想；从决定追随瑞秋到天涯海角的那时起，我第一次计划离开这里，没打算回来。

我回头看瑞秋，她正躺在沙滩上，阳光闪耀在她漂亮的棕色皮肤上。我走回到浅滩那儿，任冰冷的水拍打脚背，远眺湛蓝的湖水，回想我曾多少次来到苏必利尔湖，曾无数次来到威斯康星的湖边。我想起了西蒙尼和克里斯坦森这些人，我的父母和朋友，格利登和贝菲尔德这些地方，黑熊和浆果，想起来塑造了这个地方的每个人，每件事。这些回忆让这个地方充满意义。

我想带着回忆前进，把它们放进挂篮，带它们去地平线尽头，并以此和瑞秋建立新的未来。但我们还未到达目的地，连目的地是哪儿都不知道。只知道我们要去未知之地，一个我一直回避的地方——那个中间地带。除了接受现实，继续生活，我们别无他法。我们选择一个远方，然后一步步走到那里。我们得确保没有丢掉沿途携带的东西。

第六章
留下印记

美亚斯沙滩西边，公路升高，穿过农田和橡树林，到苏必利尔湖又慢慢下降。上坡时我低头使劲蹬车，越骑越快，下坡路时不需要蹬车了，我把下巴搁在车把上，双手背在身后，在湖边惬意地滑行，呼吸着湖滨新鲜的空气，远眺湛蓝湖水。

斜坡渐渐平缓，我骑到岸边的一个砂石死胡同，瑞秋在我身后停下。我们用手背抹掉下坡时迎风流出的眼泪，看着北边，就像杜恩·克里斯坦森说的那样，这里有个非常热闹的农贸集市。这场景看起来很熟悉——胡乱搭配的帐篷和桌子、二手计重器，篮子里摆满了闪闪亮亮的小东西。但当地人情却不同，大多是二十多岁、干脆利落的年轻人。集市上摆满了斗篷、扎染服装、花毽和反战的车尾贴、手绘的手工皂广告、宝石、定制的抹着当地枫糖浆的华夫饼。这和我的故乡威斯康星不一样。

我们把自行车靠在一棵多节的松树上，穿过集市去找詹妮弗·索特·萨金特，杜恩那天早上给她打过电话。据杜恩描述，我猜这个面带微笑、在摆满西葫芦和紫椒的货摊上忙碌着的黑发女人就是她。我们走上前想自我介绍，但她先开口了。

“你们就是骑行的那两个人吧！我刚才还在想你们什

么时候到呢。”

我刚想问她怎么看出来的，一低头看到自己笨重的防滑鞋和汗水浸透的衣服，不好意思地脸红了。

詹妮弗说她还需要在集市上待一小时左右，让我们不必拘束，先去她家休息一下，顺着路走几英里就到了。她向东边我们来的方向扬扬下巴，我们刚从那边山顶飞驰下来。我暗自懊恼了一会儿，笑着向她表示感谢。

爬坡太费力气了，于是我们在市场上逛了一会儿，朝着科尼市中心走去。所谓的“市中心”，不过是片只有四条街区的地带。市中心最南端，是菲什利普斯酒吧和一个摇摇欲坠的小屋，这个小屋号称是“威斯康星州最北边的邮局”，当地的综合商店就坐落在对面。从外面看，这个商店很普通，堆着风干木材还有必备的冰箱。但走进店里，感觉像是把麦迪逊的嬉皮士聚集地给空运过来了。除了些常见的商品，还有“纯天然”的卫生用品、罐装的自制蜂蜜、草本提取物，以及各种各样标榜着“有机”的东西。科尼和康诺弗规模相当，但我家乡的综合商店是加油站、熟食店和碟片租赁点的集合，被称为“能源市场”。我想，科尼人的童年应该跟我们不一样吧，如果我在科尼长大，又会是什么样呢？

我们在科尼镇上逛了一个小时，下午吃的药渐渐失去效力。回去骑车时，我觉得很难受，这应该不仅仅是次烦人的感冒而已，我的心情有些沉重，觉得肺部紧皱成无用的一小团，双腿无力到蹬一下车轮都困难，脖子后面针扎似的疼。看来肿块倒还是“健康”如昔。

重新上路后，我跟在瑞秋后面，盯着她的肩膀，始终和她的车子保持几英尺的距离。之前我总是在她前面或者旁边骑行，如今第一次在后面，我发现了之前不曾注意的东西。她后背的肌肉随着蹬车的动作而优美地伸展，她的身体会挡住我的视线，她每隔几秒就抬头从后视镜里看看我，她会调整速度不让我落下太远。她在照顾我，这让我既感动又有点难为情。不知道她有没有注意，从帕克福尔斯到沃什伯恩的那段骑行中，我也是这样做的。

我们很快就骑到索特·萨金特家的车道上，顺着它找到了房子，那是个波纹钢板搭成的长方形建筑物，外面挂着藏族经幡和五彩斑斓的布做装饰。詹妮弗的丈夫安德鲁正在院子前忙着做鸡窝。他穿着按扣衬衫，卡其色短裤，鬓角从反扣的棒球帽调皮地钻出来，看上去和我高中时认识的男孩们没两样。我和瑞秋放下车子，走上前做自我介绍。我感觉没那么难受了，一天的骑行终于结束了，想到这个，才能舒坦点。

我们刚做完介绍，詹妮弗就开着一辆白色的旧福特车回来了。我们一起帮她把货物卸下来，接着这对夫妇带我们参观了他们的家。这栋房子是他们亲手搭建的，脱离电网，只用太阳能，从设计到建造都亲力亲为。他俩有片七十英亩大的森林农场，家里的桌面、橱柜和椽子都是用农场的树做的。房子西边有个用栅栏围起来的花园，里面植物繁茂，用的就是农场的土。詹妮弗说，这些只是有机农场的开始，他们的目标很远大，要种很多瓜果蔬菜，养鸡，还要自己生产乳酸发酵食品。

我对乳酸发酵食品一无所知，觉得那东西很古怪，又不好意思问出口。

瑞秋没觉得不好意思，她说："听起来很棒啊，我听过这种东西。不过乳酸发酵食品具体指什么呢？"

"是种保存食品的方式，"安德鲁说，"如果只用盐和香料的话，会造成食品乳酸的流失。"

瑞秋自告奋勇要用干扁豆和大豆做汤，詹妮弗提议做汤时可以试试他们做的调料。我们出发时就带着这些干扁豆和大豆，却迟迟没用。我们还带着面粉、苏打粉、意大利面、藜麦、1 夸脱[①]的燕麦卷，还有一本自制食谱，是我们从国家户外领袖力学校的一本教你野外露营做饭的书上摘抄而成的。不过到目前为止，我们一直在吃从小镇商店买的零食和寄宿家庭打包的饭菜，路上压根没动手做过任何东西。尽管如此，我们还是坚持带着这些东西，心想旅途真正开始的时候可能会用到。

詹妮弗和瑞秋进屋了，我本想跟着进去，蜷在沙发上一觉睡到晚上。我已经精疲力尽，太阳穴突突地跳动。但是安德鲁要继续工作，我如果不去帮忙，会显得自己是个懒惰到只想不劳而获的卑鄙小人。他要在院子里的鸡舍旁围上栅栏，我加入了这项工程。除去呼吸困难还流鼻涕这一点，握着铁铲把手，把铲面插到地里的感觉真不错。我在土地上留下了印记，而不仅仅是路过而已。

黄昏时分，我们一起在屋子里享用晚餐。晚饭是扁豆汤、腌甜菜，还有花园里的新鲜蔬菜做成的沙拉。看起来非常美味，但我的味觉像是被细菌吞没了，吃什么都像塑料泡沫一样没有味道。扁豆汤让我嘶哑的喉咙舒服了一点，瑞秋讲述我们相遇和开始骑行的必讲故事时，我勉强能说上几句话。

无论讲了多少遍，这个故事依然浪漫得像首诗。我们在异乡相遇。酒吧人群喧闹，我在台下的阴影中，而瑞秋在台上发着光。我为她神魂颠倒，展开了追求，终于能和她并肩同台。感情逐渐加深，从乐队队友到朋友，到情人，再到伴侣。我们忍受了几个月的相思之苦，如今一起开始了这场冒险。

---

① 夸脱，一种容量单位，1 美制湿量夸脱约为 0.946 升，1 美制干量夸脱约为 1.101 升。

詹妮弗和安德鲁也分享了他们的故事,和我们的一样浪漫。他们多年来一直梦想有属于两人的农场,后来买了这片地,自己盖了房子。安德鲁读了一本写盐的书后痴迷于发酵工艺。他们正在建立一个经过认证的厨房,为迅速发展的农场打造商业模式。他们在这里找到了一群志同道合的进步青年,都想在不违背先辈自然生活方式的前提下活出自己的精彩。先辈们希望镇子保持原样,不要出现催产士、社区剧院、有机食品这类事物。

我想了解更多关于科尼镇和他们日常生活的事情,想问他们这么早安定下来会不会有遗憾,却有点儿力不从心。我的眼皮开始打架,觉得身体发热,想爬上床休息。我用手指掠过肿块。

"所以,那是怎么回事?"安德鲁用勺子指着我的脖子问。

我干笑了一声,觉得自己好像《魔戒》里的弗罗多,感觉虚弱的时候就摸摸肿块,想就此消失。但我却吸引了更多注意力。

"淋巴结肿大。今天早上杜恩检查过,说可能是单核细胞增多症。"

"哎呀!"詹妮弗说,"对了,路边有个叫红崖的诊所。明天你们离开这里前可以去看看。"她看了看安德鲁,又看了看瑞秋,目光又落回到我身上:"说实话……你们俩确定明天要继续骑行吗?"

瑞秋看着我,耸耸肩说:"你来决定吧。"

我考虑了一秒钟,无奈地叹了口气说:"我没把握明天有体力骑太远。"

"嗯,我们明晚要去参加传统音乐节,"詹妮弗接着说道,"正好需要找人照料家里的狗和鸡。你们可以在这里休息,也是帮了我们一个大忙。我觉得你们俩非常值得信赖。”她转身问安德鲁：“对吧？”

安德鲁眯着眼睛，噘着嘴巴打量着我们，像是在找依据。然后他坐回椅子上抱着胳膊说：“对，他们很清白。”

就这样，这地方就属于我们了。好像觉得单单房子还不够，詹妮弗主动提出要把卡车钥匙留下，让我们开车去诊所。

我惊讶于他们的信任，这么轻易就将自己的家托付给我们，更惊讶于他们家里物品之丰富。这里有半打吉他、班卓琴和曼陀林①，满满当当的调味品架和堆满书的书架，半成品的商业厨房，他们在里面做那种叫乳酸发什么的食品——我记不住名字。我看向窗外，我们的自行车沐浴着月光，孤零零地躺在草坪上。

红崖社区诊所的候诊室很好，就是候诊室该有的样子。自然光透过窗户洒进来，南面墙上有石刻，接待人员非常友善。瑞秋坐在我身边翻杂志，我在填一系列登记单子。我在第一张单子上确认个人信息，在第二张单子上申明没有医疗保险，在“后果自负”那栏签上字，在第三张单子上写了病史和目前的症状。我一直挺喜欢这部分的，就像性格测验一样。要是我押对了，医生就会觉得有点压力，承认我是个直觉和感知度非常敏锐的内向的人。

尽管詹妮弗曾保证过他们会接待所有病人，我还是对在欧及布威族聚居地的小诊所预约挂号心怀顾虑。毕竟，我是个富裕的白人，全世界任何一扇门都会向我打开，现在却只因为瞌睡，脖子上有个肿块就走进一家小诊所？搞不好诊所本身问题更严重。

如果说我身体中60%是水，剩下40%就是负罪感，主要因为我是白人、中产、男性，又是犹太人。走进诊所时工作人

---

① 曼陀林，拨奏弦鸣乐器，音色明亮且纤细。

员热情接待了我，让我有些释然。不过意识到得从一位欧及布威族女士那里寻求答复以求心安，我又觉得很糟糕，我在考虑——

“布莱恩·本森？”

一位面带微笑的矮个女士站在接待台前，手扶着门喊我的名字。我们回头走进检查室，我按检查流程走了一遍。站在体重计上。卷起衬衫袖子测血压。她检查肿块时我低下头。吸气。呼气。张口说：“啊——”

护士从我坐的桌子那起身，看着我的眼睛说：“你没得单核细胞增多症。”

“什么？真的吗？”

“嗯，我也不确定，不过看起来只是个缠人的感冒。医生可以再给你做检测，但这会花很多钱。”

我嗤笑一声，我从没在其他诊所听过这样的话，估计以后也听不到。“谢谢你的坦诚，”我说道，“我需不需要再休息一下？我怕劳累过度会更严重。这个要怎么办呢？”我指着肿块问她。

“淋巴结肿大的原因有很多种，”她从椅子上站起来说，“可能还会再肿一星期。你留意身体就行。如果真是单核细胞增多症，你会知道的。要是有天醒来发现好了，那时候骑行肯定就没问题了。”

“哇！”我说，“真想不到你会这么说。”我顿了一下，等着她再补充些建议或者注意事项，但她没有。“那么，我可以走了吗？”

“对，”她说，“你可以走了。”

那天晚上，我和瑞秋蜷在沙发上，四只脚在胡乱堆叠的毯子下搭在一起。瑞秋在潦草地写日记，我也想写，但没法集中注意力。我正全神贯注于自己的身体，就像护士建议的那样。

整个上午，包括开车去诊所的路上我都很惶恐，感觉疾病缠身，濒临死亡，后来那个心直口快的护士说了几句神奇的话，现在我感觉完全不同了。尽管还是头疼，不停流鼻涕还有胸闷，我不再觉得这些是厄运的征兆了，不过是普通的感冒症状而已。

护士说过："你可以走了。"我相信她。我没事了，可以走了。

现在就看我愿不愿意走了。

从诊所回来后，我和瑞秋窝在小房间玩拉米①，听着我在咖啡桌下找到的艾塔·贝克的唱片。"十美分蓝调"这首歌响起的时候，我们刚结束一局游戏，我放下纸牌，闭眼聆听。一曲终了，我起身又播放了几遍。我很喜欢这首歌，我不知道艾塔在写歌的时候脑海中想到了什么，但是这首歌——细腻的和弦音调由低到高，几乎要高出吉他的音调范围，然后又慢慢变低，悦耳平稳的旋律总让我想起回家。

薄暮降临，我们炒了从花园摘的新鲜蔬菜，吃饭时，听见有动物咆哮着把鸡窝搅得一团糟，我们立刻冲出去查看，发现是伯特，一条黑色的小拉布拉多犬，它欢快地跑过来，只是想玩玩，不知道小鸡们为什么这么惊慌失措，扯着嗓子大喊大叫。瑞秋把伯特拉进屋里，又出来抓拍我笨拙地往鸡舍里赶小鸡的照片。我花了整整二十分钟才把最后一只赶回窝里，我和瑞秋笑得眼泪都出来了。

晚饭后，瑞秋把洗干净的碗放好，说她有点庆幸我身体不舒服了。她真的很喜欢这一天，舍不得离开。我低头看自己写的日记，猜测瑞秋在她的日记本里写了什么。如果她说不想离开是认真的。我是说，我明白我们俩不是想留在这

---

① 一款风行的纸牌游戏。

里,安德鲁和詹妮弗的客厅里。和瑞秋单独待在这里,让我窥见如果我们真的决定要在某地定居会是什么样子。看起来一派光明,充满无限可能。可以搭建鸡舍,开垦花园,完成一个个愿望。可能骑行结束后我们可以这么做。但我知道,我们不一定能坚持到"一切结束后",不一定能跨越中间地带。

我走进厨房,烧水泡茶。等待水开的时候,我百无聊赖地盯着流理台看,我们玩游戏的纸牌还散落在上面。我想起了那次去艾尔拉戈旅游,我和瑞秋整天都在打牌,在湖边喝酒。每隔几小时,我俩其中一个就会把对方拉进租的房间里,急切地脱下彼此的衣服,结合在一起,像是许久未见一样迫切。

正是因为我们两个都敢于探索广阔的未知,才有了那样美好的一天和之后的日子,我们的故事才如此浪漫动人,不是吗?我们在远离家乡的地方相遇,共同发现了一个新地方。这场骑行也是一场发现之旅。整理行囊出发时,一切都是不确定的,但我会四处徘徊,跌跌撞撞,三思后行。如果我没有这么做,我就不会和瑞秋来到这里,从全新的角度重新认识威斯康星。

我回头看瑞秋,她正在打瞌睡,日记本摊开放在胸前。我走到窗前,我们的自行车依然躺在最初的位置,耐心地等着带我们回家。

第三部分　中间地带

第七章
未知的前方

今天是骑行的第十天,开创了好多先例。

首先,我们在第十天抵达明尼苏达州,比计划提前三天到达德卢斯,但又滞留下了。不过这次不是因为我。从诊所回来的第二天早上,我醒来后觉得神清气爽,我们骑了 70 英里,从科尼到了德卢斯,我已经把不适症状抛下了——抛给了瑞秋。她的症状和我之前一模一样,就是没有肿块而已,我们只得在托尼亚·西蒙尼和她未婚夫麦克舒适的家中借宿。托尼亚是鲍勃和特里的女儿,是个十分甜美可人的美国中西部女孩儿,我从婴儿时期就认识她了。她很乐意接待我们,让瑞秋养好身体,能和他俩重逢我也觉得很开心。但三天之后我就感觉焦躁不安了。盖伦在俄亥俄州西部摔伤了膝盖,需要停下休养几天,多少让我宽慰了一点。但我还是觉得我和瑞秋落后了。不是落后于盖伦或者是其他特定的人。就是落后了。所以,当第四天早上瑞秋宣布她已经痊愈时,我迫不及待地要开始骑行了。向错误的方向骑行。

事实上,我们要在第十天绕一大圈远路,去他妈的一路向西。我和瑞秋都没到过苏必利尔湖北岸,包括麦克和托尼亚在内的好多人都力荐我们一定要去看看,不然会成为人生一大憾事。麦克建议我们骑到伊尔根瀑布,全世界最棒的悬崖跳水地点。也就是说我们不能一路向西,而是要绕一个大圈,往东北偏东方向走60英里,为什么不呢?这也是我们不用骑行路线图的原因。我们是独立的个体。有时,做独立个体就意味着往错误方向骑60英里。

还有,第十天是我们踏出"西蒙尼领域"的第一天。迄今为止,鲍勃和特里帮我们安排好了每晚的住宿。先是他们的木屋,然后是杜恩和安的家——他们又帮我们联系了詹妮弗和安德鲁,最后是托尼亚和麦克在德卢斯的家。尽管十分感激他们的帮助,我还是希望能离开这些避风港,探索神秘的未知领域。我们马上就要这么做了。

瑞秋啃着胡萝卜,盯着湖面说:"出乎意料,这里和南岸看起来差不多啊。"

"呃,"我回答说,"是因为你没认真听吧。托尼亚和麦克说过,到鹅莓瀑布那儿才会看到壮丽的美景。"

瑞秋丢了一块胡萝卜过来,打到我脸上又弹出去,我捡起来开始吃。

"我听到了,"她说,"只是觉得,我们到了另外一个州。以为会不一样。"

"对,我也是这么想的。"

整个上午,我们沿着环湖的道路一路向北骑行,我必须承认,北岸太像南岸了,都是一望无际的湖面,细小的浪花拍打着卵石遍布的沙滩。就像和威斯康星最后的拥抱,一个长长的吻别。这个告别吻拖得太久,我很喜欢南岸风光,但已准备离开去探索广阔的未知了。肿块最终还是消亡了,它从乒乓球那么大慢慢变成丸子那么大,现在像个普通的青春痘。我曾斗志昂扬,想看看自己有多少能力,奇怪的是,九天过去了,我还是不知道。因为断掉的辐条和肿块的存在,我们没有太强迫自己,没有每天骑行很远,没用过自制的炉子,没有晒伤摔伤，没锻炼出硬邦邦的腿部肌肉。

不过，重在当下，对吧？我准备好了，瑞秋也是，她的双颊又恢复了红润，小腿肚蹭到了车链上的润滑油。富士自行车也蓄势待发，辐条各归其位，车链做过润滑，轮胎充满了气，下管上贴着我从德卢斯酿酒厂买的椭圆形贴纸。我打算一路上买这样的贴纸来贴，把自行车弄得个性张扬又丑陋。车子的公司标志很快就会被盖住，车架上丑陋的文字和缭乱的颜色会让最贪婪无度的小偷都望而却步。

瑞秋的车上也贴了一样的酿酒厂贴纸。一开始我有些抱怨，因为是我先发现的。但瑞秋提醒我说，我现在珍爱的富士自行车可是她先注意到的，她作出的妥协更多。我心软了，的确是这样。再说，我们的自行车和包都是配对的，再去细分你的我的就有点愚蠢了。

我，瑞秋，还有我们的自行车都整装待发了。

我们骑了最后的几英里到达双海港，这段路还是很安静的。在旧 61 号高速公路唐突地将我们甩到新 61 号高速公路后，情况就变了。和所有新建的高速公路一样，新 61 号高速公路是供大型汽车高速行驶的。伐木车、载客越野、生锈的咔咔作响的汽车阻塞了全部车道，硫黄味的尾气盖住了湖水清新的气息。更糟糕的是，高速路偏离湖岸，拐到一片不知道是几次生的森林里，我们只能看到低矮的松树、风刮过来的碎石块，还有前面人的屁股。

我想早点结束这段路程，于是拼命蹬车，全程盯着速度计，看着里数不断攀升。骑到时速 14 英里时，我瞄了一眼后视镜，瑞秋在后面挺着下巴，皱着眉头，肩膀随着蹬车的幅度左右摆动。她快碰到我的后轮了，像是无声地催促我加速。于是我蹬得更卖力了，直到心脏狂跳，腿在抗议，肺部氧气都用光了。我大口呼吸着，不介意空气中臭鸡蛋的味道，我突然爱上这段高速公路了。这么多天来，车子坏掉和身体不适让我们落后了，现在这种能酣畅淋漓地做一件事的感觉很爽。

我看向后视镜，发现瑞秋远远落在后面，得有500英尺远，只能看到一个小小的摆动着的身影。我太过沉迷于加速赢得喝彩的念头，没在意我拉开的距离。对此我第一反应就是气愤，因为瑞秋追不上，我就得留意速度，不能随心所欲。然后就是排山倒海的罪恶感，脑海中有个熟悉的声音说我配不上高速和强健的肌肉，什么也配不上。不是因为要去等待瑞秋或者什么人，而是因为我意识到了为什么自己总是能轻而易举地处于领先位置。

我一直习惯站在高处，但在跟随——不，是追随——瑞秋一年后，我渐渐忘了男性特权这回事了。

这真让人费解。

我无所事事，就调成低速，慢悠悠地骑着车子，时不时看看后视镜。瑞秋追上来后，我盯着后视镜，小心调整速度，装作不经意地和她保持一致。我们就这样骑了5英里，一边是川流不息的车流，一边是灌木繁茂的幽静森林。拐了一个弯后，我们发现一条自行车道，托尼亚说过，顺着这个车道可以直接到伊尔根瀑布。它被称为“佳尔齐伽米车道”，来源于奥基布瓦族对苏必利尔湖的方言称呼，“佳尔齐伽米”意为“宏伟之水”。

我们顺着车道骑到一个长满松树的花岗岩小山坡上，扔下自行车，眼前的宏伟之水让我们惊呆了。从这里望过去，苏必利尔湖显得更加广阔无垠，延伸到天际，湛蓝的宁静湖水泛着点点波光，这里没有船只和海鸥，没有小岛和浮木，甚至不起一片浪花。北边，轮廓分明的悬崖高耸于蔚蓝湖水之上，傲然承载着时光留下的印记。我们终于真正到达北岸了。我们可以在佳尔齐伽米车道上安安静静地骑行，在鹅莓瀑布下方清凉的水中游泳，感受裂石灯塔的残缺美，当然还要在黄昏时分到伊尔根瀑布玩悬崖跳水。

瑞秋像是读懂了我的心思，向着前方的海岸点点头说：“那里肯定很漂亮。”

“对，”我回答说，“是很漂亮。”

事实却不是这样。

一到山坡北边，佳尔齐伽米车道就消失了。我们一脸茫然，只能原路返回，问路边停车场的工作人员我们是不是错过了一个拐弯还是怎么样。他笑着说这段只是条分出来的小路，还有一段长约 14 英里的路段，在鹅莓瀑布那里，需要往北走 9 英里。我们得回到新 61 号高速公路那里，忍受飞来的沙石和排放浊气的排气管。

我不是很喜欢这段路。但毕竟之前期待了许久，我努力想让自己喜欢它，于是假装出一副兴致勃勃的样子。一边骑行，尽量保持适中的速度，一边回头故作兴奋地惊叹湖上的船——其实透过树丛，根本看不太清楚；或者大惊小怪于路边死去的小动物；再不然就感慨到鹅莓瀑布只有 4——啊不，5 英里路程。也许我的声音被车流盖住了，瑞秋没听到，或者她太累了需要集中注意力骑车，总之她没有回应，顶多就是微动唇角笑一下，然后继续骑行。

我们在一小时内骑了 9 英里，下午三点到达鹅莓瀑布。我把自行车锁在护栏上，注视着峡谷。冰茶颜色的江水汇集到上游水池，再分流成一道道水柱，从悬崖自由落下。这就是我期待已久的苏必利尔湖北岸了，我急切地想要向瑞秋表达终于和她一起到达的喜悦之情。但她却皱着眉头，目光呆滞，像是压根没看到这瀑布。

“这景色真美啊！”我说道，看着瑞秋，想得到些回应，“想到瀑布下面去吗？可以吃个点心或者去游泳。”

她看着我，耸耸肩：“我想是吧。”

我想是吧。我们一整天都在期待这一刻,她就是这个反应?我低下头,想找到合适的话来说。

我张嘴说出的却是:“你还能再无聊点儿吗?”

这可不是该说的话。

瑞秋的眼色暗下来,她一言不发地下车,拿出一些吃的和日记本向瀑布下走去。我愣了几秒钟,赶紧跟上去。她在悬空于水面的岩石上坐下,我坐在她身边向她道歉,解释当时只是希望能和她分享这一美好时刻而已。

“没关系,”她回答道,“我很抱歉自己这么……我也不知道怎么了。”她看着河对岸,那里有个蹒跚学步的小孩子,咯咯笑着把脚浸到水里去。“只是觉得有点困难。你更强壮一些……有时我觉得有些困难。”

我点点头,不知怎么回答。通常情况下,我才是那个无能的麻烦鬼。

“嗯,”我开口说,“不说骑行的速度,我觉得你真的很棒……我们可以一起做这件事,很棒。”我犹豫了,又加上一句:“我也觉得这很难。”这是真的。某种程度上说。

瑞秋接受了我的解释,至少表面上是接受了。然后我们承诺要多沟通,不要憋在心里之类的。

我们在下游漫步,脱下鞋子和衬衫,在两个瀑布间的池塘中涉水而行,水及肩高,水温很低不能待很久,于是我们爬上岸躺在岩石上。冰凉的水抚慰我被阳光炙晒的皮肤,湍急的水流盖过了公路车流的声音,没几分钟我就睡着了。

鹅莓瀑布北边,佳尔齐伽米车道变得像个过分热情的主人,给你展示每条自制的被子、每个从爷爷那辈传下来的书柜、每张某某婴儿时候的照片,等等,其实你只是在找冰箱而已。车道向北延伸,时而下降至山谷,时而爬升至花岗岩山坡,经过白桦林和湖滨,同样的距离,高速路 1 英里就能走完，车道得走 2 英里。下午骑车兜风的话，这段路还不错。但我们已经拖着行李骑了一天了，不需要这样起伏的过山车。我们需要尽快到达伊尔根瀑布。快六点了，天色变得晦暗不清，我的屁股隐隐作痛，那么瑞秋可能也会觉得屁股痛，她可能会因此变得暴躁古怪，我可能又会说出什么蠢话，然后她可能又生气地一走了之，把我一个人留在这里。

所以我们只是在裂石灯塔稍作停留，完成任务似的呆呆地盯了两分钟。我们从海狸湾穿过，事实证明它不是我想象的那个古朴的小镇，更像是汽油站的集合。在新 61 号公路上骑的最后几英里非常不顺利。人行道都浸到水里去了，风卷起浪花，花椰菜状的云朵飘浮在头顶。我感觉腿在燃烧，颈背很疼，但我忽略掉这些疼痛，专心看着后视镜里的瑞秋，她也在奋力挣扎。我尽力保持着匀速，既不让她看出来我是刻意放慢速度，也不让她太吃力。

薄暮降临，我们下车沿着几不可辨的车道前行，道路狭窄，长满荆棘，我们小心翼翼地走着，推车避开灌木和树枝，最后到达麦克提过的那个盆地。前方，江水从陡峭悬崖一跃而下 40 英尺，直落入漆黑的潟湖中。我放下自行车，走到崖边，盯着江水落入水池那一处，那里蓝黑交汇，湍急水流溅起水雾和浪花。我头脑发热，来不及思考，就后退三步，往前跳了两下，从悬崖边跳下去了。

40 英尺是个很长的降落过程，长到你会质疑自己，为什么傻到离开坚实的土地跳到虚空里来。双足接触到水，然后你会沉入黑暗，一切都变得晃动和纷乱。有那么一瞬间你觉得自己会一直下坠，永远无法回到地面。但你后来回去了。

几小时后，我们第一次用啤酒罐制成的炉子做饭吃，我们用做爱弥补之前差点发生的争执。瑞秋睡着后，我爬出帐篷，听着水流的咆哮声，呼吸着清甜的雾气，回想这一天。这是我们第一天离开庇护所，不得不承认，当时并不是十分愉快，但只有现在回想起那些丑陋的公路、曲折的车道和自己的愚蠢行为时，我才能一笑置之。只有现在我才能开始勾勒我的经历，将来讲给别人听，讲给自己听。

我想，这可能是前方正在等待我们的。

只有在回忆中才充满意义的几千英里的旅行。

早餐是黑咖啡、香蕉和煎饼，上面抹着西蒙尼给的枫糖浆。我们坐在瀑布边，一边吃饭一边看那本三折页的路线图，那是在双港游客中心时有人塞给瑞秋的。图上是一片风景优美、多丘陵的森林，有条弧形小道从中穿过，将它一分为二，叫"苏必利尔国家森林风景小道"。名字有点拗口，但路线看起来不错，小路从湖北岸蜿蜒向西到"历史悠久的钢铁山"。我从没听说过这个名字，听起来很朴实大气，还有点共产主义的味道。就这么决定了。

我翻到内页，找到我们已经笑了好几次的地方，拿出播音员的腔调一本正经地读道："这并不是常见的景象，但有人看到黑熊和麋鹿在路边闲逛。"

"只是闲逛而已，"瑞秋吃着煎饼，含混不清地说，"更深层次的交流还没人看见。"

我把路线图折起来放在明尼苏达州地图上面，后者是瑞秋在加油站找到的赠品，我们没怎么用过，在威斯康星旅游时我们也很少看大地图。迄今 334 英里的骑行中，我们只跟着寄宿主人手写的路线指示走，而且决定以后也要这么做。听当地人的意见，选择当天的路线，不做关于第二天的决定。

我们收拾完，天气变热了，是那种很恼人的中西部夏日的炎热，让人汗流浃背心烦意乱的热。我还想去跳水，就说服瑞秋和我一起。我找到一个最高点，瑞秋却到了下面的水池那儿，紧张兮兮地拽着从一棵大橡树顶垂下的绳子，踮着脚在岩石上走来走去，她打算从距离水面只有 10 英尺的地方跳。接着她坐了好一会儿,不时抬头朝我咯咯笑着做鬼脸,好像在问:“我真的要跳吗?”

我坐在瀑布上方和她一起大笑起来。这时的瑞秋不复运筹帷幄的样子,有点慌乱,这样的她让我心安。从初见那天起,瑞秋一直那么优秀,高高在上,需要我不断追求,如今在骑行的路上,有越来越多她努力追上我的时候。现在她终于跳进水里了,不知道是滑下去的还是自己跳下去的。她消失了一秒钟,接着扬起一条胳膊,头露出水面又扎下去。她游泳时和在陆地上加速骑行一样,身姿优美,让人忘却一切疑虑。

我们打包好东西,穿上莱卡棉内衣和外衫,推着车往路那边走。才刚离开瀑布十分钟,我额头上就冒出豆大的汗珠,舌头干得发麻,我伸手去拿水。

“完了,”我抬头问瑞秋,“你还有水吗?”

“没有了,我最后的水用来泡咖啡了,记得吧?我以为你还有水呢。”

“当时还有,但之后拿来刷餐具了。”其实是刷餐具的时候喝掉了。

“呃,好吧,”瑞秋回头说,“这下好玩了。”

一点都不好玩。打垮我的不是炎热或者潮湿——不过现在的确闷热潮湿——而是我骑得太他妈用力了。伊尔根瀑布往西全都是山丘。想想看,一群志同道合的公路设计师挑战自我,设计一条起伏不平的道路,简直就不是给人走的。我骑了5英里,已经被汗水迷住眼睛,太阳穴怦怦直跳,牙龈生疼,像是含了一上午绝缘纤维玻璃。我猜瑞秋也觉得不舒服,她很快就不说话了,一心盯着人行道,不屈不挠地蹬着车。

地图显示,距离下个镇子——芬兰镇只有10英里。之前觉得10英里不算事儿，但是我错了。在没有水又烈日炙烤的情况下，10英里简直要命，其实在这种情形下，骑行8英里、6英里，甚至是微不足道的距离都异常艰难，直到路边出现了一个小商店，及时得如同天赐恩惠。我们飞快地停好自行车冲进里面，等反应过来，我们已经坐在地板上，倚着冰箱了，水壶又装满了水但谁都没去动，因为刚刚我们狼吞虎咽了特大号士力架①和大瓶装的百事激浪饮料。这时是早上9点42分。

我闭上眼，带着心满意足的微笑说："我从没吃过这么好吃的东西。"

"我明白，"瑞秋说，"我还想吃糖。"

"那我们去买。"

我们又买了更多的糖。

还有苏打水。

还有柜台边那位女士惊讶的表情。

那天早上，生活给我们上了关于前瞻和提前准备的一课。很无聊，我们并没有学会。其实我们什么也没学到，但我们俩都记得，曾经我们觉得成长最美好的地方在于想吃糖的时候就可以吃，现在我们明白，这一直是对的。

苏必利尔国家森林风景小道很宽阔，是一条宽达40英尺的平坦道路，而且空无一人。我们一边骑车，一边猜测为什么会开辟这样一条道路。这儿的确很漂亮，但北方森林的其他地方也不差。也许这是某个政治家为了还公路开发商的人情所做的政治拨款？也或许是道路两旁的奥罗拉镇和海狸湾里1763名居民至关重要，所以要在两者间修一条公路？不管这条道路为何存在，找到它是我们的幸运，这里就

---

① 一种巧克力棒。

像专属于我们俩的私人主题公园，风景如画：有着百年历史的芬兰校舍，一条自行车道，路旁的树林总是水影闪现，不时掠过湖泊、河流和沼泽。我们一路畅行，刚过午后就骑完了到霍伊特湖一半的路程，我们本打算晚上在那里野营。

我们在沙利文湖畔停下来休息，这是我们旅游册子上的第 11 个景点。尽管岸边有很大一片露营地，却只有我们俩，于是我们脱得精光跳入水中。瑞秋轻盈地掠过水面向对面游去，我试着去追，最后放弃了，到浅水区练水下倒立。现在差不多有 90 华氏度①，水温非常适宜。清凉的水隔绝了阳光的热度，又可以让人在里面舒服地待上几个小时。但水呈橘黄色，快赶上酷爱果味饮料了。威斯康星北部地区的水里硫黄和锈的含量很高，但我从没见过这么黄的水，尝起来有股铁锈味。

我涉水上岸，伸展着趴在湖边，像只餐桌上的海星，努力回想我苍白的屁股上一次见阳光是什么时候。几分钟后，瑞秋过来用胳膊肘捣了我一下，尖叫着坐下来。她小腿肚上有条肥大的水蛭，黏乎乎的。

我笑了，瑞秋从没这样过，像个惊慌失措的小女孩。事情变得有趣了。

"这里有个小东西，"我趴着没动，说道，"我们应该把它做成标本。"

"把它弄下去！"瑞秋笑着尖叫道。

"真希望我带了把更大的刀。"我坐起来，在一个挂篮里翻找。"对了，你有打火机吗？我们需要烧灼一下伤口。"

"布莱恩！"

事实上，我不是很擅长做爷们的事。我不会更换机油，分不清刨床和曲槽刨，不会打布林结或者切火鸡，也不懂如

① 90 华氏度约为 32 摄氏度。

何压抑自己的情感。但我一半的青年时期都是在湖边度过的，很清楚怎么对付水蛭。我弯下身子，伏在瑞秋的膝盖上，指甲向上划过她的腿，按住水蛭的吸盘，小心又缓慢地把它拿下来，潇洒地抬手把它弹回水里去了。

莫名其妙地，这成了前戏。

十五分钟后，一辆林务局卡车隆隆驶过，司机从打开的窗口那朝我们热情地挥手，那时我们已经处理完现场穿好衣服了，就像骑行的第二天那次一样及时。我开始觉得，其他人只是露个面来提醒我们，全世界包括他们在内，没人知道我们刚刚做了什么。

我们在黄昏时分到达霍伊特湖，那时已经又累又饿，只想找个地方睡觉。这是我们第一次不在屋子里、院子里或者推荐的露营地休息。这回我们全靠自己。挥霍完油腻腻的比萨后，我们在镇上逛一圈，在公园和湖岸中慎重挑选露营地。镇子北面有个公园，就在科尔比湖边上，宽敞明亮，但是树挂满了“禁止露营”的牌子，于是我们随便转到西边的一条僻静小路上。走了大约 1 英里，我们发现了一条雪上摩托车道，幽暗平坦，是露营的绝佳选择。我们搭好帐篷，把行李堆在门边，爬进帐篷。我嗅到了剩下的比萨的味道，赶紧爬出去把它放到 100 码开外。毕竟这地方有熊出没。

我和瑞秋窝在睡袋里，拿出书开始读。她还在看《与啄木鸟的平静生活》，我的《微物之神》刚看到一半，不过我熟知这个故事，所以没认真读，一直在回顾今天发生的事。能真正开始前行，离开熟知的人和地方去探寻未知，这感觉非常棒。我又有了在沙利文湖边的感觉。没人知道我们此时此刻在哪里，在做什么。没人知道。

我们关掉头灯，翻身进入了梦乡。外面，传来东西折断的声音。

接着,响起了一阵喘息声。

“那是什么?”瑞秋推着我的肩膀问。

我爬起来,手肘撑地趴着低声说:“我不知道。”

东西折断声和喘息声越来越清晰,不管外面是什么东西,它离我们越来越近了。透过不透明的帐篷门帘,我只能隐约看到附近居民区的模糊灯光。“你注意到那里有没有马了吗?”我朝着灯光扬扬下巴。小时候我经常在附近的马厩玩,曾听过马的喘息声。

瑞秋摇摇头,看样子她很害怕。我意识到自己也很怕。

那个不明物体在动。它撕扯着,咀嚼着,不时哼哼几声,越来越近,听起来就在帐篷外面。我想说点什么安慰瑞秋,也安慰自己。我想说可能只是头鹿或者豪猪,就算是只熊我也能把它打倒在地,一只手扼住它的喉咙,另一只手弹它的耳朵玩。但我什么都说不出来,甚至没做我应该做的事情:制造噪音,挥动自制的武器把它吓跑。我吓呆了,连大气都不敢出。

感觉像过了一个小时,不明物体一直围着我们转圈,它偶尔会走开,安静一会儿,又轻哼一声打破沉默。我敢肯定它还在我们周围。

后来,撕扯声和哼声逐渐远去,最终归于平静。我终于敢开口了,说可能只是头白尾鹿而已。我努力让自己听起来很可信,很权威。瑞秋没回应,也没必要回应。她背对我蜷缩起来,我们安静地躺着,一动不动,想不明物体到底是什么,但没人知道。

第八章

无计划骑行

右边是松散的碎石,左边有一排汽车。正前方的路肩上有一堆破轮胎。妈的。我向左倾斜,刚好避开那堆橡胶,从中间安全地带滑过。我从后视镜里看瑞秋有没有跟上,却被一辆该死的大卡车挡住视线。卡车排气拍打在我的后背上。我握紧刹车,迎风偏离车道,但偏得太猛,从路肩掉下去,啃了一嘴泥。我一个甩尾,重新回到车道上奋战,迎面而来却是一堆闪闪发亮的碎玻璃,还好及时躲过去了。

整个早上都很糟糕。我们离开霍伊特湖向西骑行,离开充满意义的地方。这里美景满目——银蓝色的湖泊,香脂冷杉和五针松树林,叫作比瓦比克、松镇等名字的,小到无须驻足的城镇——而我只关注身边状况。135 号高速公路和 61 号一样车流拥挤,窄小的路肩上满是碎片,我要么盯着车道避开危险,要么通过后视镜留意瑞秋,根据她的速度调整我的。

我尽量装作乐观的样子,但不禁怀疑我们的旅程会不会一直这么无聊下去。只有后视镜和无止境的前路。

瑞秋在后面喊了句什么,声音被经过的汽车盖住了,我只听到"自行车"几个字,我低头查看车子,以为是爆胎或者辐条又断了。瑞秋还在喊,我从后视镜看到她指着一个标志牌,黄色的钻石图标上印着一辆黑色自行车。我们停下车,发现指示牌前有一条 8 英尺宽的沥青小路，蜿蜒穿过高高的草丛，和 135 号公路平行。这是一条自行车道，我回头向东望去，发现这路紧挨着我们来时的道路，但我一直没注意到。

“要不要走这条路？”瑞秋已经蓄势待发，右脚踏在地上，左脚准备蹬车了。这么问不过是走走过场罢了。

“好啊，”我答道，“这条路的方向应该是对的。”

它叫梅萨比车道。路过前几个小镇的时候，我们曾见过另一个指示牌，标志风格活泼，邀请你穿越树林，但我们以为这是那种标准的小镇旅游道路，会指引我们在错误的方向上走 1 英里，到某个停车场就消失不见了。然而这条车道又出现了，还是延伸向西。

我们离开高速公路改走自行车道。这个当机立断的决定是正确的。诚然，我们还能看到车流，听到发动机的声音，闻到腐臭的汽车尾气，但这些都变成了吵闹的邻居。吵闹的邻居要比当面打击好得多。

几英里后，车道转入树林，绕过杂乱的石头堆，到达陡峭的悬崖边上。我们停下车，我不曾想象中西部竟会有眼前的景象。北部，一条平静的翡翠色河流穿过峡谷，这峡谷简直是从亚利桑那州移过来的，有几百英尺深，红橙相间的墙壁上铺满常绿植物，让峡谷柔和了几分。我们走到观景台上看讲解词，这里是鲁什流矿。这就说得通了，不是峡谷，是火山口；不是自然形成的河流，而是人造湖泊。红色的悬崖是铁燧岩和赤铁矿，两种含铁沉积岩。所以，这里就是钢铁山了。

西边传来一阵隆隆声，紫色的砧状云翻滚而来，这暗示着远处空气中有尘土。我们骑行了十二天，一丁点雨都没见过，看来纪录要被打破了。得赶快离开。

经过铁矿，车道变得像响尾蛇一样，左右甩来甩去，过山车一样起起伏伏。我俯身努力蹬车，几秒钟时速就飙升到 30 英里，我高兴地尖叫傻笑。要是能双手离开车把，我肯定会像海豹一样拍打双手尖叫。车道逐渐平缓,我优哉游哉地等瑞秋赶上来,两侧的树木如帘子般展开,碎石路慢慢拓宽成居民街道。我一度以为这就是车道的尽头,直到看到另一个指示牌,和牌子后面前行蜿蜒入树林的窄路。

瑞秋在我旁边停下,说出我心中所想:“还有路!”

头顶,一声响雷划破天际。还有路现在也不能骑了。

我们骑到板栗街,进入弗吉尼亚镇。这是个漂亮的采矿小镇,有破旧的砖垒店面、三球街灯,还有叫“吉姆家”“史黛西家”“弗兰克家”这类名字的小店。在板栗街尽头,我们发现了一个食品消费者合作社。棒极了。我们可以买些小吃当储粮,还可以向当地人询问车道到底有多长。我们停下车,拿淡绿色防雨罩盖好行李,赶在下雨之前一头扎进商店。

我从没在消费者合作社买过东西。我家乡没有这个,麦迪逊倒是有个很棒的消费者合作社,我只去过一次,我的大学菜谱上主要有易格牌华夫饼、饼干还有布什光啤酒。但瑞秋是波特兰人,一个喜欢吃蔬菜和谷物的健康饮食者,她能知道怎么写“酊剂”这个词,还会制作,简直是个业余的草药医生。消费者合作社对她而言像家一样亲切,她信步在合作社里逛着,拿下味增汤粉包、菠菜奶豆腐、散装杏仁还有几包维生素冲剂。瑞秋正从散装箱里挑抹着酸奶的饼干吃——散装箱表面印着一只大海豹,有我视平线那么高,亮晶晶的大眼睛像在恳请顾客不要边拿边吃。吃到第四块时,一位四十多岁裹着米色三件套的男士走过来,介绍自己是吉姆。他看到了自行车,断定我们就是骑手。听到我们说要向西骑行,他兴奋起来。显然,因为工作的原因,他走遍了明尼苏达州和北达科他州。

“你了解梅萨比车道吗?”瑞秋吃着饼干问道,吐字有点模糊不清。

他转身从架子上拿下一本小册子，打开册子放在瑞秋手上。又来了，这种花钱雇人做的路线图。册子后面是个详尽地图，介绍了车道经过的 23 个城市，让我俩大吃一惊的是车道居然长达 82 英里，这不是条简单的自行车道，而是个公共建设项目。尽管我们错过了奥罗拉的车道入口，前方还有 64.3 英里的路程。

吉姆说："这条路修了十年，一部分沿着旧铁路，大部分路段则经过梅萨比地带风景最美的地方。"他指着弗吉尼亚的简介说："还会经过这些城市。修建这条路的本意是吸引游客，但一直很少有人走。今天是周四，可能路上只有你们俩。"

我们对吉姆提供信息表达了谢意，然后来到桌子前仔细研读地图。这一路会经过十几个湖泊，路过叫钢铁山、大理石等名字的城镇，穿过很多和采矿有关的景点。路边好像有露营地，但如果吉姆说得没错，我们可以在任意地方安营扎寨。我兴奋地从椅子上弹起来。这就是我们不提前研究路线，不用骑行探险地图的原因。好吧，那些地图贵得离谱是一方面。但主要还是因为这个。这种出其不意的惊喜。

这些年我见过的自行车道大部分是从铁道改成的。为方便机动车行驶，道路大多笔直平坦，安静得有些无聊，而且总是经过城市中最无聊的工业区。一般都紧挨着冒着浓烟的工厂、堆满废品的垃圾场、刷着白墙的公司大院还有（这个不一样）方方正正的住宅区，后者很像游戏《第八区》里出现的房子。这些被污染的城市逐渐被人遗忘。

梅萨比车道却与众不同。它的目的不是为了运送货物，而是实现人和环境最大程度的互动。弗吉尼亚以西这 14 英里的路段为我们生动地展示了北方森林风光。这条黑色的车道完美无瑕，让人不禁想把它的美好宣之于众。车道越过突然出现的山坡，绕过粗糙的岩石，经过深蓝色的煤矿坑湖和长满白桦树的沼泽，始终在幽静的北方森林中穿行。终于从森林中探出头，靠近高速公路时，车道又开始随着山脉起起伏伏，尽管什么障碍也没有，也要流淌成舒缓的S形曲线，好像在说：嘿，这是条自行车道，当然要自在随性啦。

快到达城区时，梅萨比车道会把我们扔到主干道或者带我们穿过城镇公园，就像在世界铁燧岩之都钢铁山镇时那样。钢铁山镇的小公园是个名副其实的矿业博物馆。要是我六岁看到这个公园，肯定会起脑动脉瘤。公园里有个巨大的轮胎，胎面比我的大腿还厚；一个9英尺高的铲斗；一台黑色蒸汽机，以前用它从钢铁山露天煤矿拉煤，从公园就能看到它工作的身影。到达公园时刚过七点，尽管天色晦暗，肚子饿得咕咕直叫，我们还是逛了一圈，坐在火车车厢上吃了杏仁，拍了几张游客照片。瑞秋把轮胎当成懒汉椅，舒舒服服地休息，我走到铲斗里面，抬高胳膊才勉强碰到上面。

薄暮时分，我们到达斯达布勒沙滩，灰褐色的半月形沙滩紧挨着一个小巧如鹅蛋的澄澈小湖泊。附近有个凉亭，岸边松林中有个露营地。就是这里了。我们下车伸展身体，放松大腿肌肉、小腿肌肉、腿筋、臀部肌肉。尽管再多拉伸也不能拯救我伤痕累累的会阴部，但能让我觉得很舒服。双腿感觉松弛柔软，像是小火慢炖的精选牛肉。

露营地每人收费5美元，太离谱了，我们打算趁着夜色偷溜进去。我们跳进湖里洗掉一身的风尘和疲惫，享用了啤酒和烹制好的菠菜奶豆腐。日落之后，我们蹑手蹑脚地走进露营地，经过高高的柴火堆，这是不要钱的，旁边肮脏的纸牌上写着“免费！！！”。都已经偷溜进来了，怎么能错过免费的篝火呢？

我们在篝火旁流连了一会儿，大肆感叹我俩是如此幸运：在篝火旁，在繁星密布的夜空下，在这条车道上，在这场骑行探险中。我们始终在一起。走过不同地方,收获惊奇和喜悦,坦然面对世界带给我们的一切。它没有打败我们,是我们打败了它。当初觉得这次伟大探险是保持我们关系的所在,也会是这段关系的终结者。但随着时间一天天过去,走过的路越来越多,这个荒谬的念头慢慢消失。

火势逐渐微弱,瑞秋给我一个吻,道声晚安后回到帐篷里。我又在篝火边待了一会儿,看着火苗晃动飘摇,慢慢变暗,听着木材燃烧的噼啪声。我回到瑞秋旁边时,她还没睡,我正要钻进自己的睡袋,瑞秋就打开她的睡袋把我拉进去。整个露营地只有我们两个人,但我们的动作依然缓慢又安静,手指如羽毛般落到对方的脸颊和眼睑上。呼气安静绵长,小心翼翼,呼吸着相同的空气,品尝着,珍惜着这美好时刻。

第十三天的早上,艳阳高照,我们八点之前就出发了。车道像个活泼的小狗一样跑来跑去,一会儿拐到北边闻闻野花,一会儿蹿到南边看看废弃的矿坑。我们骑了 10 英里都没有看到任何生物,直到到达奇瑟姆,不仅看到了人,还看到了铁人。后者是美国第三大独立雕塑,由钢铁铸成,背着镐和铲子的矿工立在那里,俯瞰着两个交叉的圆圈,工字梁巧妙地从圆圈中间穿过。我很喜欢这个灯塔般的建筑,它是小镇的骄傲,暗示梅萨比地区很有故事。我对其知之甚少,反而是件好事,可以一英里一英里地探索这个地方。

车道前方是希宾城,鲍比 · 齐默尔曼和"灰狗"长途公共汽车的诞生地,他们"两位"在美国家喻户晓,他们的圣像博物馆,是游客必去的地方。我们哪个都没进去。我不知道为何我们跳过了看上去挺有意思又是免费的迪伦神社。虽然不想说,但还是不得不说,我们至少试着去看灰狗展,但守门员说进去需要交 5 美元,相当于 20 条榛果棒,于是我们只是在大厅逛逛，翻看小册子和图画书，发现里面有的东西维基百科上都能搜到。

我们继续在希宾城逛，待了整整四个小时，寄了一沓明信片，在图书馆上网查看邮件，去有百年悠久历史的面包店买新鲜的小饼和松饼，在公园里香甜地睡了一觉。很快，公园变成了我们的城内游路线，尤其是睡觉这一点。我很高兴这让我们原本无聊的一天变得鲜活起来。

离开镇子前，我们去了当地的自行车商店。瑞秋还是觉得手腕和膝盖不舒服，她向总工描述了这个情况。总工叫皮特，棱角分明的脸上总是带着微笑，他说："这不足为奇，你骑的是男士自行车。"

"我知道，"瑞秋说，"我找不到适合自己的女性自行车啊。"

"不幸的是，的确如此。市场上好用的女性自行车不多。大部分自行车的几何形状，包括你的在内，更适合躯干和胳膊长的人。而这样的人一般是男人。"

几何形状。我喜欢这个词。我要尽快用它造句。

我瞥了瑞秋一眼，她显然丝毫不关心要扩展自行车词汇量，她盯着皮特，慢慢皱起眉头。

皮特注意到瑞秋不悦的表情，改变了措辞："当然了，我们可以调整一下。"

他让瑞秋坐在车座上，握着车把的不同位置。他移动车座，降低座杆，调整车把，把竖管升高。瑞秋绕着街区骑了一圈，回来时笑容满面。皮特做得很好。我们聊了一会儿，他问我们有没有去过船锈矿。我们说游客该去的地方我们都没去，他指着矿井说："去吧。"看到我们有点犹豫，又补充说："是免费开放的。"

我们很快就骑到那儿了，据博物馆标志牌，这里被称为"北部大峡谷"。果然名不虚传。这个矿坑长约 3 英里，宽约2英里,足有535英尺深,大得匪夷所思。我把额头抵在防止游客失足坠落的钢丝网上,向下望去,震惊于矿坑的内部构造。陡峭的墙壁上布满灯芯绒样的条纹,黄色的坦卡卡车在里面忙碌穿梭。旁边有辆展览的卡车,让人有气势恢宏之感。卡车轮子有我两倍高,自卸斗比所有我住过的房间都大。我有点想搬过来住,住在自卸斗里或者是希宾镇上。我不了解这个地方,可能正是因为不了解,才显得如此美好。

傍晚,我们到达了梅萨比车道尽头的大急流城。正当我优哉游哉地从最后一个山坡下行时,头开始咚咚作响,不是头盔的问题,离开高速公路后我就没戴头盔了,我脑袋里面正在进行一场激烈的拔河,过去、现在和将来像拉扯太妃糖一样,不断拉扯我的脑袋。尽管我努力集中注意力去感受当下,有一点想家,但情况依然没有好转。因为树林前面传来了音乐声,不是普通的音乐,是那种震耳欲聋的狗屎一样的乡村音乐。我敢说你听到那音乐也没法集中注意力。

我转过一个路口,看到一个大型县立公园,散布着许多帐篷、房车和大型皮卡,还有许多人,悬挂着的扬声器播放着蒂姆·麦克格鲁的歌。一块塑料广告牌上写着"第36届北明尼苏达州伊塔斯加年度古董车俱乐部兼展览会兼交换会",所有人都是为此而来的。我为眼前的一幕目瞪口呆,我不知道哪个更让我震惊,是我们的自行车梦破灭了,还是北明尼苏达州的人居然坚持读、写这么长的名字36年之久。我希望,哪怕只有一次,能用缩写NMIVCCCSSM[①]来表示这个活动。

被我落在后面的瑞秋也来到这里,在我身边停下车,我们一起参加了NMIVCCCSSM。这里得有上百辆房车,车型

---

① 英文原文全称为:Northern Minnesota Itasca Vintage Car Club Car Show and Swap Meet。

包括美洲狮、征服者、复仇者和我最爱的赏金猎人。空气中满是煎熟的油和木炭的味道,混杂着烤焦的肉味和防晒霜味,浓厚得可以直接拿叉子吃了。蒂姆·麦克格鲁的声音最大,但从扬声器和汽车音响传出的歌声中,我辨别出了几个其他歌手的声音——托比·基斯、戴安娜·卡特、萨米·黑格。

我们拿出几根香肠和一袋爆米花,在集会上闲逛。我一般很喜欢小镇节日,也努力让自己想留下来,但我已经开始想念在车道上遗世独立、为我独有的感觉了。所以瑞秋提议回车道过夜时,我表示十分同意。我们很快就得和这些房车、陌生人一起上路了,没必要连露营都在一起。

我们离开大急流城,几英里后看到车道旁边有个雪上摩托车庇护所,它前面是一片草地,上面有个凹陷的露天采矿场。我们回到车道,搭好帐篷,已经是傍晚了。我们俩都没有说话,沉默着在日记本上写写画画,偶尔停下来打蚊子、看落日。太阳慢慢落下,群山和矿坑湖泊都沐浴在落日的色调中,一开始是秋天的颜色——南瓜色、琥珀色和栗色,然后变成了警示性质的颜色——安全的橙色、校车黄,然后是红灯的颜色。既怀旧又谨慎的颜色。

我们快吃完早餐时候,电话响了。瑞秋拿起电话:“是盖伦。”她走到一边接电话,几分钟后,我刷干净盘子,装好挂篮,悄悄走到她后面偷听。

“真的假的?”瑞秋不再踱步,转身面向我,脸上是介于狂喜和绝望之间的表情。她高潮的时候就是这种表情。她倒吸一口气:“盖——伦!”

“怎么了?”我用口型问,倾身过去,迫切地想知道发生了什么。

瑞秋不理会我,转身走开了。她只穿了短裤和运动文胸,我的视线流连于她健美的双腿,纤细腰肢后的腰窝,织物下迷人的臀部曲线——

盖伦。我回过神来，绕到瑞秋面前，像个斗牛小丑一样跳着挥舞胳膊。她转身继续走。我不泄气，轻弹她的耳朵，戳她的腰，顺手摸了一把屁股。瑞秋立刻尖叫起来，把手机从耳朵旁拿开，作出“我要杀了你”的口型。

“盖伦，布莱恩想和你说话。”她说道。那边说了句什么，她笑得更开了：“好，我们待会儿聊。”

瑞秋把电话递给我。原来盖伦现在在芝加哥，刚刚瑞秋就是在感慨他到达芝加哥的传奇经历。昨天早上，他在印第安纳州东部醒来，突发奇想要去芝加哥。于是他骑行了整整一天，从早到晚，达到荒凉的郊区最外围时，已经是后半夜了。车很少，他顺着芝加哥高架公路骑进芝加哥城，那是条十二车道宽，供大型车行驶的高速公路，他凌晨三点钟到了朋友的住处。盖伦这场流浪之旅骑了 132 英里。我和瑞秋前两天加起来才刚突破 100 英里。

“哇哦！”我除了感叹不知道说什么好。我想为盖伦感到高兴，却做不到。我觉得嫉妒，还有生气。生气盖伦完成了如此壮丽的一次骑行，也气瑞秋拖累了我让我没法做同样的事，最后，气自己是个暴躁又自私的混球。

我和盖伦又聊了几分钟就挂断了电话。该动身了。我要向自己，也向盖伦证明，虽然我很喜欢自行车道，但绝对不是没它不行。

看来瑞秋和我想法一致。在大急流城的餐厅吃过早餐后，我们四个小时之内就骑了 50 英里，中途只停了两次。一次是在迷人的雷默城，匆匆忙忙地买了些三明治、佳得乐饮料和祖母牌饼干。第二次是在梅布尔湖，在温暖的湖水中快速地游了个泳。在我前面——是奋力爬坡的瑞秋，她双腿转动着，身体有节奏地摆动。轻快的顺风推着我们前行，我们骑得也很努力，时速高达20英里，几乎是飞进了齐佩瓦国家公园。

200号高速公路是个天赐之礼。柏油路平坦顺畅，车辆稀少，路边湖泊绵延不绝。和梅萨比车道一样，我们是偶然发现这条公路的，我觉得自己是世界上最幸运的无知者。接着又天马行空地想，我和瑞秋可以组个乐队，名字就叫“无知者”，不知道有没有人用过。

我使劲儿蹬车，贪婪地呼吸着从湖上吹来的清风。世界如此美丽动人，无与伦比，我感受到巨大的喜悦，像是达到生命的极致。我不顾现在是上坡，努力加速赶上瑞秋，想和她分享这一刻。瑞秋转过头来，突然开口说：“我希望我们能住在波特兰。”此刻我正感受着极度的喜悦，在加速爬坡，对瑞秋的爱意汹涌，不管什么事都会答应，包括这件事。我说：“我其实也是这么想的。”话刚说出口我就忘了，低头专心骑车，因为在可预见的未来里，我们都是随心而走，不做长远规划。现在我们在这里，一起漫无目的地骑行，探索未知的北方森林，这要好过——

“砰！砰！”

我继续骑。心里觉得不可能。我骑得还是很快，道路依旧平坦，微风像糖果一样清甜。

我深吸一口气才敢向下看。我的后轮转动起来东倒西歪的，像是参加了障碍滑雪赛，我在路边停下，招呼瑞秋过来一起研究。辐条断了三根。我花了几分钟发泄怒气，拖着沉重的步子走来走去，厌烦地踢着碎石，把我知道的脏话骂了个遍，最后挑剔起从史蒂夫那买的宝石。史蒂夫是我们家之前绿化队的工头，为人很粗鲁。

“弄死我算了。”

“你觉得这样有用吗？”瑞秋问。

我吐了吐舌头。认命地翻出在阿什兰买的打链器。我试着重新读使用说明,却没法集中注意力。我丧失了激情,后悔的情绪从阴暗面涌上来,我觉得自己像是被生吞活剥了。无数蚊子在啃咬、拧捏、吸食我的血肉。

明尼苏达和威斯康星、密歇根乃至密西西比河北部的各州一样,好多T恤和明信片上都印着毛茸茸、脏兮兮的昆虫,还有诸如“明尼苏达州州鸟:蚊子”这样的标语。现在可好,湖里有水蛭,岸上有蚊子,齐了。还不到傍晚,蚊子们就蜂拥而至,痛饮鲜血,为夜晚的大活动做热身。瑞秋跳来跳去,不停地拍打身上,咒骂着。我本打算保持“心胜于物”那一套,用意念驱赶这些恼人的虫子。但坚持了十几秒,就从自行车上尖叫着跳起来。

一辆旅行车出现了,停在我们身边。一位黑色波浪长发的漂亮女士摇下车窗,探出头来,挥手赶走蚊子:“需要帮忙吗?”她冲着前面的碎石路点点头。“这是条私人车道。”

“哦,嗯,什么?”我们第一次碰到宣布领土主权的人呢。真是狗屎运。

她眼神柔和起来:“我是说,这条路并不通向任何地方。你们想去哪里?”

“没什么头绪。”瑞秋说。

我们告诉她我们在骑行,已经骑了480英里,不知道还要骑多久,目前面临困境动弹不得,越详细越显得诚实无害。这位女士说她叫雪莉,顺着车道再走半英里就是她家。看见我们受碎石路颠簸、烈日暴晒、蚊虫叮咬的处境,她建议道:“不如你们来我家院子修车子吧,很阴凉,修好后一起吃点东西。”

我们很快就走到雪莉家了,那是栋树木掩映下的蜜色小木屋。前院没有蚊子,我和瑞秋开始修理轮子。我充当了主刀医生的角色,瑞秋是助手,在我修修补补的时候念指导说明,递来拆胎杆和钢丝扳手,观察自行车和车手的生命体征。

我们一直在轻声谈论雪莉放的是什么唱片，是指弹吉他的独奏，旋律变化多端，轻吟浅唱，大调歌曲的其中一首听起来甜蜜又忧伤。

音乐戛然而止，我听见有个男人在和瑞秋讲话，声音中夹杂着弹拨琴弦的声音。他是在弹奏过程中突然停下来说话的——我能分辨，因为我弹吉他时要讲话也是这样的——他不再讲话，走出房子和我们握手，介绍自己是雪莉的丈夫保罗。他说自己刚刚在弹冬不拉，他还会曼陀林、班卓琴等十几种乐器，弹得还不错，可以和其他知名蓝草①音乐人在纳什维尔的演出中合作赚钱。雪莉是位中学教师，两个女儿都住在城里，但他俩经常回小木屋来住，希望以后能在这里定居。

他们邀请我们共进意大利面晚餐，请我们吃满满一碗冰激凌，让我们在院子里安营，洗衣服，洗澡，随便在屋子里逛。我们再三表达了笨拙的谢意，接受每条好意。要向他们道晚安时，保罗拿出一件旧尼龙弦乐器，弹奏了凯尔特民谣混合曲，如今回想起来，仍然是我见过最惊艳的演奏。

最后，我们终于恋恋不舍地进了帐篷。

“我在想，我们的旅行会不会一直这样下去。”瑞秋撑着手肘，看着明尼苏达州地图说。

“哪样下去？”

“迄今我们遇到的每个人都好心地帮忙，”瑞秋说，“我们上路两个星期了吧，基本都不需要费心找露营地。每次有点儿坏事发生，守护天使就会从天而降。”

“我知道。我之前以为骑行会更艰难，更孤独，或者更那什么。”

我看着明尼苏达州地图上已经走过的那部分——向北

① 蓝草音乐(bluegrass music)美国基础音乐的一种形式，演奏时基本使用原声学乐器，几乎很少会用到电声乐器。

经过苏必利尔湖北岸，穿过梅萨比地带，进入齐佩瓦国家森林公园——这段路在地图上也很好看。绵延的那块是森林，数以千计的湖蓝色点状和卷须状的是湖泊。我们可能还要在明尼苏达州骑行一天。我用手指勾勒出到底特律湖城的路线，那是个大城市，离这儿大约有 70 英里，周围也是湖泊环绕。但是再往西，进入北达科他州，湖泊标志消失了。我不知道达科他州的骑行会不会更艰难，更孤独，或者更怎么样。只知道一旦跨过边界，事情就会有所改变。

我抬起头来，发现瑞秋在看着那栋房子。

“今晚听到保罗弹奏真的很开心，”瑞秋说，“我很想念作曲的日子。我们到波特兰的时候找人一起玩音乐吧。”

之前的狂热不复存在，我又觉得住在波特兰可能没那么美妙了。但我决定先跳过这个话题。

“对，”我说，“我也这么觉得。”

我们吃过早饭，拍了一些照片，和保罗夫妇拥抱告别，十点左右就上路了，顺着哈特兰德州立车道向西骑行。最初听说这条 28 英里长的车道正好和我们路线一致时，我们感觉非常兴奋。后来，我们知道这根本算不上“幸运的巧合”。因为明尼苏达州是公认的“美国最优车道之州”，号称有超过 25,000 英里铺设齐全的自行车道，从东向西骑行总有一条是顺路的。但一开始我们不知道这个，还觉得遇到的每条车道简直都是为我们量身打造的。

哈特兰德车道很平坦，人烟稀少，经过很多漂亮的小镇，但骑行还是很困难。随着路程推进，森林面积缩小，西风乘虚而入，我们对这里盛行西风早有耳闻。我一直低头看辐条有没有断，轮胎有没有漏气。什么都没有。只有低缓的几不可察的微风拂过我的额发。到达帕克拉皮兹时，我俩都已经精疲力竭，在城镇公园的野餐桌上昏昏睡去了。

我们黄昏时分才到达奥沙镇，镇子非常小，我们不知道晚上睡在什么地方，希望渺茫。这地方基本没有树，公园太开阔了不适合藏身。停在路边考虑可能的选择时，瑞秋注意到有位女士站在附近一栋房子的前院。

"你觉得怎么样？"瑞秋说。

我耸耸肩，不置可否。那位女士看上去有六十多岁，正在给植物浇水。房子很朴素，大院子干净整洁，是个斜坡，下去就是河岸。没错，她可能是另一个帮助我们的天使，但我觉得不自在。这不是单纯的接受帮助，而是主动索取了。我想了又想，没有动作，这时瑞秋已经向着房子骑过去了。我不远不近地跟在后面，保持适当距离，既能在对话顺利进行的时候插进去，也能在瑞秋被拒绝时假装本来就不看好这事。

"您好！"瑞秋爽朗地打招呼。那位女士抬起头，犹豫了一下，然后走过来。瑞秋快速解释了我们是谁、从哪里来、要到哪里去，问道："我们想找个合适的地方过夜，您有什么建议吗？"我在一旁焦急地等待着，像条迷路的小狗一样来回看着。

那位女士看看高速公路和河边，又看着我们说："我觉得你们可以待在我们院子里。地方肯定够。我问问我丈夫吧。"

瑞秋高兴得手舞足蹈。一分钟后，这位南希女士和她的丈夫比尔走出来，给我们指了一个河边的露营好去处。他们说有个和我们年纪相仿的儿子，孤身一人进行长途旅行的时候，也曾和几个陌生人待在一起。所以他们很乐意帮忙。

搭好帐篷后，我们骑车去直湖南岸的城镇公园。在清凉的水中沐浴，洗掉一身的风尘仆仆。我逐渐习惯了夜晚清洁这个仪式，我们擦洗掉一切，第二天又是全新的一天。我觉得这个小小的仪式要终止了。离开这里后，我们会变得满身风尘，而且无法清理。

第九章
微微变形但依旧完好

我一直希望北方森林能像篇舒缓结尾的小说，慢慢淡出我们的视线。湖泊和森林温柔地缓缓隐退，让我们逐步适应宁静的草原。我们从奥沙向西骑行时，一路还是寒带森林，湖泊和溪流在阳光下闪烁，我对此没有给予足够的敬意，没有在原始海滩游泳，没有在路边的松树下小憩，因为我觉得前方还会有这样的景色，所以我一直在等待应该庄严肃穆、全神贯注的一刻，那时我会虔诚地点头，告别这个地方。

但是庄严的时刻没有出现。离别来得毫无预警。某个时刻，我和瑞秋在温热的浅滩上偷懒。接着，我们向西骑行，我眨了眨眼，一次，两次，三次，之前的景象"咻"的一声消失了，平原地带跃然眼前。忽然之间，地上没树了，只剩成排用来挡风和保护田地的橡树；水也不见了，除了灌溉沟和池塘里污臭的泥水。

正午的时候，气温达到 90 华氏度。汗水从以前意识不到存在的毛孔中逃出来，刺痛了我的双眼，浸湿了我的衬衫，滴到短裤上。夹着谷物灰尘的烟雾在田野上方散开，迎面扑来，和汗水混在一起，弄得瑞秋脸上白一道黄一道的。风一直变着花样地抽打我们：我们在时速 15 英里的逆风中骑了 10 英里，我不敢相信我们竟然选择逆风而行；又在时速 8 英里的逆风中骑了5英里,我觉得车胎好像爆了;逆风消停了一小会儿,风速降到3英里,终于不用再迎风而战了,但我还是觉得全身酸痛。

这样的情境下,骑30英里还好。40英里也还行。但骑92英里就没那么容易了。

但是我们打算到瑞秋父母在法戈的朋友那儿,他们允诺提供食物、住宿和沐浴。所以,我们无论如何也要在夜幕降临前赶到距奥沙92英里远的法戈。该死的!

40英里,50英里,60英里,我保持了"我能行"的劲头。但快骑到70英里时,我就站着骑多过坐着了,对"屁股杀"这个词有了更深的认识。我的腿软得像面条,脖子快撑不住脑袋了,丧失了对一切的兴趣——除了一首《牧场是我家》的歌曲,几个小时来,我无法连贯地思考。而且,空气在不知不觉间转移走了,因为我现在感觉身在水底或者太空。怪不得眼前出现了星星呢!也许我是被水腹蛇①咬了一口?不知道太空里有没有毒蛇。

我滑行到小路边,瑞秋在我旁边停下。她的脸红扑扑的,右脸有点脏。不知道我看起来是否一样。我还有点希望是一样。

"这里太差劲了,"她说,"如果我们再找不到水的话,我就把链条润滑剂给喝了。"

"我觉得我们快到唐纳了,"我回答道,"但不管怎样润滑剂你随便喝。"

底特律湖城是我们途径的最后一个城镇,我们忘了把水壶装满。这几十英里我们就精打细算地喝着仅剩的那点水,如今瓶子彻底干了,所以我们渴得眼冒金星,像被毒蛇咬了一样。我们计划到唐纳镇补充水分。地图显示那是个交通

① 水腹蛇,一种毒蛇,常见于美国南部,生性好斗。口内白色,也称"棉花口"。

枢纽镇,很快就要到了。事实上,应该转个弯就到——

“文明!”瑞秋指向远处一个筒仓和一群米白色建筑物兴奋地大喊。

我们冲进唐纳镇,把自行车丢到一边。四处晃荡,往建筑物里面瞥,敲门,叹气。没有一家店开门,没有能接水的地方,没有居民愿意或者能应门。我们一致认为,唐纳镇真他妈令人扫兴。

于是我们继续往迪尔沃斯镇骑去,这名字听起来也很性感。我们因为唐纳镇和迪尔沃斯镇的名字、晒伤和汗水弄花的脸谈笑了一会儿,但很快就笑不出来了,因为我们都觉得头疼,只好吞咽着口水解渴,躬身继续骑行。还有 18 英里。要在强劲的逆风和流火的骄阳下骑 18 英里,此外,一旦骑到第 10 号高速公路,还要忍受汽车尾气和疾驰的车流。

只有一种方法来应对这些不利条件,那就是低头骑车。由于生理差异,每次我忘记看后视镜调整我俩距离,就会甩开瑞秋一百多码。每当如此,我就会觉得很有负罪感,于是停止蹬车让车子慢慢滑行,或者下车装作检查轮胎,或是想其他办法让她赶上我又察觉不到我在“放水”。可能她觉得我在催促她,可能我觉得她拖了我的后腿,但我们都绝口不提。我们是一个团队。如果我们开口的话,那也只是抱怨风和气温,团结起来对抗共同的敌人。

历尽艰难,终于到达迪尔沃斯后,我们找到一个水龙头,装满水壶后一饮而尽,然后又把水壶装满,发誓以后一定要保持水源充足。然后我们看到一辆冰激凌车,回想起那个早晨尽情享用糖果和苏打水的美好回忆,我们决定买一盒奶酪冰激凌和两杯特大奶昔犒赏自己。这个主意棒极了。但是直到回到自行车上我才意识到,现在我得鼓着装满冰沙咕咕翻腾的肚子再骑 7 英里了。

在莱维特家停下车子时已经是晚上七点半了。我们已经骑了十个小时。我的胯间严重擦伤,左手小指失去知觉,关节也僵硬了。我几乎不能屈膝,所以下车的唯一方法就是身子趴在车把上,把腿向后直直甩过车架。一个缓慢的不平衡的回旋踢。瑞秋把她的自行车倚靠在我的上面,摘掉头盔。之前在迪尔沃斯,她把头发扎成了马尾,但是现在几缕汗湿的头发溜出来贴在额头上。她像拨玉米穗一样,一绺一绺地把它挑开。

我觉得我该说些有深度的话。毕竟我们可是在地狱般恶劣的环境下骑行了 92 英里,从舒适的北方森林到了冷酷的平原地带,而且我们还能一起站着,没有倒下。我盯着双脚,想要找出正确的措辞。瑞秋比我先想到了。

"我感觉很不舒服,"她说道,"但是我很骄傲我们做到了。"她咬咬牙,做了个深蹲,尽力全身弯曲。

"瑞秋,"我说,"我们讨论过这事。就算你裤子上的麂皮摸起来像尿布,也不能——"

她又摆出屈膝礼的动作,一直下蹲,抬高手臂,咯咯大笑起来。

我站着,微笑地看着她。她在陌生人的车道旁笑得直不起腰,从头到脚被莱卡、塑料和聚酯包裹着,经过风吹日晒,大汗淋漓,脏乱不堪,却因为这样简单的游戏就开心起来,而且是欣喜若狂。她抬起头来,对上我的视线,正当气氛变得旖旎时,海伦·莱维特打开了前门,邀请我们进去。

第二天,我去一家自行车商店,和店里的技工说我自行车坏了,他建议我花几十美元买双对接辐条来重新固定车轮。我不太清楚"双辐条"是什么,但这个人看起来眼神纯良,而且"双"听起来比"单"要坚固,而我需要坚固。有过之前几次在路边手忙脚乱修车的经历,我彻底受够断掉的辐条了,不希望在接下来的几周辐条再给我什么"惊喜"。再者,前方是隐约可见的北达科他州和蒙大拿州,地广人稀,下一个已知的自行车店远在千里之外。

离开商店时,瑞秋说:“我希望我的自行车也能出点问题。关于自行车维修的知识我已经学的够多了,但目前为止我的车连车胎都没有爆过。”

“你想跟我换?”我问道,“我觉得你会喜欢上我的自行车教学的。”

她耸了耸肩:“我倒想跟你换。”

我接着走,笑了起来。我原先倒没想过会这样。富士车并不是在折磨我。它只不过是想帮我磨炼性格。

那天下午我们在城镇里四处走了一圈。勉强算走吧。我的膝盖和髋关节没法弯过五十度,说实话这还算好的呢。我感觉前一天我是坐在奶酪粉碎机上了,短裤和皮肤最轻微的碰触也疼得要命。瑞秋也好不到哪儿去,拖着步子走在我身边。不过我们都发现这么直着腿慢慢走可以保护私密部位免于同内衣的直接摩擦,减少痛楚。

我们本想去法戈逛一圈,但外面条件太恶劣,气温在100华氏度上下沉浮,稍微一动,额头和前臂就会冒出豆大的汗珠。我们在景色迷人的市中心步履蹒跚地逛了十分钟,这里有翻修的华丽影院、古典西部风格的旅馆,一排各式各样的小商店夹在中间。我们窝在朱阿诺墨西哥餐厅里,点了两杯快乐时光玛格丽塔,享受着免费的薯条和空调。

五点的时候,自行车店已经把车轮加固好了,于是我们回去跟海伦和拉尔夫共进晚餐。海伦是位美丽的护士,很友好,略带羞涩。拉尔夫是那种带着方形黑框眼镜的医生,医术比那些打扮入时拼命效仿他的人好太多了。吃饭时我想说些好话夸夸法戈。当然,其实我真没看出有什么好。但是海伦和拉尔夫那么慷慨大方,收留我们两个晚上,邀请我们随便拿冰箱里的东西,所以我想,我至少能用西部式唠叨来夸夸他们的城市。我开始评价我所见到的任何事物，接着不知怎么就提起了科恩兄弟那部在法戈拍摄并以该城命名的电影。有些人遇到和巴尔的摩有点关系的人就追问他在《火线重案组》①中最喜欢的人物是谁，我的行为和他们的一样愚蠢，都在竭力创造联系。

"《冰血暴》在这拍摄一定很酷吧，哈？"

"哦，对这座城市而言，那部电影是件坏透了的事情。"拉尔夫咕哝道。跟我经常做的一样，我撤回了之前的话，装模作样地说些伪学术的令人费解的大话，希望能借此掩盖我的发言毫无重点的事实："恩，没错，对于少有人理解之处，观点总会非常主观。"

瑞秋笑了。她以前听过这些废话。

"而且我认为，"我继续说道，"人们把事情内在化后就想当然地认为自己权威了——"

"史蒂夫·布西密被扔进碎木机里了。"海伦插话道。

"是，对。"

美国大部分人会把"法戈"这个词和一个被扔到碎木机里尖叫的男人联系到一起，我思考了一会儿这个事实。除了卡萨布兰卡，我想不到还有哪个城市和法戈一样，其形象和一部电影紧密联系在一起，而且结局不甚美好。

后来，我躺在床上思考法戈这个城市。我知道人们会有些陈腐的地区偏见，每当有蠢货说威斯康星只有奶牛和螺母时我都很生气。不过，不是要赘述这一点，这形象也比被扔到碎纸机里尖叫的男人好多了。

不管怎么说，我对法戈有了新的印象。自己形成的印象。

---

① 《火线重案组》是一部风靡全美的电视剧，讲述了巴尔的摩市警察与犯罪团伙间的交锋。

第二天，风力依然凶猛，天气预报说气温会达到 100 多华氏度。我们决定等最糟糕的时候过去，下午晚些时候再走。我们放下窗帘，打开空调，然后花了大半个上午设计穿越北达科他州的路线。瑞秋几乎是当机立断，建议我们走横穿全州的 200 号高速公路，接着就舒服地窝在沙发上看小说，而我在电脑上搜罗各种选择，艰难取舍，最终还是点头同意了。

下午，我们处理了一些琐事。把发硬的脏袜子和衬衫洗了。从一开始，我基本只穿那件黑色 T 恤，背上流的汗水在衣服上形成一圈恐龙蛋样的白色盐渍。接着我们去杂货店检修自行车，一起润滑链条，给车胎打满气，甚至清理了车架上沉积的灰尘。打理自行车感觉还不错。也算是知道怎么打理了。

最后我们来到厨房，商量如何处理那两袋装满脆谷乐麦片和 M&M 巧克力的大袋子，那是海伦为我们制作的“什锦杂果”。我们对食物本身没有什么抱怨，但这个体积太令人担忧了。每包轻则 1.5 磅，这意味着有 3 磅重的食物，这是好事，也就是 3 磅的行李，这可是坏事。最终，我们衡量了自己的吃货本性和挑战空气动力的能力，拿了一包，在留下的那包上附了感谢和解释的字条。

下午四点到了，我们装好自行车，在房子里看了一圈有没有落下东西。还真有，海伦送给我们做告别礼物的两个特大号巧克力棒。瑞秋拿起巧克力棒，打包起来，然后我们锁好身后的门，重新上路。

几周前，家里的机械师就提醒过我们注意西风。听到我们的计划路线，他点了点头，来来回回地打量我们：“呵，从东向西穿过达科他州？这可是场硬仗，你们俩得准备好费尽力气地蹬车子才能往前挪。可能得骑上两个星期。”

当我们从法戈出发时，这些话就在我脑海中回响。风穿过建筑物和加油站。树梢发抖，美国国旗呼呼作响。我们尽可能走安静的小路，但是快到城市时，我们走到和州际公路平行的乡间小道上。这里视野很开阔。就在这里，战争打响了。

经过这么长时间的心理建设，我已经不惊讶于风的力量，而是吃惊于其震耳欲聋的轰鸣。我敢说如果是顺风，一定会很安静。但现在，迎着这气流，我感觉自己像是身处拥挤的停机坪。我是说，这和以前经历的“亲爱的，快感受一下，空气在动呢”那种风完全不同，这里的风自成一派。在呼啸的风中没法交谈，也算好事，这样我就只能闭着嘴，安静观察风吹麦浪了。后者跳着懒散的舞步，一会儿向南一会儿向北地轻轻摆动，像陆地上的海藻。

我本以为我们来到平原地带的第一天会是从奥沙到法戈，但现在这都不算什么了。这里地形十分平坦，没有任何起伏或裂隙，风无处不在。孤独的树紧紧拉着破烂的树枝，拖拉机上的沙粒不情愿地滚来滚去。

如果说我一直都知道我们在穿越美国，那么此时此刻我才真的感受到这一点。土地在面前平坦展开，不用再疑惑到底要走多远。

太阳落山时，我们差不多迎风骑了 20 英里。现在我们停下来，一屁股坐在路边的沟里，准备晚餐——两个花生黄油、果酱三明治和 1.5 磅的什锦杂果——吃饭的时候，瑞秋嘴里含着东西就开始唱歌“我的胡言乱语有个名，它叫作奥——斯——卡，我的——”①

“请别唱了。”

“——胡言乱语有个姓，它叫——”

---

① 美剧《拉字至上》中的一首插曲。

我扯了一把青草，作势要塞进她的嘴里。她避开了，头埋在胳膊里唱完了最后的词。结束表演后，她抬起头来说："这，该死的，一整天。我脑子里一直响着这首歌。"

"恩？"我说，"我是陷在《牧场在我家》出不来了。但是我只记得第一段。"

我们都尝试着回想第二段，但是谁也没想起来，也许这样更好。瑞秋拿出了她的书，我拿出了我的日记，我们在那坐了一会儿，只是读读写写，路边沟像个小书房一样。现在这就是家啊，我心想，把这句话写了下来。

最后小虫子们发现了我们，所以我们回到自行车上，朝着落日骑去。落日余晖渐渐隐去，很快四周全黑了。我能辨认出远处农舍传出的光，车前大灯微弱的亮光像闪烁的星星，五分钟后，这些微光刷的不见了。我一直在偷瞄瑞秋，她在我旁边骑车，车前大灯照在人行道上。骑车同她穿梭在这寂静的景色中，只有我们俩，感觉像一个秘密。我们在一个只有我俩的世界里。

终于地平线那出现了一丝微光，逐渐变大，出现了一个叫作佩吉的城镇。我们悄悄溜进公园，在一个凉亭后搭起帐篷。我说我想吃巧克力。瑞秋说一两个小时前才在路边吃过晚饭。我坚持要巧克力。她转了转眼珠，开始在包里搜寻。

"巧克力肯定在哪个包里，"她说，"我们可不可以等到明天早上？我吃饱了。"我耸了耸肩，同意了。其实我不是真的想等，但是理性占了上风，我们已经打败了西风，又发现了这个洒满星光的禁地，已经很幸运了。而且我确信明天又会是艰难的一天。如果知道最后可以吃到来之不易的甜蜜巧克力，这一天会变得容易些。

第二天早上，天气很恶劣。我先在前面骑，缩着脑袋努力蹬车，瑞秋紧跟在后，想找到我的最佳挡风点。我们一路无言，每隔几英里就换一次前后顺序。身下的自行车轧轧作响，气流像鞭子一样抽打着我们。前进是异常艰难的，简直像在布丁里面骑车。

从佩吉镇出来后，我们又骑了几英里，转到西边的 200 号高速公路上。不知道要在这条路上骑多久，估计是介于很久和永远之间。突然，我们看到地平线那出现了两只蚂蚁样的影子，黑影慢慢变成了松鼠甲虫，然后是松果大小，距离 500 码的时候，我们才看清那是两个人。我一边骑一边想这是何时发生的。机缘巧合地（记住，是巧合），我们开始了自行车冒险之旅，而现在，我们第一次遇到了另一对穿越美国的骑行者。看到他们我也许该兴奋，但是我没有。我讨厌他们。他们看起来时速高达 943 千米，顺着风轻轻松松，而我们却是逆风。

路上没有汽车，所以我们四个就停在了路中间。这是两个年轻男子，大概二十多岁，跟我一样身材瘦长。我们暗自打量对方挂篮，评判对方的穿着，就差去嗅嗅味道了。

“看起来你们骑对了方向。”瑞秋说，顶着风抬起一只手来。我感受到她声音中有一丝恨意。

其中的一个哼了一声，不以为然。“那是现在。我们已经连着三天都顶风了。”

我振作了起来。所以说盛行风也不会一直吹。这倒是很鼓舞人心。

原来，他们在穿越北达科他州时，只是偶尔才吹西风，连许多当地人都觉得很奇怪。多么稀奇啊。我诅咒脖子上的肿块、车道、断掉的辐条，埋怨它们耽误了时间。如果我和瑞秋能早三天到这儿，我们就能飞起来了。我们又交谈了几分钟，聊了各自的旅行时间和去过的地方，但对深究对方旅行的原因不感兴趣，就祝彼此好运，又各自上路了。

盛行风继续吹着。我们骑了20英里，在库珀斯敦停下来，这是一个沉睡的小镇。这里有过华丽的剧院、宽阔的街道、数量众多但顾客稀少的商店，但这都是往日繁华了。我们在公园待了几个小时，读书，睡觉，烤饼干，这饼干的唯一可取之处就是可以放在啤酒罐制成的炉子上烤。我又想让瑞秋把法戈的巧克力拿出来。但前路还很漫长，我需要更有耐心。

一旦风力变弱，我们就回到路上，再次追赶夕阳，独自在点点繁星下骑行，沉醉在草原的寂静中。当格伦维尤镇出现在地平线上时，我们已经骑了两个小时。我们摸进公园里，搭好帐篷，点亮自制的炉子。瑞秋用她那类似醉酒女王英语的口音说，她现在"饿得适中"。我回答说她真是走运，因为我们很快就可以大快朵颐，享受藜麦、混合蔬菜，搭配一片奶酪和一瓶甜瓜佳得乐的晚餐了。

盛宴之后，感觉很不错。我开始收拾盘子，瑞秋站起来在她的挂篮里乱翻，她好像找了很久，我的意思是，我倒不在乎花多长时间，只要她能找到——

"我找不到它了。"她说。

"什么？"我目瞪口呆。

"那个巧克力。我找不到了。"

"你所有包都搜过了吗？"

"是的，布莱恩。你刚刚也看到了。"

"好吧，"我说道，听起来比预料的更绝望，"要不再找找？"

她又找了一遍，扒出了她的粉红色球衣和橙色露营毛巾，一些"人"字拖和零钱。又拽出了一张皱得厉害的北达科他州地图，三支圆珠笔，一本邮票，两张未寄出的明信片和一瓶防晒霜。但是没有巧克力。

"我真的很抱歉，"她说，"真希望我带了巧克力，但是我没有。"

我避免跟她眼神接触，揉搓手中的两块石头。"没关系。"

我们在那坐了一会儿，沉默不语。然后瑞秋站起来走向厕所，蹲在水水龙头旁边，开始擦拭了她的备用短裤上的鹿皮。她每天晚上都要擦，从不忘记。

从不，忘记。

突如其来的怒气使我迷失了方向。我从桌边直起身来，在公园里暴走，任凭恶毒的想法渗透血液和五脏六腑，直冲大脑，让我清醒地认识到这样没错；瑞秋，一直是程序女王，精确典范，没犯过什么错；但弄丢巧克力这件事却说明她只是在错事上精确，正事上马虎。她不仅仅是丢了巧克力，更是变成了弄丢巧克力那种人，也许她一直就是这样。恩，好吧，没事，我承认我不确定这具体意味着什么，但我知道这很重要，事实上这他妈的非常重要，所以一整个晚上和第二天大半个早上我都为此煎熬，直到瑞秋在挂篮里找钱包，五分钟后突然尖叫一声，手舞足蹈地举起了两块略微变形但仍完好的巧克力棒。

第十章
终点会是答案

在北达科他州卡林顿镇公园的野餐桌旁，我坐在瑞秋身边，赤裸着上身晒太阳。尽管每天都会涂防晒霜，连续几周的风吹日晒还是把我的皮肤变成了水果皮。脏兮兮的水果皮。离开法戈后，我们一点水也没看到，没有湖泊，没有河流，也没有澡洗。加油站污水池的锈色污泥被风席卷而来，单一栽培的农作物随风摇摆，粉尘和农化物混着汗水，在脸上身上肆意流淌，颜色像鼻涕似的。我们浑身油腻腻的，满是谷物粉尘，身上又酸又臭，整个世界都是随风摇摆的麦子和热浪席卷的车道，我们就埋头在这个世界里骑行，前方是一成不变的平坦地平线。

然而，此时此刻，阳光和煦而不炙热，清风温柔地拂过我的头发。我刚刚享用了一顿丰盛的早餐，1 个潜艇三明治、20 盎司①苏打水、12 把什锦果仁，还有那块化掉的巧克力，现在是酒足饭饱，昏昏沉沉地打盹。我现在感觉非常惬意，别无所求，哪儿也不想去。

我支着手肘，拽了几根小草抛着玩。它们在空中飘飘荡荡，落在原地点的西边。

---

① 盎司，常衡制的一种质量单位，等于 1/16 磅，或约等于 28.3 克。

“快看，”我对瑞秋说，“我觉得今天会是顺风。”

瑞秋只是出于礼貌地微笑了一下，就像听到了“长大以后要当宇航员”这样不切实际的话。她已经习惯这样的宣言了。

“瑞秋，你感觉到没有？今天会是顺风。”

“可能吧，”她挤出一团羚羊润滑油，手伸进短裤里去抹匀，“或者你在丢草的时候，手腕‘不经意’地向西边斜了一点。”

我确实那么做了。完全是出于好意。为了鼓舞士气的善意谎言。

我耸耸肩：“我们等着瞧。”

我穿上衣服和鞋子，戴上头盔，跟在瑞秋后面穿过草坪，回到自行车上开始骑行。在离开卡林顿的路上，经过云彩色的粮仓时，我发誓有微风吹过我的后脖颈。我得意洋洋地点点头，骄傲得要上天了，刚要回头和瑞秋炫耀自己是多么睿智，风突然向右转舵，一阵阵猛力吹着。我努力应对着，真的很努力，好不容易平衡好车子，风向冷不丁又变回来了，把我吹到旁边的碎石路上，我奋力拼搏回到车道上，发现风向又转了，这下是要把我吹回卡林顿去。

这不是顶风，也不是顺风，甚至不是侧风。这就是该死的随心所欲的风。

瑞秋在我身边停下，嗤笑道：“还真有顺风呢。”

“呵呵，真好笑。”

“我是说，这也太简单了吧。”

“好吧，你赢了。但我还是觉得——”

有车在鸣笛。我们占用了整个车道，风的呼啸声让我们听不到后面有辆卡车。卡车轰轰鸣而过时，司机愤怒地向我们比中指。

“对不起。”我喃喃自语，不知道是向谁道歉。

我在瑞秋前面低头骑车。呼啸的风钻进耳朵、眼睛和鼻孔里，破坏了我的好心情，于是我开始寻找能让人心情愉悦的事物。路边的小草在风中紧张兮兮地摆动，像被电击时的剧烈痉挛。几个小时前，向日葵还向南扬起它们美丽的脸庞，赞美曙光的到来，像电影《幻想曲》中的最后一幕；如今却把脸盘缩成一团，紧紧挨在一起，在正午高悬的太阳下媚眼如丝，更像《植物遇袭那一天》。

我把视线投向北边的麦田。这边感觉好多了。秸秆优雅地伸展着，风向哪边吹，金黄色的麦田就整齐地往那边倾斜，翻起阵阵金色浪花。麦浪向我涌来时，我感觉侧腰有风吹过，我突然意识到：我可以看见风。思乡之情涌上心头。从小到大，我总爱划着小船在小湖泊上游玩，喜欢仔细观察湖上泛起的丝丝波纹。现在也是一样的道理。如果我一直盯着麦田的动向，就能先洞察风的方向并提前做出调整，在南风来之前倾斜车子，逆风来前低下头蜷缩身子，在短暂的顺风时放松享受。

我也不是每次都能猜对，但这不是重点。很快，我就沉浸于此，和大自然融为一体，收获了美好的时刻。不知过了多久，可能是一个或者三个小时，我们骑到塞克斯顿，这是个美得让人窒息的地方。我们走进乡村咖啡馆，舒服地窝在靠窗的位置。我点了樱桃派和一杯咖啡，士气满满，觉得自己的表现值得这些美好。

重新上路的那一刻，我知道有什么已经悄然改变了。我能感觉到，嗅到，但是听不到，其实，我什么也听不到，除了掩埋在风的呼号中的那些极其细微的声音：车胎和地面的摩擦声，链条和齿轮结合的声音。突然间，我觉得自己像个超级英雄，不需努力就骑得飞快。我看了眼速度计，我们在平地上毫不费力地达到了时速 20 英里。我掉头朝向东边，风迎面扑来，来势凶猛，吹得我睁不开眼，猛烈得像要撕开我的皮肤在胸口扯个大洞出来。我转过方向,像支离弦的箭一样向前蹿去。

最后,毫无疑问地,我们遇到了顺风。

我在喜悦中骑了4英里,车子自己在走,我的腿只是凑凑热闹。我仰着头,大口呼吸着草原美妙的空气,那么饱满又清甜,我真想亲吻它,品尝它,迎娶它。

我是说,某种程度上,我明白我享受的不仅仅是此刻。清甜的空气和北边地平线上滚滚的大块云朵有关,紫色的雷雨云暗得像是要下墨水。但是风从东面吹来,云朵在北边那么远的地方,是吧?是的。

骑到第5英里时,我感受到第一阵风。它走势低且迅速,径直吹向我胸口,这阵风先是旋转上升,又沉了下来。我不以为意,觉得那不过是个异常的空气涡流罢了,但是风一阵接一阵地吹来,绵延不绝,这时,北边的雷雨云挟着地平线渐渐逼近,我注意到深紫色的云上有黄色斑点。我算是个喜欢刺激、勇于冒险的人,但我同时是个美国中西部人。中西部人看到天空出现黄色斑点的时候,心里会暗骂糟糕。

我喊瑞秋,指指右边方便游客的休息处,我们在那里停下商量怎么办。我们想在路边避雨,但是这里只有三面墙,肯定挡不住。别无他法,只能回到塞克斯顿。

我打头阵,瑞秋紧跟在后。风变得浑浊,扬起漫天沙尘,眼睛被迷住了,腿被风沙打得生疼。世界末日般的浓紫色云越来越近。很快,一道闪电划过天际。几秒后,响起一阵雷声。天空被一道道闪电照亮,滚滚雷声越来越近,接着电闪雷鸣,已然近在头顶。

我们刚骑到乡村咖啡馆,雨就下起来了。这可不是那种滴状的点点小雨,而像是上天不小心踢翻了达科他州那么大的一桶水。在我们开门的两秒钟里,就被淋得精湿。我们对着有深深酒窝的店主不好意思地笑笑,选了一个靠窗的位置，点了两杯可可。

大雨倾盆而下，声势渐大，后来简直是倾桶，倾缸了。路上的碎石飘浮起来，雨滴砸在地上，像机关枪扫射一样溅起水花。我们玩了会儿纸牌游戏，等这场风暴和所有的草原风暴一样慢慢过去。但是它没有。它像是自我供能，到五点半的时候，情况更糟糕了。咖啡馆六点关门，我们不知道怎么办才能不流落街头，目前来看没有任何办法。不可能。“要我说，我们就尽可能扮可怜”，瑞秋低声说，朝着柜台那儿的女士昂昂下巴，“她能怎么办？把我们赶出去看着我们受罪？”

关门前五分钟，几道灯光划破雨帘，映照出一个在奔跑的模糊的影子，接着咖啡馆的门被猛地拉开。来人是个四十多岁的女士，淋湿的头发还在滴水，滴到她运动衫和宽松的牛仔裤上。

“嗨，吉姆，”店主笑着说，拿出几个纸袋放在柜台上，“你来得正是时候。”

吉姆微笑着用袖子擦擦额头，从钱包里拿出几张纸币，说道：“这暴风雨挺厉害，这里得有3英寸①的积水了。”她转向我们问道：“外面那两辆自行车是你们的吗？”

我们像是被要求辨认尸体那样点点头。

“好——吧，”她说道，“你们今晚睡哪儿？”

我们俩都耸耸肩表示不知道。

“这场暴风雨来得太突然了，”我说，“我们不知道怎么办。”

吉姆犹豫了一秒钟，像是在内心进行一场辩论。然后她吸了一口气，微笑着说她家有辆露营车，我们可以在那里过夜。我们当然会在那里过夜。我假装客气地说了句“我们

① 1英寸约为0.025米，3英寸为7.6厘米。

不好意思麻烦您"，谢天谢地，吉姆摇摇头打断了我，不然我又得来一遍"我们不能麻烦/好吧，我们可以去/实际上我们非常想去"这套说辞。

一个半小时后，我们在坐在吉姆家温暖的客厅里，和她还有她的丈夫克里斯坐在一起，听着我们的衣服在烘干机上翻动的声音，吃着纯中西部风味的晚餐，有火腿、圆土豆和百事可乐，美味得如在梦中。克里斯是个短小精悍的男士，发型夸张，眼睛长得更夸张，他边看电视，边训斥家里两个钵行僧一样不停转圈的孩子。吉姆跟我们讲述了她居住的小镇，她在卡林顿工作，现在正忙于竞选塞克斯顿市长。选举正在进行中，目前她是唯一的候选人。

我们一吃完饭，吉姆就把盘子拿走了，她拒绝让我们洗碗，塞给我们几条床单，把我们带到露营车那儿。那里麻雀虽小，五脏俱全，一物可以多用。沙发可以当床，桌子是弹簧床垫，坐便器也可以沐浴。我觉得它很像几年前我叔叔买的那辆 Scamp①。我很喜欢那辆车，至少很喜欢它的设计理念，一直梦想开车去旅行。如今，我和瑞秋就在很像 Scamp 的车里，在公路旅行的途中，这一切都是因为这场突如其来的大雨。

我们蜷在破旧的羊毛毯下。我探身过去给瑞秋一个吻，示意今天过得很愉快，我精疲力竭了，我们睡觉吧；而瑞秋轻咬我的耳垂，暗示"我们可以做点什么再睡"，我被点燃了兴致，顾不上现在是在灯火通明的拖车里，只想要她，我轻轻爱抚她的脖子，然后是全身，尽管被莱卡棉禁锢了 1000 英里，她的肌肤依然是那么柔软。

龙卷风袭来时，我们几乎一丝不挂了。

一阵低沉伤感的低音从空气中震颤而来，仿佛有人按下

---

① 一种房车。

了世界上最大键盘的最低音黑键。接着,它的音调和音量逐渐升高,达到震耳欲聋的高 C 调。在我的家乡,这种鸣笛代表两种情况:木材厂午饭时间到了,或者是天要颤动了。塞克斯顿没有木材厂,肯定不是午餐时间到了。我们得离开拖车。

我们在雨中瑟缩着穿过院子,冲进房间。吉姆和克里斯正坐在客厅里看晚间新闻。"呃,"我说,思考如何忽略我的借宿主人极度疯狂这个事实,龙卷风来了都不躲,"我们是不是该去地下室或者哪里躲躲?"

他们一脸茫然地看着我,好像我在讲听不懂的语言。

我无语地指着天空:"这警笛不是指龙卷风要来吗?"

吉姆皱眉想了一会儿,然后开怀笑道:"不,亲爱的。只是十点的报时鸣笛罢了。"说完接着去看电视了。

我多希望自己有勇气问问"十点报时鸣笛"是什么意思,但是深深的挫败感让我没问出口,瑞秋也是。我们又在雨中冲刺回拖车,躲在床上的被子里。

我静静地躺了一会儿,说道:"这事儿真的发生了吗?"

"对啊,"瑞秋回答,"而且我喜欢她回答你的方式'只是十点报时的鸣笛罢了'。明天听到八点早餐敲锣的时候,我们尽量不要表现得惊慌失措。"

我思考了一会儿,不知道有没有八点早餐敲锣。我还挺希望有的。

清晨,八点锣声还没有响,我们就回到 200 号高速公路骑行了。暴风雨留下了印记。天依旧阴沉沉的,但紫色的雷雨云消失了,留下扁平的灰色毯状云飘浮在空中,云下的地形也同样晦暗平淡。暴雨淹没农田,麦秆从黑色的水面露出头来,像沼泽地的香蒲。路上的裂缝和坑洞都成了灰蓝色的水洼,沥青路焕然一新,像被赞博尼磨冰机打磨过的冰面,光滑无瑕，等待人的足迹。

我们确实踏上了这条路。从骑第一下开始，我们就觉得非常轻松。没错，我们已经连续骑了三个星期，昨天还骑了将近30英里。双腿经过休整，强健有力。但是这种轻松非同寻常，是从气象学上解释得通那种轻松。风吹过麦子，世界一片宁静，向前移动时不像骑行，更像是自然地下落。

“我知道这是你的台词，”瑞秋说，“但我敢肯定，这是顺风。”

我们确实遇到了顺风，而且风力很强。更棒的是，远处没有传来雷声，也没有任何迹象表明风会转向。风没有转向，一整天都是顺风，送我们经过那个休息站，经过比塞克斯顿还小巧的蔡斯理镇，路过看起来像“山丘”的地方，这还是离开明尼苏达州后我们第一次看到山。速度计显示我的速度越来越快，先是18英里每小时，然后是20、22英里，我更努力地骑，舒畅地大笑着。我和瑞秋之间的距离越来越大，但我没有在意。这段路对我们俩而言很简单，我第一次无须理会其他，可以专心前行。

骑了30英里后，我们在古德里奇停下来休息，在灰色教堂前的草坪上准备午餐。我们用自制炉子熬汤，自己动手做三明治，这期间交流着今天的感受，瑞秋和我一样因为顺风而非常兴奋。现在，我为把瑞秋落在后面感到内疚。我小心翼翼地问她介不介意我骑得这么快。

瑞秋说：“布莱恩，你如果经常这么做，我会很高兴的。”

我惊得差点把汤喷出来：“真的吗？”

“你以为我看不到你每隔三秒就要看看后视镜？”

我扬扬眉毛，假装听不懂她在讲什么。

瑞秋轻哼一声，意思是让我别装了。

“你比我高那么多，肯定骑得更快。我明白的，没关系。”

我眨眨眼。

“我很感动你一直照顾我的速度。但有时候，我只想随自己的心情骑行，不用去担心会拖你的后腿。”

我又眨眨眼。

“这样如何？你想骑到前面去的时候，不需要停下来拥抱着说爱我。直接走就可以。在我视线范围内就可以吧？说真的，你想骑的时候，只管骑就行。”

我点点头，不知道说什么好，只好咬了一大口三明治。

瑞秋握着我的胳膊微笑：“我们能这么开诚布公地说话，我很高兴。”

重新回到 200 号公路上时，风仍旧翻滚着向西奔去，瞬间我的车速就飙升到每小时 18 英里。我单手握把，另一只手抓住车子上管，忽然感觉自己像个牛仔，在开阔的平原上飞奔，一只手放在马鞍的号角上，另一只手抓着缰绳。我俯身向前，低声说了声谢谢，然后坐直，深深吸了一口草原的空气，把视线从路面转向远处的山丘，然后是开阔的天际。蓝灰色的云朵像毯子样铺在我身上，我感觉自己像被藏起来了。舒适而满足。独自一人。

我不禁想起盖伦。暗自琢磨他每天是不是也这样，感觉如此自由，如此强大，如此——

我甩掉这些胡思乱想。这是我的时刻。我可不想把它浪费在担心盖伦，或是瑞秋，或是其他人上面。不想去关注脚踏有节奏的响声和缺油车链持续的哀鸣，不想知道后面是不是威斯康星州，前面是不是波特兰市。什么都不想，我只想一个人待在这里，做我正在做的事情，因为我想这样做。

所以我继续骑行，只关心脚下的道路和前方的山丘，还有风拂过的麦浪。麦浪在不倒向我而是倒向地平线的时候，真是美丽至极。在这片风景里，我独自一人骑了 4 英里，也许是40英里，远远领先于瑞秋，任自己进入到一种恍惚的境地。我的双腿机械地动着，呼吸变得迟缓，感觉自己看的不只是一个事物，而是一切事物。我看到许多小池塘、远处的拖拉机、灰色的天空，还有延伸的深灰色高速公路，它们融为一体。这就是我身处的地方。

傍晚，我们到达了海龟湖。这里人口只有510人，在达科他州算大城市了。小镇面向北方，隐藏在一排橡树后面，它的主街看起来更像是个农舍的车道，穿过树林与200号公路相接。路口处，一个高高耸立的杆子上挂着美国国旗，我从一英里以外都能看见，国旗下面是一个公交车大小、青铜实心的海龟。牌匾上写着“生锈的海龟”。我爬到海龟壳上，抱着它的头，像骑马一样骑在上面。瑞秋拍了一张我跨坐在海龟脖子上，挥舞着想象中的套索的照片。这照片很不错，可笑的爬行动物静坐在草原上，而我在它上面，大风吹乱了我的头发，看上去像是我和海龟在移动一样。

这就是我想要做的。继续前进。那一天我们已经骑了78英里，但因为是顺风，我感觉我们才刚刚开始。我可以骑一整夜，而我也这么跟瑞秋说了。她只是点了点头，却什么都没说。

“离河谷只有28英里了。”我说道。

她没有反应。

“我们也许能在黄昏前赶到那里，”我接着说，“你觉得呢？”

她越过生锈的海龟，看向小镇。“我不知道。我有点不想走了。”

一种类似愤怒的情绪直冲喉咙。我正感觉天下无敌，现在只因为瑞秋不愿意逼自己一把，就得在一天中最美好的时刻坐下来玩手指头？我深吸一口气，提醒自己她可能一天都在逼迫自己前进。就像她说的,我比她高很多,她一下午都对我扮牛仔这件事亮绿灯,按顺序现在我也该稍微妥协一下。

“恩,”我说,“我想我也可以歇一下。这看起来确实是个可爱的小镇。”

我们在绿树成荫的小公园里搭好帐篷,煮了一些燕粗麦粉和蔬菜,然后散步到市区,走进一家叫“贝蒂娃娃”的当地酒吧。我们喝着掺水的比尔森啤酒,酒保蒂娜,一个有着沙哑嗓音,永远带着标准笑容的漂亮金发女郎,给我们讲述生锈的海龟的事情。似乎是几年前小镇有一笔现金储备,让居民们选择是建造社区泳池还是生锈的海龟。有孩子的家庭想建泳池,老人们却想要生锈的海龟。老人们赢了,而现在,在 90 度①的炎炎夏日里,蒂娜简直想把那个压根没生命的爬行动物杀掉。

她邀请我们参加九点钟的宾果游戏。我和瑞秋抽了四张牌,输得一塌糊涂。比赛结束时,一些老手在角落里的一张桌子上开始洗牌,我问蒂娜他们在干什么。“玩二十一点。”她回答道。“二十一点?”我问道。“二十一点。”她重复道。显然,酒吧赌博,不仅仅是视频扑克甚至是真正的扑克游戏,在北达科他州是合法的。瑞秋对此没什么兴趣,而我却坐下来,借口道我最近一直严格遵守着每天十美元的预算,现在该找找乐子了,而且在酒吧玩牌赌钱也是种不错的经历,应该抓住这个机会享受一下。

让我惊讶的是,第一轮结束时我赢了 30 块。更让我惊讶的是,我站起来离开了,而不是接着赌,把我赢的输出去。

离开酒吧时已经快半夜了。我和瑞秋牵手大步穿过小街,回到公园,我感觉自己就像是北达科他州的国王。好像

① 此处 90 应为华氏度,约为 32 摄氏度。

我被三番五次地奖赏了一样。神灵们发现了我的行踪，我的所为及其原因和方式，他们觉得很满意，就恩赐给我顺风，让我在赌桌上赢钱，还让我得到这个坚强高贵、美丽动人的女士的青睐，而我们现在正一起站在通往美妙新世界的大门前，这个世界生活美妙，而且总会越来越好，建立在过去基础上的新里程更加精彩、甜蜜又简单，最后的 1 英里意义非凡，它是路程，也是答案，可以解开我所有的——

瑞秋握着我的手："嘿，你在想什么呢？"

我不确定自己能把一切表达清楚。所以我回握住瑞秋的手，仰望星空，说道："我只想说，能和你一起待在这里，我觉得非常幸福。"

"我也是，"她说，"这一直都是一天中我最喜欢的时刻。"

"哪些时刻？"

"不骑行的时候。逗留在这些小镇的时候。一切都结束的时候。"

"哦，"我说，"嗯，是，你知道我喜欢小镇，但我的意思是整个的——"

"我知道。"她的手指攀上我的胳膊，环着我的腰继续往前走。

我还想说些什么，来说服她每一刻都是最好的，我体会到的才是真正的幸福。但是我又想了想，幸福就是幸福，我们俩都在某一时刻发现了它，这就足够了。

第十一章

拍照之人

我们在哈森镇里一个绿树成荫的公园过夜。早上八点多,我醒过来,坐着打了个哈欠,把瑞秋推醒。我们俩睡得眼睛都肿了,肚子饿得咕咕叫,于是慢吞吞地走出帐篷来到辛尼克斯加油站[①],找了张靠窗的木桌坐下,花了大半个小时慢悠悠地喝咖啡,吃燕麦,读报纸,趁服务员没注意的时候偷偷把黄油包装进口袋里。服务员经常注意不到这边,所以我们得手了好多次。这里人满为患,木工、农场主和卡车司机聚集在一起聊天,没几个是来加油的,大部分只是端着咖啡谈论天气、这周的安排、上周末钓鱼成果之类的,我们蹑手蹑脚地走到咖啡壶那边续满了杯子。

第三次续杯后,瑞秋滑坐到座位上,双臂交叉放在桌子上说:"嗯,别误会啊,我也很喜欢拿啤酒罐自制的炉子做饭还有在三明治里发现蚂蚁这样的经历……但我们怎么不早像现在这样做?"

我从锡碗里舀出最后一点燕麦:"我也不知道。不过我建议以后就睡在辛尼克斯加油站附近吧。"

"直接在加油站里睡不行吗? 我们都不用搭帐篷,以天

---

① 美国一家品牌连锁加油站,内有便利店。

为盖，还能往睡袋里装点天然气呢。”

我笑着摇摇头说：“你真可笑。”

每当我发现自己跟不上瑞秋的睿智聪慧和简洁果断时，就会说一句：你真可笑。我的意思当然不是说她真的可笑，但总比我对你心存敬畏好得多。

瑞秋站起来，说她要去加油站的卫生间用海绵擦洗一下。我决定如法炮制。离开塞克斯顿后我再也没洗过澡，像是浑身黏满了魔力贴，惹来好多灰尘、阳光还有谷物粉尘。

我走到洗手间，锁上门，脱下衬衫，开始清洗污垢，同时审视了镜子里的自己。几个星期前，在德卢斯，我用厨房的剪刀修剪了胡子，如今看来这工作完成得糟透了。胡子又长得非常茂盛了，几撮短胡须张牙舞爪的，远看又混成一体。几撮之前没有剪掉的胡子已经变成铁红色了，我自认为和古铜色泛红的脸还挺搭。再加上布满血丝的眼睛、乱糟糟的头发和晒得黑白分明的胳膊，我看起来就是个冷酷的骑手。或者是民兵。无论如何，我都很自豪。

我穿好衣服，把一卷厕纸藏在衬衫下面走出去，正好看见瑞秋把黄油包和果酱包放进我们的调味盒里面。我笑着给她看了一眼偷拿的纸，她也默契地笑了。然后，我们就在六七个正在加油的人的面前，开始抹防晒霜和羚羊润滑油。我并不觉得尴尬，瑞秋也是。她正看着西边的地平线，一手放在屁股上，一手放在短裤里。我们只是为要去的地方做必要的准备，如果对旁边的人造成困扰，那也是没办法的事。

我把润滑油装回包里，戴上头盔，跨上自行车开始骑，瑞秋也如法炮制。我跟着她离开停车场，回到高速公路上，向着未知的前方进发。

汉森是个边界城市，连接农场和牧场。就像明尼苏达州森林到平原地带的突然转变一样，这两者的转变也是瞬间完成的。向西骑行的路上，我惊叹于周围全新的风景：牧场上散布着高高低低的土丘，肉食牛被圈在带刺的铁丝网中。还有，山。我明白人们为何经常说这里地形崎岖了。前面的地面裂开上升，像吊桥一样，石头和畜牧站取代了井盖和路灯，以一种违抗地心引力的角度向我们延伸。

我和瑞秋对视一眼，深呼吸，一鼓作气地向着山坡冲过去。一开始坡度还算低缓，类似无障碍坡道，但后来逐渐变陡，直到蹬车不像纺纱更像是重力训练。骑到第三十下，速度计显示我的时速是 3.2 英里，上帝原谅，有那么一分钟我真想弃车步行。但我坚持住，慢慢往前骑，车子吱嘎吱嘎前进的时候，我发现自己有点享受这步调了。我被迫抬起头，呼吸夹杂着牛粪和干草味道的微风，感受这个崎岖不平的新世界。

我们如今身处西部地区，风化的石头随处可见。这里高高的草丛形成的毛毯上散着几块，那里又垒了四层，像个石头巨人。草在光和情绪的魔术下同时呈现出金色、绿色和蓝色，草坪上散布着一百多头黑色的牛。这些牛一下子发现了我们，我觉得它们全都用茫然的眼神盯着我们看。

"你看到了吗？"我指着牛群问道。这些牛或坐或站，有头牛在撒尿，力度大得像消防水管，有一头牛吃着吃着就不动了，嚼了一半的草挂在嘴边。它们好像都因我们的出现而着魔了。

"这让我很有存在感啊，"我说道，"我是得了传染病还是怎么样了？"

瑞秋没有反应。她呼吸沉重，脸颊泛起红晕，好像刻意回避跟我眼神接触。究竟是怎么了？不到二十分钟前，她在辛尼克斯加油站就这么热情洋溢了。我有做什么让她"性趣"盎然的事吗？

"出了什么问题吗？"我问道。

她又骑了一会儿，转过头说：“我只是有点厌倦这样了。”

我释然地点点头：“对，这个山的确难爬。不过我们快骑到山顶了。”

她瞪了我一眼，意思是我根本没抓住重点。

我低头看车道，想说点什么证明自己抓到重点了。但其实我没有，我没弄明白她对什么感到厌倦，所以我骑到她前面，鄙视了自己迟钝的观察力然后继续前行。

很快坡度就变得平缓，我们开始加速，我敢说我感受到了轻微的顺风。在加油站的时候，一位和善的五十多岁的女士提醒我们，因为山坡和顶风，“今天会异常艰难”。当地报纸也同样预报会有时速高达30英里的西风，但现在我要提笔改写预报了。风会转向，山坡会臣服在我们脚下，我们会在顺风的助力下迎来又一次辉煌之旅。

说起这个，骑了10英里，可能是6英里——好吧，可能只有4英里，但绝不少于4英里之后，风还是很轻柔，我没有说话，瑞秋就跟在后面。但是我们拐过一个小弯后——呼！——西风从天而降。一开始，它玩笑般拂过腰际，在耳边喃喃低语。但很快低语就变成了诅咒，挠痒痒变成在脸上抽打，直戳在眼睛上，最后西风站稳脚跟，得意洋洋地推着我的肩膀，挑衅地要和我打一架。

我暗骂一声，伏下身子，注意力散落在草丛中，什么也感觉不到，我从后视镜看到瑞秋的头在晃动，眼睛像炸弹计时器一样眨巴着。我决定什么都不想，专心盯着速度计，奋力想骑到两位数的速度。这很艰难，但我们保持了八九英里的时速，将近一小时后，就在我觉得我们快要习惯这西风，快要夺回主动权时，我们骑到了一个小护堤上，在那里遭到了风的猛力袭击。

这攻击出其不意，势头迅猛，我都开始怀疑这是不是个恶作剧，一直以来都是场漫长的隐蔽摄像机式的即兴表演。也许所谓的“地平线”不过是张 1 英里长的画布，卷起画布就会看到好多大功率鼓风机在吹，一排摄像机，一群捧腹大笑的朋友过来拍拍我们的背表示友好。但这不是即兴表演，而是没有幽默感又没有灵魂的风。它吹歪了我的后视镜，刮得眼睛生疼，恶意地钻进我的鼻孔里。还有风的呼号声。从来没有哪种景色听起来如此愤怒至极。

我的时速只有 4 英里。我没想到连保持前进——不是快速前进，只是前进——都这么困难，但我才不甘心被流动的空气分子打败呢。我尽可能平心静气，握紧车把，像哥斯拉①迈步那样一下下蹬着脚踏，嗯，现在情况有了好转。有那么几秒我的时速甚至达到了 7 英里。我更用力地骑，直到感觉额头的血管要迸裂，汗水浸湿了我的衣服。我觉得深受鼓舞，因为我在这里，在无情的西部地区，世界无所不用其极地攻击我，但我没有倒下(这句是重点)。

我突然记起来我还有个女朋友。她正和我一起骑车穿越美国。后视镜被吹歪了，我看不见她，只好转头越过肩膀向后看，每当我这么做的时候，该死的逆风就会猛冲过来，把我吹离车道。我调整好方向，又回头看，发现瑞秋被落了五十多码，于是我放慢速度，努力保持微微前挪。但是每次回头看的时候西风就会重重推搡我，我自己保持前进都很艰难，于是我回头的次数越来越少，和瑞秋的距离也越来越大。

就这么浑浑噩噩地骑了 9 英里。9 英里就花了将近两个小时。到达勉强算是城市的哈利迪时，我的眼睛酸得要命，浑身疼，我只想喝一升玉米糖浆，在野餐桌上昏睡过去。我把自己的想法告诉瑞秋。她点点头，眼神很空洞，用刚高过私语的音量说她也要去公园。几分钟后，我看到她倚在一

---

① 英国导演加雷斯·爱德华执导的美国科幻电影《哥斯拉》里的怪兽。

棵橡树上打电话,小声又快速地说着什么。我想把自行车靠在她的车旁边,但她捂着话筒抬头说:“我在通电话。”她一直看着我,直到我明白了个中含义,推车去了公园另一边。

一个小时,两个小时过去了。我一直期待瑞秋能过来和我说话,但每次抬头看时,她还在那里,靠着橡树,一手拿着电话一手揪地上的草玩。我想去加入她,又不知道说什么好,只好让自己忙碌起来。我写了日记,潦草地写了几张明信片,甚至拿出了尤克里里琴。我一直没怎么弹过,但我研究了一会儿和弦图,弹了几下还算满意,就开始用尤克里里琴演奏我在酾拉城写的一首歌。演奏的时候,我想起了在那里度过的几个月,想起了艾尔拉戈,还有一切开始的那条湖滨小路,如今回想起来,那都是很遥远的事了。

落日亲吻地平线的时候,瑞秋终于离开了那个角落。

她说:“对不起。”

“为什么对不起?”

“因为我乱发小孩脾气。”

“你没有乱发脾气啊。”

“不,我有。我想说这和你无关。”

“任何事都和我有关。”

她嗔怪地推了一下我的肩膀:“我是认真地,好吧?”

“好的。”

她把头发拨到后面,露出眼睛,看着地上的草说道:“真的好难。我以前预料到自己会很累,又脏又疼,但我以为自己会以不同的态度面对这些。我以为我会乐在其中。有时——其实是大部分时间——我也确实做到了。但有时候,比如今天,我真的特别疲惫和沮丧。我开始怀疑自己到底为什么要在这里。你明白吗?”

我不明白。但还是点点头表示理解。

“这种感觉甚至和屁股疼、手指失去知觉之类的身体不适没有关系。真的，只是有时候，尤其是今天，放弃的念头一直萦绕着我。要是不骑行，现在我就可以随心所欲地做其他任何事情了。”

我说：“我理解你的意思。”

但我的感受却恰恰与她相反，当然了，我没说出口。我爱这场骑行，正是因为它将其他一切隔绝了。我觉得我们在做的事情非常纯粹，真实，而且辉煌壮丽，我觉得我可以——

“嘿！”瑞秋不满我的走神。

我抬头：“对不起，我在思考你说的话。”

“嗯，我说完了。我只是想告诉你我很想结束骑行，但这是我的个人想法，我会努力变得积极一点的。”

“我也会尽可能地帮助你，”我说，“但你能不能帮我找个平衡点，能做到既不冷落你也不过分关心让你感到困扰？我还没有找到。”

瑞秋说她会尽力帮忙，我握着她的手，假装严肃地说：“帮助别人就是帮助自己。”她踢了我的小腿一下，我立刻扯她的莱卡短裤回击。接着我们决定继续骑行了。

那晚，我们骑了 25 英里。太阳下山后，风力逐渐消退，深沉的静谧笼罩夜空，我们看到远处基尔迪尔镇亮起的灯光时，已经是晚上十点多了。气温仅有 40 多华氏度，进入城市公园时，连我这个热爱冬天的北方人都瑟瑟发抖，瑞秋这样在 70 多华氏度的房间里都要穿好几层的人早就冻僵了。听闻公园里有供暖浴室，而且有淋浴，瑞秋兴高采烈地跳了起来。我自告奋勇去搭帐篷，看来这正好找到了我们之前谈论的平衡点，瑞秋很满意。她先去洗澡，我搭好帐篷，自我庆祝了一番后也去了浴室。我在热气腾腾的水下徘徊，皮肤有些刺痛，一直在想之前那些让人疲惫不堪的路程，历经艰难之后，这个逼仄发臭的浴室都成了一种奢侈的享受。

我们在基尔迪尔度过了第二天。整个早上，我们都流连在附近的一家辛尼克斯加油站。下午，我们回到公园，写了一些明信片，看看书，打电话给朋友，其中一个就是盖伦。他如今在南达科他州东部，显然也在和猛烈的逆风战斗。他说，过去的三天如同地狱，“糟糕透顶！”

挂断电话后，我向瑞秋复述了盖伦的话，又说他听起来非常沮丧。

瑞秋微笑着说：“虽然不太好意思承认，但听到这个我很开心。”

我们慵懒地度过了悠闲的一天。用尤克里里琴伴奏唱歌，玩拉米纸牌游戏，在大街小巷散步。每隔一会儿，其中有一个就会说，能休息一下真好。暂时摆脱日复一日骑行的枯燥疲惫，单纯享受彼此的陪伴。

五点左右，阴云密布，雷雨将至，我们躲在镇上的酒吧里。暴风雨只持续了一小会儿，天空放晴后，我们走回帐篷，在一起温存，热切又有些笨拙，像暴风雨一样也很快就结束了。

早上，又开始下雨了，我们睡眼惺忪地拖着步子回到加油站吃早餐，喝廉价咖啡让自己从微微的宿醉中清醒过来。瑞秋在钻研报纸上的占星术，我猜字谜，很快又放弃了。然后我们回到公园冲了很长时间的澡。没错，几天后我们就有借宿的人家了，可以好好洗澡。在法戈接待我们的莱维特一家为我们联系了一些朋友，就住在蒙大拿州边界。但是在我们的时空概念里，两天都觉得像两个月那么长。必须在能洗澡的时候先洗干净。

基尔迪尔往北的 200 号高速公路很仁慈，一路平坦，轻柔地绕过久经风雨的旧粮仓和小巧的马场。天气预报说会有猛烈的大风，但我丝毫没有感受到。空气很平静，太阳安逸地躲在一片云彩后面，高速公路还是一如既往地车辆稀少。我和瑞秋并肩骑了20英里，不时停下来拍照或解手，交谈着为什么不能每天都这么顺利，讨论穿越蒙大拿州的路线。蒙大拿州！真不敢相信，可能晚上就终于可以逃离北达科他州，到达那里了。

不知不觉中，平坦的公路渐渐有了起伏，幅度越来越大，后来，我们停下车，发现脚边就是一道河谷，河谷的西岸上行到群山。奇怪的是，这些山看起来很眼熟。

瑞秋说："我记得这场景是在南达科他州。"

"我也这么认为。"

在法戈时，我仔细看过这种地形的图片，是位于南达科他州的恶地国家公园（Badlands），一时兴起想改道去那里。后来我们又否决了这个提议，甚至避开了顺路的西奥多·罗斯福国家公园。我曾经相信幸福的秘密就藏在那些山丘上，决定避开它们时，这样的想法已经消失了。然而，我们如今处在空白地带，在标记好要去的地方之间。根据我们的地图，这里是一片空白，没有河流湖泊，没有公园和森林，没有人类居住地也没有县城。也不是恶地。但事实上，这里就是恶地地貌。

在我们眼前，地面上耸立着大大小小好多土丘，有些像老人皱巴巴又多节的手指，另外一些像鲨鱼的牙齿。当然，我那时并没有这么描述。没有，我充分感受恶地地貌，像每位目睹如此荒凉又陌生的地形的人一样，我说："这里好像月球。"

我对瑞秋说："给你拍一张站在月球上的照片吧。"我拿相机的时候，她推着车子慢吞吞地往前走。我调好焦距，把起伏的地平线、倾斜的道路、前面的几个山丘和旁边还在走路的瑞秋纳入镜头，喊了她一声，她回过头看我，就在那一刻，我按下了快门。

这些年来，我反复翻看这张照片。已经熟悉到不用看就能告诉你瑞秋被抓拍的样子。她绷着脸，眯着眼睛，嘴巴紧抿着露出淡淡的笑，努力想装出硬朗的样子。瑞秋一直都很坚强，但在达科他州内陆，她还是努力要表现出自然的样子。

当然，我不用看也能告诉你拍照人的样子。他端着相机，对于取景小题大做，想拍到一张壮观的照片。太过于重视构图，反而忘记了要拍摄的主角。

第十二章
喃喃私语

我仰起头,拿起瓶子用两只手挤。只挤出一汤匙的温水,刚够打湿舌头。我更用力地挤,塑料瓶发出驴子一样“呼哧、呼哧”的声音,水一滴,一滴,又一滴地滴下来……

我盯着瓶子问:“嘿,嗯,你那还有多少——”

“我不想谈这个。”瑞秋说。

“好吧。那,我可要把这点儿水喝了喔。”

“随便,”她看着西边,目光越过障碍物、石油井架和满目的土说,“你刚刚说到威尔福德·布雷姆利①还有多远?”

“是沃特福德城,”我纠正说,“还有30英里。”

她捡起一块石头,在两手间抛来抛去:“我们对这个不太在行,是吧?”

“对,”我说,“我们确实不在行。”

我们整个早晨都在基尔迪尔设备齐全的城市公园和豪华的辛尼克斯加油站闲逛,竟然又一次忘记装满水壶。如今,在平原地带的高温下骑了一半路程,我们就断水了。

瑞秋站起来,抬起手臂在头顶搭起凉棚,遮挡午后的阳

---

① 威尔福德·布雷姆利(Wilford Brimley)是位演员,与沃特福德市(Watford City)有点相似,此处为瑞秋的口误。

光，说："威尔福德，嗯？"

我无奈地点点头："威尔福德。"

我们回到车上，又一头扎进了火炉样的高温里。刚骑了 1 英里，我就觉得像是口里含着一块咸的棒棒糖。我尝试想其他东西分散注意力，但没办法，就是觉得口渴。闭上眼睛，看到的是鲜美多汁的橙子和热带雨林瀑布，睁开眼睛却只能看到土，全是土。

近距离看，这地方远没有那么浪漫。群山远看起来像安然入睡的沙皮狗的光滑褶皱，近看不过是几道由于侵蚀作用出现的峡谷。至于山峰，远看是深蓝色的圆丘，像是柔和的蜡笔画成的，其实不过是土堆，零星地点缀着些蒿草、枯草和我所见过的最为衰败的小灌木。它们看起来和我一样干渴得要命。

说到渴，瑞秋也一样。她身上汗水涔涔，不悦地拉长面孔。我想随便说点什么让她忘却炎热、口渴和尘土，脑袋却一片空白，无法组织语言，只能往前骑。一边骑一边数数。蹬车，眨眼，时间和路程慢慢流逝，栅栏和汽车一闪而过。我小时候有轻度的睡眠障碍，躺在黑暗中长时间无法入睡就会数羊，更多时候是数小狗。我会闭上眼睛，以为过了很长时间才睁开，一看表，才过了 9 分钟。这时的情况同样糟糕。唯一不同的是，我看的是速度计而不是表，晃动的速度计提示我，时间之所以过得这么缓慢，是因为我骑不快。

不知道是过了一个小时还是十年之久，我和瑞秋沉默不语，各骑各的，像被毒蛇咬了一样身体酸软，眼冒金星。终于，我们发现路北侧有个脏兮兮的白色牧场，急忙把自行车扔在石子路车道上，冲上台阶敲门。没人回答。房子旁围了一圈铁丝网，我爬过铁丝网，在后院梭巡。果然在露天平台旁看到了一个水龙头。我绕回去让瑞秋把水壶扔过来，接满水，自豪地跳出铁丝网，像个得胜归来的大将军。我们闭上眼睛，将水壶放在嘴唇边，开始享用甘甜的——

毒药。简直是他妈的毒药。

我没咽下去，吐在鞋子上，瑞秋吐在我俩之间的地面上。

"开玩笑吧！"瑞秋又呸了一口。

这玩意，你要是非要称之为水也行，烫到可以直接用来洗澡了，还有股腐臭的气味。比之前见过的令人厌恶的含硫污泥还难闻。简直跟下水道一样。

瑞秋翻出牙膏，我们开始用手指彻底清洁口腔，牙齿、舌头、牙龈，面面俱到。接着我们忍不住笑起来，笑这滚烫的臭水，笑中暑后的谵妄，笑刚刚开车经过的卡车司机——他看到两个满身大汗的白痴站在胡乱摆放、装满东西的自行车旁，站在一栋明显不属于他们的房子前面，还可笑地含着手指，不知道会作何感想。我突然想起经过的车里都是有人的，实在撑不下去的时候可以找他们帮忙，而我之前竟然没想到这一点，于是笑得更厉害了。不管怎么说，现在的境地是我自己选择的，我之前一直暗自希望能遇到什么困境，现在也算是如愿以偿，与其抱怨不如暂时接受，对吧？

我们俩爬上装得满满当当的自行车，瓶子里还有些"毒药"，牙膏就在触手可及的地方，又重新上路了。

我们在沃特福德郊外的公园停下，狂饮了好多水，在秋千上坐了一会儿。体温一降到沸点以下，我就站起来想把帐篷卸下来。瑞秋拦住我，建议我们先在镇上逛逛，看看情况。

我们骑经达科他州西部信用合作社、"做最好"五金店、迈克家超低价商店。每个路灯上都挂着美国国旗，能看到的汽车都聚集在酒吧、牛排屋和美国退伍军人协会附近。这一切都很熟悉，和我们在其他诸多达科他城镇上的只有轻微不同，唯一的不同就是……说真的，那到底是什么？在街道南边，正对着小药房和更小的保险社，有个庞大的新建筑。喷砂墙上有一弯褐色,像彩虹一样,一尘不染的大窗户足有一整条街区那么长,还有像是“六个神射手”咖啡影院和“亡命之徒”烧烤酒吧这样的大商铺才会有的华丽标牌。

我们停在路边。瑞秋说:“嗯,真想不到会有这样的建筑。”

“呃,对。绝对想不到。”

“好像是艺术展,”她煞有介事地指着建筑说,“展览的是……北达科他州!芝加哥郊区的人会这么想吧。”

“我得打给在布法罗的阿姨问问,”我开玩笑地说,“看看有没有整个小型商场被盗。”

“等等,”瑞秋通过门窥视里面,“这是个电影院吗?”

是的,这个建筑确实是电影院。这家整洁的大电影院里有大桶爆米花、宽敞舒适的座椅和环绕的立体声。41 分钟后,就会播放一部大制作的动作片,我和瑞秋都很感兴趣。我们没深入了解在这里看电影应该要怎么做。只是冲回公园,扔下帐篷,用自制炉子做意大利面,饭还没熟便就着调味汁狼吞虎咽完。因为电影,我们丝毫没在意差劲的晚饭。我们赶到影院,装上苏打、糖果和爆米花,终于滑到座位上时,预告刚刚放完,电影开始了。

接下来的两个小时过得很愉快。一个星期以来,我们风餐露宿,克服诸多困难,经历好多琐碎,我正渴望有什么能让我清醒一下。这部电影做到了。汽车追逐!回旋踢!有趣的对话、爆炸、撞车,还有明亮绚丽的色彩!我整个人都振奋起来,咖啡因和肾上腺素激增,心脏跳动地跟蜂鸟一样快,像个走进糖果店里的孩子,一直笑得合不拢嘴。我回头看看瑞秋,她也带着同样的笑容。我们俩笑得不合时宜,其实这部电影绝对算不上喜剧,全程没有笑点,但它带我们在另一个世界游历。终于不是我们自己,而是其他东西在指引我们游历,这让我们异常轻松和开心。

正午将至，才骑了不到 30 英里，我已经精疲力竭了。我嘴唇干裂，晒掉了一层皮，腿软绵绵的，屁股饱受蹂躏。一早上我都在尽量合理分配疼痛区域，前后左右地动来动去，还从座位上站起来，直到晒伤比擦伤位置还疼才罢休。不起作用。做什么都没用。生理上和心理上的措施都没用。我的意思是，我尽量想开心的事，尽量让自己相信，如果说昨天的骑行是把好莱坞式的逃避现实变成珍贵的财富，那今天到蒙大拿的骑行应该就是高潮了。蒙大拿意味着西部，而西部就如同地狱一般环境恶劣。这些开心的想法略显复杂，但此刻疲惫的我无法处理复杂的东西。事实上，我唯一能做的就是在脑子中回响《牧场是我家》这首歌：家啊啊啊，牧场是我家，小鹿和——

"我想结束这一切。"

瑞秋在旁边停下车。她看起来糟透了，睡眼蒙眬，皮肤晒得红一块白一块，头发蓬松，几绺乱发黏在额头上。

我试探地点点头，不清楚她说的"这一切"是指什么。

"这边的景色千篇一律，"她接着说，"我想尽快到蒙大拿。"

我放心地笑了，说："我也是。我明白蒙大拿只是臆想出来的分界线，但起码会和这里有所不同吧。"

"希望如此。我需要摆脱这里。"她茫然又不加分辨地点点头。

我也点点头，但无话可说。瑞秋又落后了，我们骑了 5 英里、10 英里、15 英里，迈入严酷的下午高温中，温度直逼 100 华氏度，逆风捶打着胸膛。我依然没说话，瑞秋也是，不久我就陷入任何自怜之人在无边沉默中做的事情了。那就是——埋怨。

我无声地发着牢骚——还好是无声的——感慨此刻的状况太不公平，我只想熬过这困境，快点骑到蒙大拿，却不得不慢腾腾闲逛等瑞秋，她的速度稳定在11英里每小时，我想骑到14英里。没错，她可能是说过好多次，让我按自己的步调走，但现在我不能那样做，也不会那样做，因为我是个高尚的人，只做高尚的事，默默又怨愤地为瑞秋作出牺牲，就算她并不领情，因为——

“好无聊啊，”瑞秋不知道什么时候骑到我身边了，“要不要玩‘20个问题’①游戏？”

我听见自己说：“好啊。”

我玩了一会儿才进入游戏状态，很快我就不再纠结时速11或者14英里了，满脑子都是“能吃吗”这样的问题。我很快就猜出瑞秋的主题是坚果条，她也问了几个问题就轻松猜出我的谜底是苏必利尔湖。几轮过后，我们改玩接龙的游戏。一个人说出一个城市的名字，另一人要说出以该城最后一个字母打头的城市，这样乐此不疲地玩了大半个小时，想不出城市名了，就接着用国家名玩，然后是水域名字，九十年代乐队的名字。我抬起头，眯着眼睛看远处的指示牌，发现上面写着“蒙大拿”。

按计划，我们要在蒙大拿悉尼城和凯莉及弗雷斯特·马克尔度过一晚，他们是在法戈招待我们的那一家人的朋友。从六天前在塞克斯顿那次借宿后，我们终于又会有一个家，一张床，不必住在野外了。我们需要这样。我需要这样。我已经熟悉骑行带来的疼痛感，正在体会睡眠的影响。日复一日睡在硬邦邦的垫子和脏衣服卷成的枕头上，我的身体不仅感觉到疼痛，还觉得尖锐。棱角突出。瑞秋看起来也粗糙多了。我们越过蒙大拿州边界后，她在前面骑了一会儿，我第一次注意到她的小腿肌肉已经如此发达了。有点儿恶心。

---

① 一种游戏，一人先写下答案，用“是”或者“不是”来回答大家的问题。20个问题结束后，猜出答案为赢，反之则输。

希望能过几天有可口的食物、舒适的扶手椅和毯子的日子，让我们俩都柔软起来。

我们出现在他们家车道上时，弗雷斯特和凯莉已经在外面等候多时了。一看到这对夫妇，我就知道他们性格如何了。凯莉眼神温暖，头发蓬松，应该是精力旺盛、好奇心重；弗雷斯特抿嘴真诚地微笑着，手里握着一品脱容量的玻璃杯，我断定里面的透明液体肯定不是水，他应该是沉默寡言但亲切友好的人，有种中西部式的坚忍和慷慨。

晚餐的食材取自花园，我们享用着丰盛的意大利面和沙拉，他俩的表现和我预测的一模一样。凯莉一直问诸如“在哪儿”“什么时候”“天哪，为什么？”这类问题，又引到其他话题上：她编织的东西，弗雷斯特喜欢烹饪，他们对于小镇生活的感受。弗雷斯特则从头到尾保持微笑，啜饮咖啡，偶尔说几句话，想法不多但很有见地。我说起用啤酒罐自制的炉子，并展示了一下实物和如何制作，凯莉请求我们再住一天，帮她也做一个。我们欣然应允了这两个请求，尤其是“再住一天”这个。

饭后，弗雷斯特请我们帮忙洗餐具。洗完后，凯莉把我们带到房间——一间小屋子，里面放着一张大床。还不到八点，她和弗雷斯特就跟我们道了晚安。很明显，他们的作息就是这样，天黑之前就上床睡觉，鬼知道多早就起床，喝咖啡，浏览报纸，开始新的一天。我实在不能想象保持这种作息的情形，但现在早早休息感觉很好。我和瑞秋太累了，我们在小窗户上挡了一条毯子就躺在床上，吃得太饱，只是彼此慵懒地亲吻了几分钟，就进入了梦乡。

第二天非常闲适舒心。款待我们的主人要把我们宠坏了，一早就准备好大大的煎蛋，下午甜点是桃子和奶油，还有美味可口的晚餐。看得出来，弗雷斯特和凯莉并不是很富有，但他们却这么无私，热情地和两个陌生人分享一切。此外，他们还是非常棒的东道主，擅长掌握平衡，招待的同时又不过分热情，把更多时间留给我们做自己的事情。更棒的是，他们甚至会请我们帮忙。有的主人会太过热情“哦，我来冲水，你休息就好”，和这样的人待在一起很不自然，所以，让我们去洗碗比答应我们去帮忙更让我开心，能帮凯莉自制炉子更是让人兴奋。我留下的不只是轮胎印子和脏床单，还有更持久的东西。

制作炉子很顺利，感觉非常棒，完成后，我向瑞秋建议保养一下富士自行车，这件事已经拖了很久了。作为初学者，我们可以润滑车链。机械师杰夫曾提醒我们每100英里润滑一次，我的辐条总是断，强迫我每天都提心吊胆想着保养自行车这件事，所以到法戈之前我们都是那么做的。但是离开法戈后，我们已经骑了400多英里，没碰过润滑油。一次也没有。我每天都会听到干渴的车链“吱嘎、吱嘎”响，也担心过，但还是什么也没做。不是因为我不会。润滑链条很简单，新手都很容易学会。我迟迟没有动手是害怕仔细看的时候会发现比车链缺油更严重的问题。我解决不了的问题。也许瑞秋也有这样自暴自弃的想法，所以一直装作疏忽大意，忘了这件事。

我们并排跪在石子路上，无奈地摇头。车链上满是尘土，脏兮兮的。齿轮和变速器也是。不止如此，轮圈、刹车片、刹车导线、花鼓等所有其他让我们保持前进，不至于出车祸的零件全脏得不行。还有那些用来固定行李架、挡板和水壶笼的螺丝，机械师建议我们经常紧固，现在全松了。全部。

瑞秋坐回地上，双手放在膝盖上叹气：“哎哟。”

我摇摇头：“真不敢相信这车子还能跑。我们真是白痴。”

“是的，”瑞秋答道，“我们是白痴。”

我们花了好一会儿才完成保养工作，擦掉泥土，紧固螺丝，给车链上油，抛光，打气。之后，车子焕然一新，完全没有坏过或过度使用的痕迹。我们感谢幸运之神的眷顾，向富士车和彼此承诺，从现在开始，我们会更细心，变得更好。这么说的时候，我们正坐在私家车道上，后面是舒适的房子，酒足饭饱，身心舒爽。我们相信自己能做到。

清理结束后，我们告诉弗雷斯特和凯莉想去小憩一会儿，其实只是想躺着互相拥抱。在路上，我们很少拥抱，因为身上总是很脏，气温又高，还有莱卡棉的阻隔。而且俩人都不想在公园的草丛里四肢交叠，手指缠绕对方的发丝，因为可能有一家四口就在附近玩秋千。所以帐篷就是唯一的私密空间，但这个空间狭小又难闻，想要一起躺着，势必有一个人会滑到防潮垫之间冷硬的地面上。这可不是拥抱时间的主旨。的确，我们经常在帐篷里做爱，但做爱不要求舒适，拥抱却需要。

此刻，我们舒服地躺在床上。四肢交缠，手指缠绕对方的发丝。我们喃喃着“真好”“希望我们能一直这么待着”。瑞秋翻身面向墙壁，把我的手放在她的酥胸上，我们就这样迷迷糊糊地躺了一个小时，我把脸埋在她的秀发里，肌肤相亲，感受彼此的温热。最后，她起身时，我把她拉回床上，顺理成章做了该做的事。房主的声音从厨房传出来，他们在讨论蔬菜和量杯放在哪里了这样的问题，我们借着毯子的掩护，缓慢又无声地动作着。这场欢爱结束得很快，听起来好像没那么热辣。别忘了，我们一起待了四个星期，没有片刻分离。而且刚刚结束了长达九天的达科他州冒险之旅，枯燥又漫长的骑行都是震耳欲聋的逆风和不断的迷失方向。所以，此时此刻，性感不是浪漫传奇的好莱坞大片，简单的耳语就足够了。

我们去厨房帮忙时，都笑得神神秘秘的。我站在瑞秋旁边切洋葱和大蒜,准备下一顿美味佳肴时,感觉遗失已久的某个东西回来了。温柔。满溢的温柔。我摇摇头,轻笑出声,引来了弗雷斯特的目光,我冲他眨眨眼,扮个鬼脸,随口说洋葱太辣。瑞秋看着我笑了,好像明白我的想法,好像她也在想同样的事。就是这么简单。现在,这一切都让我非常满足。

第二十八天的骑行一开始就很困难。凯莉和弗雷斯特家距200号公路2英里远,中间是一条铺设差劲的石子路,所以我们必须提前出发。我们很讨厌这条小路,真该在凯莉提出开车送我们去公路的时候答应,但既然是骑行,搭车就算是欺骗。所以我和瑞秋还是选择自力更生,在松散的石子路上骑车,忍受陷入沙子的困扰,还要担心爆胎。我们计划这一天骑80多英里,这一段石子路就花了半个小时。终于到达高速公路的时候,我俩既疲惫又沮丧。

但是柏油路终于来了!可爱,迷人的柏油路!对比石子路的艰辛,铺筑好的公路真是奢侈,我们沉醉在奢侈的享受里,轻松地向南骑了5英里,没注意到是顺风。过了悉尼城,200号公路改朝正西方向,穿过一片干枯的灰黄色草地。之前向南骑时没意识到顺风,还迟钝地心想今天状态很好,一转弯,顺风变成了强劲的侧风。风准确地从九十度方向袭来,我得使劲偏向风涌来的方向才能保持直立。风推送双腿向前,却吹歪了肩膀,这种感觉很奇怪,有点像挠肚子同时拍拍头的游戏,不同的是玩游戏搞砸了你会咯咯大笑,而和侧风玩游戏,弄不好就会被卷到该死的大卡车里面。

不知道为什么,我还自虐地有点享受这段路,就像我有点喜欢在达科他州和顶风的战斗。喜欢它们,是因为它们困难但不复杂,完完全全地属于我自己。但我从后视镜看去,瑞秋紧紧地抓着车把,我能看到她手指逐渐麻木。风从侧面攻击，把她吹得歪歪斜斜，她在狂风中眯着眼睛，专注地盯着地面。我第一百次告诫自己，我不是一个人，这段路不止属于我，而是属于我们。

我在风中骑了 30 英里，保持前进又不拉开我和瑞秋之间的距离，后来，我们发现几个过肩高的干草堆。瑞秋建议停下来休息，我们挤在干草堆后面看了一会儿书，瑞秋快看完《与啄木鸟的宁静生活》了，我在读德里罗的《白噪音》，刚看了一半。我没怎么弄懂这本书蕴含的意义，也没意识到这件具有讽刺意味的事——我看不下去，不是因为咆哮的风和嘎嘎的引擎声让人分神，而是因为自己理解力少得可怜。

很快我就放弃看书，走到路边。我敢肯定风向转了，之前是正北风，现在感觉更像东北风。我想告诉瑞秋，但想起她禁止我谈论风，又噤声了。她认为我对竭尽所能地扮演气象学家确实很有热情，但一看不到即时天气预报，二不了解当地盛行风及其他知识，只知道最基本的气象学。她委婉地表示，让我不要一直乱猜测提高她的期待值，这样她对风的忍耐力会更多一些。

我想遵从这个简单的要求。不谈论风。但又想让她和我两个人都开心，于是仔细研究地图，发现再骑 4 英里，200 号高速公路会向东南方向转 45 度。一旦转过弯，侧风就会变成顺风，到时候就爽了。知道了这样伟大的事件，就算被要求三缄其口，也是有责任要分享的吧？

于是我这么做了。

瑞秋从书中抬起头盯着我看，只说了三个字："布莱恩。"她的语调和肢体语言却神奇地把我的名字说出了火药味。

我识相地不再提风向，却无话可说，只好建议继续骑行。我们又艰难地骑了 4 英里，终于到达了拐弯的地方，转向东南方。瞧！现在真的是顺风了！虽然风稍微有点偏，不是严格意义上的顺风,但明显利大于弊。瑞秋优雅地承认我终于对了一次,我则得意洋洋地称赞自己是千里眼,未卜先知。我们骑到里奇镇,大吃了一顿,补充了粮食储备,又轻轻松松地上路了,剩下的几英里肯定会很顺利。

事实证明,我真是没有吸取到教训,仍旧过于乐观。

刚开始时,我们骑得很轻松。里奇镇过后是一片山谷,我们先是骑经了平静得让人昏昏欲睡的平原,然后是蓝褐色的恶地地貌。和在北达科他州所见的不同,即使近看,这里的恶地也丝毫不减其魅力;也可能有减损,但没什么影响,因为远方总有驼峰状的圆丘,遥远又诱人,单纯又大气。公路则翻山越岭,在圆丘间起伏,无声地鼓励你前进。你可以从我身上走过去,它对我低语。实际上,你只能这样做。

地形变得起伏不平,随着路程的深入,景色越来越有西部特色。随风摆动的草、陡峭的岩石、山艾和蒺藜随处可见。我用余光瞥到了一群动物,是羚羊!一大群羚羊在南边奔跑跳跃。我指给瑞秋看,俩人同时赞叹不绝。我摸索着相机想拍照,还没拿出来呢,它们就跃过栅栏,消失在远处了。后来我才知道那其实是长耳鹿,不是羚羊。但那时它看起来真的跟羚羊一模一样,好吗?而且在我印象里,羚羊就是西部的象征。看到羚羊就意味着我们真的在去向有意义的地方,而且已经到达了。

几英里后,公路消失不见,接着又出现了,四分之一英里的路程直入云间。看来它厌倦了小打小闹。我可以预见到以后的几英里,我们会在陡峭的上下坡之间起起伏伏,就像坐上了粗野的西部过山车。我回头看向瑞秋,想扮个鬼脸假装轻松地说:“哎呀,看上去不简单。”希望借此转移她的注意力,这样她就不会发现我眼神里都是“天哪天哪天哪天哪……”的惊恐。

我用尽全力蹬车爬坡,然后在风中睁大眼睛纵身滑下山坡。不用看速度计就知道我在飞速下降，越来越快，从时速30英里一直飙升到将近100英里。道路逐渐变得平坦，然后又是一个上坡。我保持良好势头，准备再次爬坡。顺风助我一臂之力，我没有变速就骑完了一半，调慢档时我手法非常专业，完全没有打乱节奏，我一鼓作气地骑到山顶。之后又重复了这样的步骤。骑过第二个山坡后，我气喘吁吁，因为剧烈运动咳嗽起来，于是我停下来回头寻找瑞秋的身影，却哪里都找不到她。

我开始等待。几秒后，她出现在第一个山头上。飞快地下坡，在平地上滑行，爬坡的时候慢到几乎没有速度，最后只好推车。终于到达山顶后，我鼓起腮帮用动画片里的声音喊道："像个过山车，哈？"

瑞秋紧抿着嘴唇点点头，继续骑行。

这种反应很正常。对她而言，这些山坡和侧风一样很难应对，这意味着我该好好表现。所以在接下来的几英里，我以车少为借口和瑞秋并肩骑行。下坡时我依旧骑得飞快，但下完坡我就会滑行着等瑞秋赶上来，和她一起爬坡。然而，沉默仍然在我们之间蔓延。我只能说些废话，问瑞秋累不累，瑞秋则不停说她比之前感觉更累了。我们努力保持在同一个讲话频道上。不久，太阳落山了，我们也放弃了沟通。

第十三章

明　天

第二十九天。我趴在野餐桌上,下巴搁在交叉的胳膊上,眼睛盯着日记本。我每天都在写日记,已经写完半个日记本了——一天也没落下——但自从十天前离开法戈后,就再也没有翻看过之前的内容。这实在不符合我的性格。平时,我会把更多的时间花在钻研日记而不是写日记上,坚信在十二个小时之内我就会从前一天的失误中汲取教训。然而骑行时,每天都非常紧张充实,我几乎没有精力写新日记,更别提细读之前的了。

我抬头看瑞秋。自从36分钟前我卸下帐篷,她就站在那里没动过。现在她终于要收起睡袋了。如果是在平时的早上,这时我会在她周围踱着步子念念有词,说着"今天要克服高温""早起的鸟儿有顺风"这类话。但现在我在读一本精彩的书——我的日记,并不介意她动作缓慢。

今天为止,我已经用了38页纸,字体很小,每篇日记都有一行标题,从左至右记录了日期、游览的城镇、骑行里数、平均时速和总共的骑行时间。我翻阅着日记,比较数字,总结趋势。把日常生活量化记录感觉还不错。数据有种安慰人心的作用。因为时间无法累积成显而易见的东西,而数字可以。

我记录了许多时刻。每篇日记里都充斥着顶风、龙卷风的威胁、做爱、断掉的辐条、无私的陌生人、迷人的景色。我使用了一些不雅的形容词和拙劣的景色隐喻，但这都是在所难免的。我还算是个称职的记录人，不过详细的描述让我无暇描写其他，比如我对远方的焦虑和对瑞秋的失望。

我跳到法戈那一页，翻看之后的日记。哇哦！十天内我总共只写过三句对瑞秋失望的话，而且全都模糊得要命。比如："瑞秋让我格外恼火，这出乎我的意料。"没有任何分析和思考，只是夹在伟大成就之间的几句陈腔滥调。我觉得我的日记不像领导人的新闻稿——沾沾自喜，盲目乐观，永远跟着政策走。我这么写是为了宣传和维系一个谎言——我和瑞秋仍然生活在宏大的浪漫故事里，永远没有尽头。我一直在逃避这段关系里的不顺，希望它能自行消失，这样无论何时，只要拿起日记本，看到的都是我和瑞秋向着梦想的美好生活稳步前进的样子。

但今天不行。今天要诚实面对。我拿起钢笔，快速写下标题，开始写日记。先写了昨天发生的事情——昨天在瑟克尔停下后，我实在是太累了，只写了统计数据——然后全心全意地写道：

因为时间和精力不足，这篇日记可能显得莫名其妙。但我最近都在想这个问题。分分秒秒和瑞秋待在一起，每天艰难地骑行，克制自己不要因为她骑得慢，做什么事都慢而生气（这种克制有时也会失败）感觉她对我的吸引力在下降……这太难了！我一点儿也不想这样，这明显是生理差异的结果，为这么简单的小事生气显得自私又刻板。我知道自己肯定还深爱着她，只是我缺乏耐心，无法从当前的疲惫和压力中感受到爱……

我重新审视最后一个句子，真希望我刚才是用铅笔写的。先说“感受到爱”这个描述吧，就很有问题。我只是写了我质疑自己是否还爱着瑞秋。原因呢？因为风？因为速度不同？我摆脱这些匮乏的词汇，话锋一转，不再写生活中消极的一面，装饰以振奋人心的结尾：

无论如何，能和她一起骑行，我感觉开心至极，我期待很快骑到落基山脉那一天！

这样才对。

我清楚地记得我坐在桌子旁，潦草地写下每个字。时不时抬起头确认瑞秋还在打包/清洁牙齿/做伸展/没准备出发，确认她没有在身后偷看，没发现我在想什么。我合上日记，盯着封皮扪心自问，最终承认了这些负面情绪的存在。这是不是意味着离某种形式的审判更近了一步，或者说这本身就是审判？我也不清楚。

我舔湿一根手指，把它举起来。我不确定湿润的指尖能否帮助一个人判断天气，但我知道，人们会这么做然后告诉自己的女朋友：“我觉得今天会是顺风。”

瑞秋只是笑笑，没有说话，推着自行车穿过公园草坪，到了马路上。

我们的目的地是西边60英里处的乔丹城。昨晚，我们打包了足够多的食物和水，因为瑟克尔和乔丹城之间是一片空白地带，没有城镇，没有庇护所，也没有水。蒙大拿地图显示，在可预见的未来都会是这种情况。地图的左边和爱达荷州交界的地方，巧妙地散布着深绿色、深蓝色、深黄色和浅紫色；我之前以为蒙大拿州会有好多森林、湖泊、公园和山区城镇，事实证明这样的蒙大拿只占很小一部分，地图上看不足我手掌大小,剩下从手肘到指甲那么大的面积全是荒凉的空白地带。诚然,空白中也有些许颜色——这里的紫色点是野生动物保护区,那里的银色块是条山脉——但是 200 号高速公路绕过这些地方。所以接下来的几百英里会很艰苦,只能看到山艾和蒺藜,遇到平板皮卡车和狂风。

一出发,我就不情愿地默默承认了不是顺风这个事实。跟顺风根本不搭边。这是彻头彻尾的侧风。愤怒的空气抽打着地面,卷起草间的尘土。疾风贪婪地抓住我,极尽推搡戳刺之能事,我的衬衫被吹到腋下,鼻子里满是高原上的沙子。

我余光瞥到有东西在栅栏和灌木间疾飞。风滚草。说到这个,我只在粗制滥造的西部片里面见过风滚草,以为它移动速度很慢。但这团风滚草风驰电掣。它滚过车道,翻过堤坝,逃命似的向着北方奔去,像是在躲避某个可怕的怪兽。我入迷地看着它在视线中慢慢变小,忘了观察路况,没留意有辆挂车正在靠近。

挂车卷起的风和猛烈的侧风联手,变异成超级强风,这风迎面袭来,给我当头一击,重得我几乎要还手了。要不是被强风刮到了路边,我可能真的会回击。我握紧刹车,歪歪扭扭地停住了,还没来得及掉转车子,瑞秋就在一边摇头说:“我认为这种情况下不该在这里骑行。”

回想起来,她说得很对。但当时我不知道除了“在这里”还能在哪儿,只想一味前进。于是我耸耸肩建议道:“我也不知道。我敢说骑过前面的拐弯就轻松多了。”

瑞秋眨眨眼。

“真的!”我冲那个转弯点点头。前方,公路转向北方。上风向。就像在里奇镇一样。“肯定会像在里奇镇时一样,转成顺风的。不如你在这休息,我先去看看,如果情况还是很糟糕,我们就回瑟克尔。怎么样?”

瑞秋没有答话，也可能回答了，但我已经冲进风里没有听见。我花了十分钟才骑到拐弯那里，风刮得我喘不过气。转弯时，我伏下身子，调整姿势，伸长脖子享受甜蜜的安静，顺风轻抚我的后背。但转过弯后，风怒吼得更大声，空气变成可怕的涡流，狂风从四面八方席卷，汇聚在一起朝我迎面袭来。如影随形，甩都甩不掉。我停下车，感觉肾上腺素停止分泌了，我丧失了激情，觉得这种抗争毫无意义，我们得回瑟克尔去。

我向东望去。瑞秋的身影十分遥远，但我依稀分辨出她从车上下来了，站在两个蚂蚁大小的人影旁边。人影后面四方形的小机器好像是辆越野车。糟糕。我竟然把瑞秋独自一人留在那里，是不是脑子有问题？他们是坏人怎么办？更糟的是，他们是好人怎么办？他们会友好地问候瑞秋，听她有理有据地说想休息，再往远处一看，她那个蠢到家的男朋友还在往前骑，就会想：这男的到底在搞什么。糟糕糟糕糟糕，我赶紧往回骑，希望他们既不是好人也不是坏人，最好是些反应迟钝的哑巴。

他们是好人。而且是从威斯康星来的。男的叫里克，是个木工，女的叫托尼，是位老师。他们正要去熊牙山进行为期一周的远足和骑行。他们态度友好，让人立刻就卸下防备。户外运动经验丰富的他们对我们在这么恶劣的天气下骑行表示不解。里克主动提出要载我们去乔丹城。他有着电影明星一样坚毅的下颌线，眼神温和，肌肉发达，看上去精明能干。你很难对这样的人说“不”。托尼是个娇小的黑发女人，也很健美，她已经开始整理车厢，给我们腾地方了。

我低头盯着自行车思考这个邀请。感觉搭顺风车不太合适。和我断了好几根辐条那次不一样，这次我们并非真的需要帮助。这算是欺骗。我是说，如果是盖伦，他肯定会拒绝，对吧？他会在瑟克尔等候时机，日夜兼程，或者直接冲进风中，或者——

我眨眨眼，深呼吸弥漫着鼠尾草香气的空气。我真蠢，我又不是盖伦，而且不只有我一个人，还有瑞秋，她的眼神分明在说："我需要这个。"

我和她一起解开自行车上的大包小包，把车子和行李都码在车厢里，然后迅速地坐在后座上。我们刚坐下，一股强风就把驾驶员侧的车门吹开，狠狠地砸在里克的膝盖上。他正站着整理车顶行李架上的东西。这一下砸得不轻。能听到金属和骨头碰撞的声音。很吓人。他咒骂着，扶着车身蹒跚走进车里。我和瑞秋礼貌性地问了几句，就陷入了尴尬的沉默。一个陌生人不小心伤到了自己，又没有严重到需要你帮忙的程度，这种情形总是很尴尬。

里克坐在副驾驶上，缩着身体揉着被砸的膝盖。托尼负责开车，她的速度可不是开玩笑的。开到我试探风向的那个拐弯时，时速就飙到 70 英里了，而且还在不断上升。70 英里的时速快得不可思议，有点荒谬。我感觉人生从车窗前一闪而过。冰激凌球样的山丘和饱经风霜的粮仓飞快掠过，又消失在身后。

45 分钟，55 英里，我们像是完成了到乔丹城的时间之旅。这对夫妻在城市公园放下我俩，帮我们卸下行李，递给我一张带有联系方式的名片。"方便的话寄张明信片吧，"里克第十次说了这句话，"算是给我们的回报。看看结局如何。"

目送他们开车离开后，我转身向着公园的一个角落走去，瑞秋想跟我一起，我说："如果可以的话，我想一个人走走。"她和我对视了一会儿，推车走开了。我走到另一边，拿出羊毛毯，爬到野餐桌上。我之前不觉得很累，现在却觉得眼球被风吹得火辣辣的，肌肉酸软。我睡了一会儿，醒来后去找瑞秋。她拿出一些燕麦棒，我拿出地图，我们一边吃，一边查看要走的路线。然后重新上路了。

八点。黄金时段。阳光温柔地笼罩世界,尖锐的棱角也显得柔和起来,模糊的光晕取代了耀眼的光,连路边的蒺藜也变得妩媚动人。

六点左右风就偃旗息鼓了,我们继续在山地骑了 25 英里,停下来吃点东西。这时,瑞秋说了句让我大吃一惊的话:"我打算天黑以后再骑一会儿。"我也一直在想这个,一是受去前方的念头驱使,再则在乔丹城和妈妈通电话时,她提到八月中旬的夜晚是流星雨的高发期。我青年时期很喜欢流星雨,经常坐在码头的椅子上或者在沙滩上盖着毯子看。完美至极。我们可以骑到深夜,坐在自行车上欣赏流星雨,最后偷溜进一个秘密露营地,就像在北达科他州东部那几个美好的夜晚一样。

然而,事与愿违。一辆锈迹斑斑的黄色旧汽车在前面路边急刹车。驾驶室门打开,一个男人走出来,嘴里还在念叨着什么,抬手示意我们停下,我们停下了。这个男人走过来,离我们特别近,让人感觉很不舒服。他看看我又看看瑞秋,视线又落回我身上。他的眼睛很有特点。眼球像硬币那么大,布满血丝,像是瞪视的大眼蛙,但是目光并不友好。像嗑了药的饼干怪兽。

他说:"你们俩最好离开这条路。"

这种打招呼的方式真独特,我心想。不知该如何回应,我只好仰起头问:"是吗?"

"是。今晚有赛车,知道吗?随时都会开始。路上会有好多醉汉。"

"哈",我得承认这建议听起来很合理。但我以前从没听说过夜晚上路骑行会遇上赛车,谁会在周一晚上干这个?而且,这人看起来也不像可靠的传话人。

“你们要去哪儿？”他冲我问道，从头到尾都没理会瑞秋。我看了她一眼，她面无表情，眼神有点恐慌。

我回过头对男人说：“西边。”

他哼了一声：“从这里往西十几英里之内可什么都没有。”

“那儿有桑斯普林斯。”我回答道，立刻就后悔了。我和瑞秋商量过要不就在桑斯普林斯镇过夜，差不多15英里远，听说只有几栋破旧的建筑物。我居然把计划透露给了这个混球。

“那就是个鬼城，”他说，“根本没法在那睡。”

“好吧，那就再走远点儿。”我回答说。

“今晚不行，”他不耐烦地向左边倾斜身子，“路上不安全。”

“我没觉得不安全。我们骑了有一会儿了，感觉不错。而且，我们有灯。”我按下挂在座位那的红色按钮，车灯发出微弱的光。

男人不屑地哼了一声：“就这个闪光的小东西？告诉你吧，它他妈的就是个靶子。只会让酒鬼更容易找到你。”

我不知道怎么回答，就瞥了瑞秋一眼。平常她是主要负责跟陌生人交谈的那个，但她现在一直盯着我看。

男人接着说：“我知道一个可以过夜的地方。”他朝西边用力地点点头：“很安全。离这儿就几英里。上车，我带你去。你女朋友可以在这儿等。要是觉得不错，我们再回来接她。”

“我们没事。”瑞秋开口说。我和那个男人都转向她。她依旧面无表情，但眼神拼命向我示意，就像嘴被强力胶黏住无法开口一样。

“对，”我接口道，还是看着瑞秋，“我们会没事的。谢谢你。”

那个男人用那双布满血丝的邪恶大眼蛙一样的眼睛盯着我看了好一会儿，着凉似的抖了几下肩膀，什么话也没说就转身向他的车走去。他“砰”的一声关上车门，从窗口探出头拖长声音喊道：“在路左边，离这只有几英里。你们可以在那停下。天黑之后，你绝对不想待在路上。”接着他发动引擎，掉头离开，往来的方向去了。

他离开后，瑞秋先开口了：“这……到底是……怎么回事？”

“我明白，”我尽量让自己听起来愉悦而不是害怕，“那个人是在提醒我们注意路上有酒鬼吧？”

瑞秋好像没在听我讲话。她转身看向东边，看着那辆车攀过远处的一个山丘。“他怎么转向了？你注意到没？他是从我们身后来的，但现在他……”她声音渐弱，向着越来越远的车尾灯扬扬下巴。

我之前没注意这里有古怪。但瑞秋说得很对，这真的太他妈奇怪了。

我们得尽快找个睡觉的地方。这路上可能真的聚集了一大堆赛车的醉鬼。而且，那个男人还在，他随时都可能掉头找到我们，然后……我们停止胡思乱想，专心骑行，紧张地交谈着，时不时察看后视镜。几英里后，我们看到路的南边有一些建筑物。天花板摇摇欲坠，窗户破烂不堪，壁板已经腐朽褪色了，就像恐怖电影的背景。我继续骑行，没法面对瑞秋，也没说出我俩心中所想：那人不是个吸毒者，而是个该死的连环杀手。

瑞秋骑到我身边：“天哪。他竟然想把你带到这种地方。”

我想说点什么安定人心，但想不出来。只好点点头，俯身握住车把，更用力地骑车，腿像是在燃烧，呼吸加重。瑞秋和我保持同样速度，每次从后视镜看，她都在很近的地方，紧紧跟着我。我扫视路边的沟渠,想找个能搭帐篷的地方,但是这里太荒凉空旷了。石头和灌木太小,无法藏身其中。而且,路边到处都是蒺藜,把我们拦在路上。

柔和妩媚的光渐渐消失了,带走空气中的温暖,栅栏的影子被拉长。随着夕阳西沉,路上的车辆多了起来,远处的车头灯像是死亡的讯号。我能感觉到,他来找我们了。我感觉肾上腺素激增,滑行到一边小声让瑞秋保持速度,她点点头,我跟在她后面骑行,男性荷尔蒙发挥了作用。我会竭尽所能地保护我们俩。最起码,我会奋战到最后一刻,第一个倒下。也算是英勇了。

夜幕无声降临。汽车的前灯接连不断地出现在后视镜里,刺眼又让人恐慌,它们越来越近,炫目的黄光照在地上,爬上瑞秋的背,从她的头盔反射出去。只要听到引擎轰鸣,发现车子卷起的空气,我就觉得是那个男人回来了。当然,卡车只是呼啸而过,我会长舒一口气,觉得很愉快,接着又会发现另一辆车在靠近。

我们就这样在黑暗的丘陵中骑了10英里。肌肉不断地紧张又放松,牙关咬得太紧,估计牙齿得酸几天。我不知道瑞秋是不是也在想一样的事,只知道她很努力地骑,我则尽量离她近一些。

我们骑过漫长的山路,终于到达山顶,瑞秋指着前面两个相距很远的建筑物。桑斯普林斯!我松了口气,但马上又担忧起来,因为我们在山顶,劲风阵阵袭来。抬头看,群星在头顶闪烁,但是西边的天空阴沉沉的。有乌云,可能是暴风雨的前兆。今晚不会有流星雨了。

我们骑到桑斯普林斯满是灰尘的小邮局,风吼得更撕心裂肺了,就像对着玻璃瓶口吹气发出的声音,再用扩音器放大。这里只有一个路灯,幽幽地发着光,我绕着邮局走了一圈,发现旁边有个小公寓,但里面好像没人。“镇上”的另一栋建筑物是个大房子，就在东边。房子里没有一丝灯光，但车道上停满了车。离我们最近的是辆黑色的雪佛兰萨伯曼（Suburban），车身有凹痕，车贴上写着“边境管制，不是枪支管制”。

我们走到邮局后面，发现一小片未经修剪的草坪，草坪后面好像是个牧场。如果在邮局正后方搭帐篷的话，好像就不会被公路上的车流发现。可一定要有用啊。

“我们应该跟邻居打个招呼，”瑞秋说，“看看他们是否介意。”

我不想跟任何人打招呼，只想挖个洞窝在里面，谁也不告诉。但我的回答却是：“没错，我们应该这么做。”

我们走向那栋房子，在门前停下来。我希望瑞秋领头，她很擅长跟陌生人沟通。但她没有上前的意思。我只好沿着水泥台阶走到门口，门后是个带着帘子的门厅。风刮得门开开合合。我回头看瑞秋，她正站在最后一个台阶上，紧张得要吐了，我也有同感。我转身刚握住门把，门就“嘎吱嘎吱”地自己打开了。我勉强笑了一声。

我穿过门廊，来到正门那儿。深吸一口气，抬手敲门。门口变形的小窗户被一块脏兮兮的蕾丝布料挡住了大部分，我从缝隙往里看，漆黑一片。我又敲敲门，听到里面有东西在动。我想到了湿漉漉的黑发下眼珠凹陷的女鬼，也许更糟，是那个发际线后退的瞪眼男人。也许他跑到我们前面，一直在守株待兔——

“该死，”我小跑过门廊和楼梯，“里面没人。”

瑞秋点点头，我们心照不宣地假装相信了这句话。

我们把自行车停在邮局后面，以前所未有的速度搭好帐篷。走到200号高速公路，从各个角度检查帐篷是否隐蔽，一看见车灯就藏起来。最后，我们爬到帐篷里，天空阴云密布，帐篷里光线很差，但我们还是把门给拉上了。这样我就能看到放童子军小刀的那个口袋。我不知道如果真的遇上坏人,那把小刀能干什么,给他往面包上抹黄油还是修理脚指甲？我不愿深入去想,至少它的存在给了我安全感。

那晚,我们抱在一起,毫不在意防潮垫之间让人不适的间隙。我把自己的睡袋和瑞秋的叠在一起,躺在她身后。我们绝口不提路上碰到的那个男人和那栋不知道里面有没有人的房子,从帐篷里还能看见后者沐浴在闪烁的车灯里。没必要谈这些。我们都能感受到彼此的恐惧。一有风吹草动或者驶近的汽车,我们就会瑟瑟发抖。交谈时,我们也只说明天的事情,低声说着离开这里的时间和方式,决定天亮之前就出发,一口气骑 100 英里到刘易斯敦城。

第十四章
滞留此处

我像个圣诞节早上兴奋难抑的小男孩一样从枕头上弹起来，心中欣喜地飘过几个大字：这是第二天了！但今天不是圣诞节，我不是和妹妹躺在洒满柔软灯光的房间里，脑子里不是在想爸爸妈妈、精心包装的礼物或者自己想要的东西。完全不是。我在鬼屋后的帐篷里，躺在一个对我来说逐渐丧失吸引力的女人旁边，满脑子都是让我害怕、想逃的东西：那个瞪着眼睛的司机，持有枪械的邻居，蒺藜组成的栅栏，无情的风。丑陋无所不在，环绕四周，又映射在我心里。

我轻拍瑞秋的肩膀，她的眼睫翕动了几下，睁开眼睛喃喃道："我们还活着吧？"我点点头，跳过问候早安和睡眠如何那一段，直接说起刘易斯敦城。

刘易斯敦是蒙大拿州的一个城市。算是我们的应许之地。在悉尼城时，弗雷斯特和凯莉就说过，某种意义上说，它是我们骑行的里程碑。那是个有五千人口的繁华城市，比我们离开法戈后见到的最大城市还大上四倍，我们已经准备好体会城市生活了。尤其是瑞秋，曾经连续几天兴致勃勃地说她要来上一杯16盎司的拿铁咖啡，窝在扶手椅里舒服地看书。对我而言，在哪里远比在那里做什么重要。因为刘易斯敦是通向壮丽西部的大门。没错，离开那里后我们还会遇到高原沙漠，但总体而言，那就是平原和落基山脉的分界线。处在“中间”地带和“简单”地带之间，在那里，一切都会好起来的。

我们决定在夜幕降临前赶到刘易斯敦。这可是个不小的壮举。刘易斯敦距离这里有102英里，我们俩从没在一天之内骑过这么远。

“所以，”瑞秋说，“如果今晚能成功到达，我们就找间旅馆住一晚吧。”

“你真这么想？”

“对。”

我停止打包，抬头看着瑞秋，思考这种行为有没有违背我的道德准则。

“而且，”瑞秋继续说，“算上今天，我们骑行是不是刚好满一个月了？”

我还是盯着她看，计算了一下。妈的。还真是。

“你不觉得该做点什么纪念一下吗？就像周年派对一样。”她微笑着说。她打出了一张王牌。我们都清楚，在我汹涌的多愁善感面前，我的原则毫无胜算。

不到七点我们就上路了，骑过长满山艾的平原，阳光晒得后背暖洋洋的。前几英里时，我们还谈论着去大城市的伟大计划，但很快就陷入了沉默。这快成为定律了。瑞秋不再喊我们设计的公路暗号，我也不再随时向她通告速度计显示的消息，我们俩都不再提波特兰，这个城市感觉远在天边，我甚至怀疑它是否存在。我的意思是，我还想和瑞秋说话，但没有可供谈论的话题。周围或者我们之间很少有新鲜事，而且最近打破单调的都不是好事，只会让我们疏离或者感觉自己软弱渺小。

为是否搭顺风车吵架或者害怕地抱在一起。这就是最近的新鲜事。我一想到那个男人和那栋房子就不寒而栗。

最初的恐惧已经消逝，但还是有点恶心。就像宿醉醒来仍有不适一样。

骑了将近20英里后，地平线那出现了一些模糊的小点。要不是我知识丰富，一定会以为那是树。骑近之后，居然真的是树！货真价实的树。几个星期以来，除了防风橡树，我们几乎没看见任何树。然而在这里，常绿林营造出盎然绿意，一直延伸到河岸，让人心生喜悦。我没意识到自己多想念树，但现在看到它，我感觉到一股暖流抚遍全身，就像打开了一本旧日记。

河边有个巨大的停车场，后面是一栋庞大的现代化建筑物。那是莫斯比残留的建筑，本来是个新兴的石油城市，后来变成了高速公路休息站，这是桑斯普林斯到刘易斯敦之间仅存的两个建筑物中的一个。我们停下车，用自制炉子煮了燕麦搭配从自动售货机买的苏打水，潦草地吃了顿早餐，然后各自走进一间浴室。我洗掉右小腿上两天的积垢，擦掉皮肤上发黏的盐分和灰尘。除了胡须看起来有点像炸弹客，我看上去很是干净体面。但我还是觉得脏。

几分钟后，瑞秋也出来了，她没像往常一样把头发扎成马尾，散落的波浪卷发透着野性，映衬着红润脸颊。看着她向桌子走去，我感到心里一阵刺痛。不是肉体的疼痛，也不是渴望。这种感觉强烈得多。就是刺痛。我曾有过这种感觉，不是在烛光晚餐时，而是参加工作面试，或是葬礼时。当时你会忽略它，后来频频回顾，却永远不会采取行动。

我行动了。起身把瑞秋拉入怀中，亲吻她，揉捏她的臀部。她犹豫片刻，然后主动回应。我去扯她的短裤，她一手帮助我脱下它，一手紧紧抱着我。公路上如果有人，对这里的情景会一览无余，但我无暇顾及这个，已经赤裸着坐在长凳上了，背后是玻璃框裱起来的蒙大拿地图。我的手伸进瑞秋的上衣里，急切地触碰她的肌肤，头靠在玻璃上紧闭双眼，沉浸在自己的幻想中：我看到瑞秋离开，留我只身一人，我跑进燃烧的房间里，没打算去抢救什么，只是死死盯着我带进火焰中的东西……

我颓然地靠在玻璃上，睁开眼。瑞秋带着不解的微笑看着我，问道："见鬼，你怎么突然这么热情？"

我正处在爆发后的疲软状态，感觉非常耻辱，已经忘了这种"热情"从何而来。它和树木、高原沙漠有关，和想家及羞愧的情绪有关。我决定不告诉瑞秋，手指顺着她光滑的脊背向上摩挲，说："我正要这么问你呢。"

我们就这样小坐了一会儿，一辆卡车疾驰而过。我俩低下头，像第一次玩捉迷藏的小孩子一样。我看不见你，你也看不见我。接着起身做完清理工作，穿好衣服，回到路上，向着前方进发。我希望那个地方能不再让我有刺痛感。

马瑟尔谢尔河已经干涸，几乎没有水流。河西侧的 200 号高速公路起伏不平，连几英尺的平地都没有。坐在汽车里感受不到，但骑自行车却能鲜明感觉到每一次颠簸。骑到第 44 英里，到达温纳特后，我感觉腿像是滚烫的岩浆，眼皮沉得要命。看来几个小时不安的睡眠和上午的情事不是这场世纪骑行的最佳预热。瑞秋也没有克服。几英里前，我从后视镜看过去，她像是在车座上睡着了。

但是我们成功到达温纳特了，此时此刻，这就是最重要的事。我认为这是骑行最美好的事情之一。不管这一天有多糟糕多漫长，我们都可以把它分解成可控的几部分。从桑斯普林斯到莫斯比。深呼吸。莫斯比到温纳特。深呼吸。温纳特到……嗯，我们一两个小时后再来看。

温纳特是这段长达 100 英里的路程中唯一的城镇。后来我们了解到，它也是石油县中唯一的城镇。如果在一百年前来，我们还能碰到凯特克里克镇、罗伊镇、泰根镇和弗拉特威洛镇，但这些城镇很久前就消失了。起名叫石油县这样的地方，城镇当然会慢慢消失。温纳特也只有一息尚存。二十年代，该镇号称有三千多人口，现在只剩几百个居民了。下车后，我们发现了一块由狮子俱乐部[1]设立的欢迎木牌，上面用黑色大写字母写着："GO AHEAD AND BLINK，WE'RE STILL HERE.（走上前眨眨眼，我们还在。）"

温纳特的建筑物和人口一样多。我觉得几年前来的话，还能看到热闹的酒吧和奢华的羊毛店，现在大部分商铺都门窗紧闭。唯一能看到的新画作就是一栋空建筑上反兴奋剂的壁画。我们又累又饿，就去综合商店买了三明治配料、糖果、薯条，还有更多糖果。来到公园饱餐一顿，写了几张明信片，在镇上转了一会儿，发现温纳特竟然有个游泳池。现在还没开始营业，但有个女士在那里打扫，她说可以洗澡。我们去了。而且，我们听从了她的建议，来到一家本来是教堂的二手商店。商店正在进行换书活动，可以用手头的书换走角落书架上的任何一本。我用《白噪音》换了汤姆·沃尔夫的《完美之人》，瑞秋用罗宾斯的小说换了伊莎贝尔·阿连德的《幽灵之家》。然后我们回到路上，带着饱腹的喜悦，闻着薰衣草沐浴液的香气，说道："嗯，这真是个不错的小镇，是吧？"

这一天剩下的时间很难熬。我们在乏味又让人疲惫的蒙太奇中骑了 58 英里。配乐："草原是我家"的第一小节，无限循环。场景：完全没有背景，只有两个无精打采的人。动作：我在两分钟的短暂休息后回到自行车上，尽管畏缩但还在坚持；瑞秋在灌木后小便时没有藏好；我们偶尔兴致勃勃地谈论到刘易斯敦后要买哪种冰激凌；最蒙太奇的是，我和瑞秋从车座上站起来，坐下，再站起来，又坐下，找不到合

---

① 狮子俱乐部，构成狮子俱乐部国际协会的地方俱乐部，在美国组成，以培养地方和国际间的良好关系以及对社区的良好服务。

适的位置缓解胯间抽痛和尖叫的腿部肌肉。

骑到第92英里时,一道常绿林覆盖的山丘耸立在我们面前。朱迪斯山。这块区域面积不小,大到足够在我们蒙大拿州的地图上显示为银色点块,我们得越过它才能到刘易斯敦,后者海拔比温纳特高1000英尺。我们今天已经骑了很远,爬山本应是场痛苦的折磨,但我没感觉到。我只记得被松树和草原环绕,在久违的绿荫下骑行,热切讨论着这美丽的新世界,真切地感觉到我们正去往某个地方。不知不觉中,我们开始下坡了,速度很快,快到时速35英里,就这样骑了6英里,道路逐渐平坦,里程计显示出"100"的字样,看上去硕大又美丽。瑞秋说:"真不敢相信,我们真的骑了这么远。"我们滑行着来到刘易斯敦。

我们沿着主干道骑行,目瞪口呆。亮着霓虹灯的酒吧、墨西哥饭店、运行的红绿灯、可爱的路边饭馆、华丽的砖墙、营业的书店,还有人,好多人,随处可见:在车里,在每家商店的玻璃窗后,在人行道上走动着。就像在沃特福德镇看的那场电影,如今我们身在其中,置身于炫目的灯光和鲜艳的色彩之中。连续几周的奔波让这座城市尤为神圣。瑞秋已经开始挑选第二天要逛的地方了——我们还没讨论要不要留一天,当然,答案是肯定的——我规划着现在该做什么。现在才六点,我觉得如果马上找到宾馆,我们还可以去牛排店吃饭,在闪烁的街灯下散步,在小酒馆小酌几杯,买两个四球冰激凌,彻夜狂欢,享受酣畅淋漓的性爱,庆祝骑行满一月和我们的英雄事迹。

真实情况却是这样的。我们花了一个小时才找到宾馆,在寻找过程中,还翻过了几个讨厌的山坡,用尽了最后的体力。我们最终决定住在卡尔弗特宾馆,那是个漂亮的砖瓦建筑,非常豪华,老板是位虔诚的基督徒,如果不是因为年久失修,肯定要贵三十美元。找到宾馆后,我们太累了,只能来到综合商店买了做好的三明治和盒装葡萄酒，一桶薄荷巧克力碎片冰激凌。在床上吃完饭后，交换了几个慵懒的亲吻，埋在枕头里喃喃着明天再做，就沉沉睡去了。

我抱着一棵树。用鼻尖摩挲着树皮上的褶皱，胳膊紧紧抱着树干。为什么不呢？周围没有人。我在路的尽头，在朱迪斯山的松林深处探寻幽灵城镇。我像是喝了维生素D、肾上腺素和思乡之情混合而成的鸡尾酒，有些淘气地想，全世界没人知道我在哪里，在做什么。所以我抱着一棵树。因为我就想这么做。

早上醒来后，我和瑞秋对如何度过今天产生了分歧。她想参观博物馆，打几个电话，在咖啡馆消磨时光。我也想做这些事，任何人在任何地方都能做到这些。但后来我望向窗外，看到矗立在城镇上方的群山，改变了想法。我明白自己需要走进松林深处，沉浸其中。所以我建议分开行动。这看上去是小事一桩，但上次我们分开超过一小时已经是一个月以前的事情了。

骑行上山感觉非常棒。没有行李，没有后视镜，只有我和富士车，脚下的柏油路和头顶的蓝天，山脚的风景赏心悦目，美得不真实。路很陡，但我顺畅地冲了上去，在经历了长途骑行后也依然充满力量。离开城镇后，我向北骑了10英里，转到一条土路上，打算去迈登遗址看看，那是个废弃的矿业城镇，我之前在手册上看到过。骑到一半，我又改变主意，只想去树林中。我停下来，把自行车停在一边，走向一片笔挺的松树。

所以就出现了第一幕的场景，我缠绕着一棵树，喜不自胜，意识到自己已经许久不曾体会到这种纯粹的快乐。也许从那次乘顺风骑到海龟湖后就没有了。现在，我完全忘记骑行之外的生活，自由享受美好的时刻，不再错误地坚持我和瑞秋必须好恶相同,步调一致。此时,我想起了盖伦。我想,他的骑行一定是场自由狂欢。每一天他都可以自行决定要骑多远,在哪里休息,什么时候去抱树。每天早晨醒来,他肯定会想,这由我主宰。我是说,我不知道他有没有做过或着想过这些。每次和他通电话时,瑞秋就在旁边,我没法明目张胆地直接问他:“嘿,你能告诉我不需要向女朋友妥协的骑行有多爽吗?”就算有机会我也不会问。我并不想知道。

我在树林之中,独自一人,非常快乐,心想这由我主宰,思考为什么不能从盖伦,准确说是我对盖伦的看法中吸取经验。也许我可以从妥协中匀出空间,学习他那种自由。对的。我当然会这么做。

我回到宾馆和瑞秋会合。她也度过了愉快的一天。至少她是这么说的。她罗列了今天做的事——打电话给波特兰的朋友,小憩,读书,喝了一杯拿铁咖啡——我觉得她的一天有些荒谬。我们走了这么远,身处树林之中,在落基山脉入口,她竟然在想波特兰?所以我只是点点头说:“酷。”我试图传达在山上的感悟时,她也是这么回答的。我找不到语言来描述那种感觉,我抱着一棵树,体会独处的美丽,听起来有点蠢。我们很快就不再谈论独处一天的快乐,专注于今晚俩人一起将会多开心。

我们规划了一个浪漫之夜。享用完美酒佳肴后,在宾馆开一瓶葡萄酒。30美元不是个小数目,必须物尽其用,度过一个完美的夜晚。吃晚餐时,我一直惦记着这件事,特地把葡萄酒换成啤酒,没有吃得太饱,毕竟肠道一直排气和在十点就沉沉睡去可不算浪漫。瑞秋把手放在桌子下,摩挲我的膝盖,询问我的骑行,眨巴着眼睛倾身上前,认真倾听。我又陷入汹涌澎湃的感性之中,说着和她一起是多么幸福,我们携手骑行一个月,穿过了四个州,多么让人讶异,激动人心,多么完美。这些话听起来不太真实,好像我们是在逢场作戏。我喜欢山,而瑞秋牵挂波特兰,却都在假装这场骑行拉近了我们的距离。

走回宾馆的路上,瑞秋牵着我的手说:“没事吧?”

我点点头,有点太过用力:“当然。只是今天骑得有点累。”

“确定只是这个?”

“对。怎么这么问?”

她犹豫地说:“我也不知道。觉得今天的你感觉很遥远。”

我不知道怎么做,只好伸手紧紧拥着她,继续向前走。

回到房间后,我们倒了两杯葡萄酒,躺在舒适的被子上。我原以为一回到床上,这个意味明确的地方,原始的欲望就会袭来,把我的忧虑撕成碎片扔出窗外。但当瑞秋放下酒杯,手滑入我的上衣里时,我退缩了,第一次觉得我不想要。

“等等。”我隔着衣服握住她的手,告诉她我很抱歉。我吃多了,肠道不适,感觉很困,不在浪漫的状态。

瑞秋坐了一会儿,眨着眼睛。

“非常抱歉,瑞秋。我现在只想睡觉。”

她嘴唇动了动,说:“没关系”。但眼神分明在说:不,这很有关系。

不到十点,我们就睡了。

潦草地吃完具有大陆特色的早餐后,我们收拾好行李离开宾馆。刚走了几步,我就停下来。闻到空气中有浓浓的木材燃烧的味道。天空笼罩着一层灰雾。

我们离开河谷,渐渐远离松林,来到另一片高原沙漠。举目望去,灰蒙蒙一片。好多烟尘。当时我不知道为什么有这么多烟。没看到报纸头条新闻,也没听清加油站有人讨论起了山火，蔓延了蒙大拿西部大部分地区。我只知道眼睛熏得生疼，口渴难耐，地平线那儿像是悬挂着巨大的灰色幕布。

向西骑行时，天空像是堆满了脏袜子一样灰蒙阴沉，我情绪很低落。终于到达落基山脚下了，但如果烟尘不散，我们就看不见山脉。没有一览无余的景色和清甜的高山空气。只有寒冷的夜晚，拥堵的旅游交通，爬山时被呛到咳嗽不断。没有让人分心的景色也看不见目的地。只有无穷无尽的路程。

我郁闷了好久，不情愿地将烟尘吸入肺中，不知怎么地，我突然想起了昨天在松林的感受。在山上的树林中，我感觉自由自在，非常满足，因为我选择了目的地并向它前进，在旅途中发现了美好的东西就用心体会，不受目的地的制约。想到这个，我坐好，以欣赏的态度看着灰蒙蒙的天空和历经风吹日晒的筒仓。我低下头，赞赏膝盖上的关节和肌肉。用一只手握住自行车的上管，就像牛仔抚摸骏马的脖子。

见鬼去吧，愚蠢的落基山脉。我不需要它。我喜欢一整天坐在车座上，在帐篷中睡觉，穿着仅有的两件T恤，晒得黧黑，在向别人讲我在做的事时收获惊叹声。我喜欢我在经历的故事，像是练习，以便日后更绘声绘色地对朋友们讲述我是怎样逃脱那个大眼的邪恶男人，勇敢地对抗逆风，把辛尼克斯加油站当成早餐。我喜欢这种明白自己如何前行，以及为何前行的感觉：因为我想这么做。这种纯粹的愿望稍纵即逝却非常强烈，让我不再因为不能去某处而焦虑，所以，就算烟尘阻碍了视线，我也会享受它，因为它是我的，因为它很真实，因为——

"我觉得应该尽快停下来，"瑞秋无声无息地骑到我身边，"烟尘太严重了。"

我没有回应，因为，你有尝试过在高潮的时候说话吗？

"真的，"她说，"你觉得呢？在斯坦福停下来怎么样？"

我专心致志地盯着公路："可以吧，我也不清楚。还不到50英里，我挺想再骑一段路。咱们克服一下，骑到落基山脉吧。"

"我们都看不见那该死的落基山脉。"

糟了。见鬼。根据瑞秋的说话法则，如果她态度真诚，又说了脏话，说明暴风雨要来了。但我还是坚持己见："我知道。但我敢说骑到那儿的时候就看见了。"

"这根本没有意义。"

"嗯，不如我们骑到那里再——"

"布莱恩，我需要休息。"

我看着瑞秋。没有要发火的迹象。她只是诚实地说出了自己的想法。她脸颊泛红，眼睛传达着"我投降了，我很虚弱，请你怜悯"的讯息。

我说："好吧。"

我们沉默着在烟雾中骑行到斯坦福。在公园放下自行车后，我摘下头盔，拿出羊毛毯，跟瑞秋说我想走一走。

她说："真的很抱歉。我只是需要休息。"

"没关系。"

"不，绝对有关系。发生了什么事？"

我后退一步，离瑞秋坐的秋千更远了："我说不清楚。我只是……想散散步。"在瑞秋回答之前，我就转身走向中央大街了。我穿过四个街区的中心地带，努力集中注意力，但心里乱糟糟的。刚刚的两个小时中，我像个弹珠一样，从烟尘引发的绝望弹到"这烟尘属于我"的狂喜，再到更深的绝望中。瑞秋及时提醒我，这烟尘，还有处理烟尘的决定不只关乎我一人，是我们俩的事情。这是让我绝望的原因。我越来越厌倦我们俩的事，不知道这意味着什么。这段路程改变了我们，所有事都变了，我为此倾注所有精力，都快忘记了长久以来期盼的远方，现在，我一点也看不到我们的远方和未来。

我走得脸颊冒汗，脉搏加速，折回来快步穿过小路，来到城镇图书馆。我坐在一台电脑前，搜索波特兰、芝加哥、麦迪逊、杜兰戈和科罗拉多城里的工作岗位和创作项目。我对科罗拉多城几乎一无所知，只认识一个几年前搬到那里的老友。我甚至登录邮箱，开始给那个朋友写邮件，写到一半又删掉了，我站起来，走回公园，瑞秋还坐在秋千上。

我一屁股坐在旁边的秋千上。她握着秋千吊索，转向我说："请告诉我到底发生了什么。"

"我不知道怎么说。"

"至少可以尝试着说吧。"

"好吧，我试试。"

我停顿了一会儿，组织头绪，然后开口讲了一堆流畅的陈腔滥调：说我感觉不像自己了，有时需要空间，这和她无关，还有——

"布莱恩。请告诉我实话。"

"抱歉。"我低头看着地上的土，呼吸了几口弥漫着烟尘的空气。没来得及考虑更好的表达方式，就冲动地承认这事的确是因为她，因为我热爱挑战和不确定性，热爱一起进行的这场骑行的精神，但她很讨厌这些我喜欢的东西，坦白讲，这让我觉得很难和她沟通，而且——

我抬起头，发现瑞秋低头盯着自己的脚看。我觉得我说话太重了，但这是我的真实想法，她也要求我诚实，所以我继续了，说到自由和独处的快乐，说到挥之不去的失望和感情的枯竭。说完后，我们看着彼此，瑞秋问我，对她的爱是不是动摇了。我诚实地回答了这个问题，还是那句一成不变的答案："我不知道。"

第十五章
进入山谷

瑞秋身子前倾,手肘撑在膝盖上。我凑近她,伸长脖子歪头去看她的眼睛。但她拒绝看我,只是盯着地面,手指揉搓着一个棕色的小东西,我发誓看到一颗泪珠从她的脸颊滑落。

"瑞秋,"我慌乱地说,"对不起。我……我没有那个意思。天啊。我只是很困惑,想开诚布公。"

她点点头。

"而且……对,我只是想表达,呃,这真的很难。偶尔。我不想再假装轻松了。"

她又点点头。

我把这当成一种肯定:"说完之后我觉得好多了。很高兴说了实话。"

"我不高兴。"她低声说,"你怎么能没想清楚就说那种话?"她转向我,水汪汪的大眼中噙满泪水,目光燃烧着怒火。我从没见过瑞秋这副坚韧又脆弱的模样。让我不安的是,我竟然兴奋起来了。

我摇摇头,努力集中注意力:"我不知道。"

"哦,对,"她讽刺道,"你不知道。"

我们就这样在秋千上坐了一会儿。我结结巴巴地反复道歉，笨拙地解释，总的来看，瑞秋的表现算是优雅了，只是沉默不语。最后，她站起来去散步，我坐在秋千上盯着沾满灰尘的双手，回想刚刚发生了什么。我的话让自己都恶心。那一滴眼泪落在我心中最柔软的地方，让我找回了遗失已久的温柔，不再深陷于自怨自艾，顾影自怜。我突然意识到瑞秋并不是问题所在，我才是。这种顿悟犹如当头棒喝，让我口干舌燥，心软成一摊。这一切都不是瑞秋的错：她不喜欢疲惫不堪风尘仆仆，这没有错；没办法骑到我想要的速度，也没有错；想起盖伦我就觉得深深的嫉妒，接着拒绝妥协，还堂而皇之地称之为“自由”，也不是她的错；这一年多来，我让她去承担我的命运，还时不时地焦虑发作觉得这真是个坏主意，更不是她的错。

即便她是无辜的，我还是把脏水都泼向了她。现在，在大错铸成十一分钟后，我终于明白自己为什么对任何事都回答“我不知道”了。因为我无法兼顾自己和瑞秋，总是忘了考虑她的感受。我说的那些话的确发泄了我的情绪，但我真心希望自己当时没有说出口，让瑞秋伤心欲绝。

第二天早上，天空依旧蒙着一层灰垢。微弱的西风夹着木材燃烧的味道。瑞秋一言不发地整理行李，避免和我眼神接触。她没有表现出生气的样子，只是失落。她已经很难受了，我却把情况变得更糟，我从未如此迫切地想收回说过的话，但是办不到。只能煮了廉价的燕麦片，吃完之后，我们离开了斯坦福。

骑行的第三十三天，我们要去大瀑布城的雪莉·博克家。她是在悉尼城载我们一程的凯莉的朋友。距离不远，只有 60 英里，但斯坦福杂货店的店员告诉我们交通会很拥堵。骑行一开始，这句话就得到了验证。斯坦福西边，200 号高速公路和 3 号、87 号公路交会，车流量猛增至三倍。车子排成长龙，阻塞了所有车道，我们像表演走钢丝一样从狭窄的路肩骑过去。我每分钟都会检查后视镜，确保自己速度合适。每次看过去，都能看到瑞秋在奋力蹬车。她皱眉的表情不像忧郁，而是不屈不挠。她本来就很坚强。我怎么把这个给忘了？

我们在盖瑟停下休息，这个城镇没有给我留下任何印象，然后继续上路。这是我们走过的最让人不快的路段。车辆拥堵，尾气弥漫，地面像心电图一样上下跃动，我细细感受这一切：双腿酸软，肺里都是烟尘，汽车挟带下的增速还有其他能让我忘却自己是个愚蠢混蛋的事。我放松下来，虽然忘不掉说过的话，也能从积极面看待了。起码我很诚实，对吧？诚实是好的，就算它很笨拙，伤了瑞秋的心，就算它不是真正的诚实，更像是略逊一筹的对诚实的尝试。

无论如何，我试过了，也从中学到了：也许我可以两者兼得。既实现自己的想法，又兼顾我们伟大的浪漫故事。不得不承认，现在故事不算浪漫，但一定会再次浪漫起来的。

雪莉·博克的家是母性的纪念碑，摆满了她曾经照顾过的人的照片，有些是孩子，有些已经长大成人了。冰箱上摆着蒙大拿年度最佳教师的证书，卫生间后面堆着诸如《如何在空巢中生存并发展》之类的书。她见到我们不足一分钟，就说："你们想住多久都行。"我猜她这么说一部分是因为孤独，还有一部分是因为我们出现在她家门口时样子太落魄了。不过原因貌似更加简单。你能感觉到，这就是她的行事风格。

那天晚上，雪莉帮我们洗了衣服，带我们参观房间，然后提供了柔软的大浴巾，让我们舒服地洗了长时间的热水澡，坚持给我们做饭。饭后，我们窝在一起看新闻。雪莉很担心。火势在蒙大拿西部蔓延，铺天盖地，在她眼里，我们就是她刚收养的小孩，正要直奔大火而去，好吧，也不是直奔，但也是要到附近去，那里烟尘这么多，需不需要开车送我们过去？我们婉拒了这个建议，但她让我们再住一晚时，我们欣然应允。

后来，我和瑞秋躺在上下铺上，低声说着雪莉让我们想起了自己的母亲。我们避开“我不知道”这四个字，聊了很久。我从上铺下来，俯身亲吻她，她回吻了，把我拉到她身边躺下。就这样躺了一会儿，瑞秋轻声道了晚安，我回到了自己的床上。

第二天，我们开始探索大瀑布城（Great Falls）。在市中心停下自行车后，我们沿着中央大街走，街上人头攒动，但有种难以言明的孤独感。后来，雪莉解释说那些人可能是瘾君子，大瀑布城是蒙大拿反冰毒战役中最激烈的战场，我们看见的路边广告牌上那些骇人的图画就是蒙大拿冰毒项目的一部分，这是场声势浩大的运动，由一位斗志昂扬的亿万富翁资助，四年来让蒙大拿的毒瘾青少年减少了一半。当时我对此一无所知，才过了五分钟我就想回雪莉家了。

但瑞秋想喝咖啡，她发现了一个小咖啡馆，舒适程度和中央大街的诡异程度成正比。这是瑞秋的特殊技能之一。把她蒙上眼睛，扔到阿尔伯克基①的远郊，不出半个小时她就能找到浓咖啡和舒适的沙发。我们窝在舒适的沙发里度过了几个小时，喝着咖啡看书，咖啡师一直在播放独立音乐，像枫糖一样甜得发腻，乏善可陈，但我还是听完了，因为这一个月来我很少听音乐，而且我们需要这样甜甜的情绪，不管她是否已经忘了我说过的混话。

来到大瀑布城不到一天，瑞秋又恢复了自信能干的状

① 美国新墨西哥州的一个城市。

态。吃晚饭时,她问的问题十分得体,我则陷入昏昏欲睡的食困。一整个上午,她在房间里跑来跑去,打电话给朋友,写明信片,列出晚饭所需的购物清单,她自告奋勇要做晚饭,我在躺椅上坐了半个多小时,看着她思考这漫长悠闲的一天要做什么。几个月前,这种不确定性会引发焦虑,但如今,瑞秋还能让我觉得混乱不安,这让我很宽慰。

从咖啡馆出来后,我们去了一家自行车商店。瑞秋还是手麻背痛,坚信需要把竖管调长,这样她能坐得更直。技工里面最玩世不恭的那个家伙把能找的东西都找来了,还是没有瑞秋想要的。他耸耸肩说:"看来你只能忍着了。"瑞秋强忍着出了前门,大哭起来。我以为她会像以前一样发脾气,但她没有,只是在流泪。相比在秋千上那次或者看着她和逆风抗争,我此刻更明了她的感受,她很难过。不是因为她真的很想要什么。我想让她知道我能理解她,却不知怎么表述。所以我只是紧紧握着她的手说:"让那人见鬼去吧。"晚上,我们为雪莉做了疙瘩汤和调味汁。晚饭过后,我们和她坐在沙发上看当地天气预报,播报员称这场山火的烟尘到圣诞节都不会消散。后来我们一起在客厅读书,就像那些真正的、正常作息的人,最后回卧室睡觉。

我躺在床上,注视着天花板说:"我需要这个。"

"我也是。"瑞秋说。我听见她悠长缓慢地吸了一口气,屏住呼吸,斟酌地说:"我很期待去冰川国家公园。"

"嗯,我也是。"

"我觉得我们可以留在那儿。"

"永远吗?"

"不。一年。"

"酷。"

"或者至少一个星期。"我没有回答,她接着说:"我是认真的。"

我脑海中还有个声音在叫嚣着“向前走”。但为什么？现在是八月中旬，我们无处可去。准确地说，我不知道要去哪儿。而且我欠瑞秋的，理应对她妥协。何况，那可是冰川国家公园。我有几次机会可以一时兴起就决定在冰川待一星期？

“为什么不呢，对吧？”我说，“只要没有烟雾就行。”

“如果冰川那里烟雾弥漫，我就包机去波特兰。”

“说得好。这主意不错。停留一段时间。”

“对，”瑞秋说，“没错。”

我躺着想了一会儿冰川。我们两天后就会到达那里。一周的停留是修复关系，摆脱骑行压力的好机会。真是值得期待。我默默祈祷天空会变晴朗。

第二天早晨，烟尘仍未散去，交通条件恶劣。没骑完 1 英里就感觉很吃力了。我忘记了为什么，我们先是没能赶上去农贸市场买吃的，而且瑞秋泪眼婆娑，说着“我做不到”“你压根不想和我在一起骑行”这样的话。我则低声说：“我知道说出去的话收不回，你想让我怎么做呢？”

我们做了唯一能做的事，骑行。那天我们的目的地是德普耶小镇，去投奔凯莉·马克尔的朋友，她就像个代理人，帮我们安排了在蒙大拿的行程。德普耶距大瀑布城 92 英里。我真心希望剩余的 91 英里比第 1 英里顺利点。

大瀑布城西部，200 号高速公路和 I-15 号州际公路及其他主干道重叠，我们只好转移到一条临街道路上。这也有好处，轰鸣的引擎声给了我们不交谈的正当理由，但也有缺点，很快我们就要跟骑行了将近 1000 英里的 200 号公路说再见了。

200 号公路和 I-15 号公路一分开，车流骤减，瑞秋骑到我身边，问我记不记得是从哪里开始在 200 号公路上骑行的。法戈？塞克斯顿？其实我知道准确答案，因为我记在日记里了，在雪莉家时，我还从头到尾翻了一遍。但我明白她不是真的关心答案，只是找个可以聊天的话题，就装作不知道陪她一起猜测，说了好几个地方的名字。

很快，我们就骑到89号公路和200号公路的交界口，选择了向北继续骑行。我一度以为在告别200号高速公路时，我会泪眼蒙眬，心头刺痛，至少也会唱一句“这里曾经是我的乐园”以示缅怀。但看着200号公路消失在南侧，我发现自己并不感伤，反而松了一口气。我已经准备好放下过去，向新的地方前进了。

过了分岔口几英里，我们感受到轻柔的顺风。风力不强，但足够让我们顺利骑到费尔菲尔德。这个小镇很有趣，坐落在六七个钢铁铸成的大粮仓之后，粮仓里储存了大量粮食，让该镇有了“世界大麦之都”的称号（自封的）。要不是烟尘笼罩，这些粮仓会投下巨大的阴影。阴霾没那么重了，但还是看不清太阳的位置，我们已经整整四天没见过太阳了。我们来到镇上绿树成荫的公园，用馅料制作了旅途中第900个三明治，边吃边看地图。我们距离落基山脉不足30英里了，但没发现任何要到达的迹象。

离开费尔菲尔德后，公路空旷起来，风力逐渐攀升，最初我们只是感觉很舒适，到后来就感慨自己在飞驰了，我基本不用主动骑，就像飞机上的乘客，只管休息，欣赏风中摆动的小草，远方银光闪烁的斑点好像是个湖泊，粗糙的锥形岩石像倒龙卷风一样耸立在周围。我能真实地感受到地貌的变化，想用相机记录下这一时刻。

骑到肖托镇时，灰蒙蒙的天空中出现了一片淡淡的金色。我问瑞秋：“看到了吗？”她给了肯定回答。随着距离的靠近，我们目睹这片金色逐渐加深，越来越亮，最后变成燃烧的火焰。反射出强烈的阳光，刺破阴霾，落在远方紫色的圆丘上。

落基山脉。

我们停在路边。我拿出相机拍了一张,不满意地摇摇头,删掉重拍,试了几次才拍到满意的照片。我们继续骑了40英里,最后的情况很糟,烟雾卷土重来,山脚并不平坦,地势崎岖,日落时分我们才勉强达到德普耶。明明离结束还早,我却有种感觉,我们走到了一个结尾,要开始新的故事了。

招待我们的是黎安和约翰,我们坐在喷漆的硬木板旁吃着自制燕麦卷和新鲜采摘的浆果,满怀崇拜地倾听黎安讲如何纺纱和经营农场,约翰只是安静地吃早餐。他们和凯莉、弗雷斯特夫妇进行四人约会肯定很有趣,想到这个场景,我微笑起来。真希望我们有充足的时间。昨晚我们到时已经是深夜了,没和他们说上几句话。现在,只相处了半个小时,我就想整天都留在这里学习如何纺羊毛线,看看他们的耕地了。瑞秋也被这对夫妻迷住了,她学过编织,但总是半途而废,只会织蹩脚的围巾,其他的什么都不会。她对心灵手巧的黎安崇拜得五体投地。

然而我们不能留下。落基山脉近在眼前。冰川在呼唤着我们。

离开前,黎安拿出一大堆彩色纺线,瑞秋买了几个线团,装进挂篮里,打算骑行结束前织一条围巾(看吧)。两位女士谈论编织时,我看了一眼黎安的办公室,她有台很棒的大屏电脑,电脑上方的墙上贴着一张纸,上面写着:

“生命是一场旅行,其意义不在于衣着光鲜、毫发无伤地走向终点,而是要历经艰难,磕磕绊绊,直至精疲力竭,才可以大声宣告……哇,这是这么棒的一场旅行!”

当时我并不知道这是摘抄自一本关于高尔夫的书。就算知道，我也会很喜欢。从握手那刻起，黎安就让我肃然起敬，她一心扑到土地上，专注于自己的追求，是真正成熟的成年人。她办公室的墙上还挂着这些字，就在她最容易看到的地方。这些话概括了我的处世哲学。可能有点愚蠢，但它就像是对我在做的和没能做成的事的肯定。肯定了我一直的理念：到达的方式比目的地更重要。

事实证明，我的预言"到了结尾"在这一天被推翻了。这该死的一天烟雾弥漫，让人备受折磨，深深打击了我们的积极性。

一开始其实很顺利。离开车道后，我们来到一个山谷，然后向上骑到诸多高耸崎岖的山脚中的第一个，这里就像我们在蒙大拿东部遇到的过山车地形的两倍放大版，山丘大得有些滑稽，有些看上去马上要爆开了。但我们经过一夜安眠和丰盛的早餐，像 Wheaties① 封面上的超级运动员一样迎击这些山丘。骑了 20 英里后，还有 20 英里才到下个城镇布朗宁。山丘连绵不绝，丰盛的早餐在我的血管和膀胱中发挥着作用，可笑的事发生了。我感觉很难受，于是我一字一顿地对瑞秋说：

"我觉得像狗屎一样糟糕。"

"我也是。"

"我们停下吧。"

"好。"

我们在山谷中停下，吃了点东西，瑞秋开始织东西，我则摊开手脚小睡了一会儿。二十分钟后再上路时，压力感全无。如此简单。悲惨的事情，经过分担，就没那么悲惨了。当然。我早就听过这个被用烂了的小格言，但花了 1642 英

---

① Wheaties，美国知名麦片公司，在各自体育领域里有着杰出成绩的运动员才有资格成为该公司产品的封面人物。

里的路程才真正明白。

布朗宁西边，风像忍者一样，从四面八方袭来，猛戳我的右腰，朝下巴挥一记上勾拳，再来几个回旋踢和扫腿。我努力保持警觉，想弄明白袭击方向，但空气以烟幕弹做掩护，行踪诡秘，我什么也看不到，只能看到小草在摆动，假装要往西北方向去又飞快地倒向东边，就是不肯泄露反复无常的风的动向。

我们在一栋废弃的建筑物那里停下休息，它跟我之前参加夏令营时的小吃站一模一样。这时，忍者风撕下了面具，揭露了自己的本来面目，像列货运火车，从北面横冲直撞过来。一英里前，89 号公路拐了 90 度的弯，我们现在往正北方向骑。这是件坏事。在小吃屋停歇时，我看见小路顺着崎岖的土地蜿蜒向上，消失在浓浓的烟雾中。我曾经还以为到冰川才会有山，真是大错特错。

众所周知，在传统的侧卷轴游戏里，终极黑手最后才出现且集所有邪恶于一身。最后的这 18.9 英里就是这样。一场终极对抗。风势凶猛至极，隐藏摄像机拍摄者肯定很喜欢，不对，这不实际，他们买不起这么多鼓风机来制造如此强烈的风。我们从未见过这么陡的坡，烟雾像毛手套捂住口鼻，让人呼吸困难，周围的森林都烧焦了，我想象着会不会有灰熊美洲狮之类的野兽从漆黑的森林中蹿出来，把我们当成美食。

在逆风中，我和瑞秋没法说话，甚至没法喊叫。我从后视镜里观察瑞秋，偶尔也鼓足勇气回过头和她四目相对，发现她的眼睛红肿，满是沮丧。我看起来肯定也很憔悴。10 英里后，我升腾起一股对风的恨意，奋力保持蹬车的动作。太阳要落山了，这里可能有猛兽出没，我和瑞秋再保持沉默我可能就再也不会说话了，这些念头让我担忧，于是我努力骑到她身边，用眼神告诉她我爱她，但不起作用。她骑得越来越慢，最后停在路中间，下车了。我在她旁边停下，大声说着鼓励的话，问了几个问题并耐心等待回复，但她一言不发，只是闭上眼睛呼吸。一分钟后，她又回到自行车上。

最终，我们爬上了山顶。眼前所见让我一下子刹住车，差点让瑞秋追尾。在我们面前，是绵延不绝的层峦叠嶂，被皑皑白雪覆盖，天光刺破阴沉灰霾，山峰沐浴在一片闪耀的银光中。在平原骑了这么远，眼前的景象太不可思议了。就算现在有独角兽、爱心熊和驾着金色马车的耶稣出现我都不会感到惊奇。风依然震耳欲聋，我们俩除了不断地感慨“哇”“这太他妈的……哇”，什么也说不出。我们淡淡地微笑着，眼睛闪闪发亮，也许是因为刚刚的付出，因为风或者放松，或者以上皆有，或者更多。我们离开了，俯下身子冲下山谷。

第四部分　接近终点的地方

第十六章
一次抵达

在冰川国家公园东侧的休息处，我坐在野餐桌上，喝着苏格兰艾尔啤酒，细数从德普耶出发的该死的骑行对我造成的“人身伤害”：皮肤被风吹得生疼，眼睛浮肿，两腿酸软无力，颈背的肌肉拧成抽痛的一大团，手指关节因为长时间紧握车把而发痛。瑞秋情况更糟，除了疲惫不堪，她右手针扎似的疼，背疼，还有按她所说的，胯部气味异常。但现在这都不是问题，我们成功了。

瑞秋把她富士车上的挂篮都卸下来，一个个排放在桌子上，把空自行车推走，停在一棵大松树后。

我冲自行车点点头：“放在树后面？”

“对，”她答道，“我不想看见那东西。”

“你会伤害到自行车的感情。”

“嗯，它伤害了我的手腕。还有屁股。还有开朗乐观的脾气。”她回到桌子这，把挂篮的东西倒出来，“这样才公平。”

我低头看向自己的自行车，给它一个飞吻说：“别担心，我还是很爱你的。”

瑞秋挑出在公园里要用的东西：洗漱用品和毛巾，日记和笔，露营服装、书、电话和针线。把这堆东西放进一个挂篮里，把莱卡衣物、手套、头盔等所有能让她想起这次穿越美国的骑行的东西一股脑丢进其他三个篮子里。整理完东西，她毫不客气地把包裹塞进大箱子里。

“感觉好多了，”她打开一罐啤酒说，“我早就想摆脱自行车了。”

“看出来了。”

我喝光了手里的啤酒，从六罐装里拿出另一罐。公园东邻就是圣玛利亚镇，这个小镇因为冰川国家公园才得以存在。我们在镇上的一家商店中发现一个装满现酿啤酒的冰箱。离开明尼苏达后，我们只喝过百威和米勒啤酒，看到满满一冰箱的黑啤、印度淡啤酒、安博葡萄酒和苏格兰艾尔啤酒时，我非常兴奋。我们选了六罐装的苏格兰艾尔啤酒，那美妙的第一口让我想起了第一次性高潮的感觉。令人惊讶，私密又可能影响一生。

瑞秋指着桌子后面的那块地问：“要不要在这里搭帐篷？”

我耸耸肩。休息站只有我们俩。这里有一个生火处，两个野餐桌，七八处搭帐篷的沙地，任我们挑选。我们每人支付了五美元，进来的时候，公园管理处的人（大声地）告诉我们，开车的游客得付四倍的价格才能获得停车位，得到一点隐私。好吧，如今这里只有我俩，非常“隐私”，我把自行车停在沙地上，这个停车位可有点奢侈。我得意地笑笑。周围没人看到，但多练习一下总没坏处。

夕阳西沉，温度随之下降，我把帐篷搭好，瑞秋准备了丰盛的晚餐，有盒装奶酪、油炸玉米饼和两罐啤酒。一小时后，我们吃得饱饱地躺在帐篷里，带着醉意相互爱抚。十二分钟后，我进入了梦乡。

我被外面传来的声音吵醒了。我爬出帐篷，发现人们在水泵处洗餐具,带着行李走来走去。头顶郁郁葱葱的林冠之上是广阔的天空,蔚蓝清澈,没有一丝阴霾,正呼唤着我们。

我把瑞秋摇醒。

“几点了?”她打着哈欠问。

“很晚了。”我回答。

我不知道现在是几点。这不重要。刚刚破晓也好,快到中午也罢,我们需要去外面。因为冰川。因为烟雾散去了。因为威斯康星八月就是冬季了,我对阳光有种狂热的尊崇。我宁肯在手淫时被抓现行,也不愿在这么美好的天气中待在帐篷里。

不到一小时,我们就坐在大巴上,沿着向阳大道奔驰了。这条道路长达 55 英里,蜿蜒穿过公园中心地带,堪称公路设计史上的奇迹。沿途景色美得让人目瞪口呆。四周都是巨大的不规则山峰,皑皑白雪和浓重的黑色阴影相映成趣,它们向宽广的圣玛丽湖鞠躬致意。湖水深处蓝得幽深纯粹,浅处则静静倒映着岸边的绿树和以白雪为顶的陡峭群山。到了这里你就会明白,“陆地上的皇冠”这个称号由何而来。

道路本身也令人赞叹,还有些恐怖。狭窄的车道经常处于险境,北边是炸开的岩石,南边没几英寸就是让人胆战心惊的悬崖。护栏很少,死角很多,坡度很陡,我面向前方,感觉重力不是拉扯我的脚底,而是腰背。

我迫不及待要征服这段路。

大巴的窗户从车底延伸至车顶。同行的乘客贴在玻璃上,呆呆地望着外面的美景。美景也值得人们这样做,但我不禁为这些游客感到同情,他们没办法从我和瑞秋的角度欣赏冰川。我们付出艰辛,经历数周,在最枯燥贫瘠的土地上寻找美丽,如今才能看清冰川的颜色和肌理。这是你们这些坐在汽车里的普通人无法体会的。

我靠近瑞秋,低声说:“真想不到我们竟然在这里。”

瑞秋把手搭在我的肩膀上，戏谑地说："你的想象力少得可怜啊。"

我们在公园登山口下车，沿着小路走进树林中。徒步旅行感觉很怪异。因为过去一个月我们很少走路，最多就是在城镇里散步，在杂货店走走，但一般都是待在车上。我的双腿有些沉重，就像在蹦床上跳了一小时又回到平地上的感觉。

小路先是引领我们来到一片河谷，然后又攀升至一片群山环绕的广阔高原。山脚是郁郁葱葱的常绿林，山顶冰雪未消，银光闪耀。现在我成了呆头鹅，瞠目结舌，头晕目眩，对着瑞秋所在的大体方向喃喃自语。我对大巴车的想法是错误的。对于细微之美的追寻没有让我做好任何准备，反而减少了我对宏伟美景的淡定程度。就像我花了三个星期细心擦拭酒杯，在冰川一觉醒来，发现了一整瓶美酒佳酿。

我移开被群山吸引的视线，发现瑞秋像是走进了一幅美丽的画中。她穿过绿油油的高草丛，正要走入几株枝繁叶茂的松树搭成的华盖下，远方，银装素裹的山峰耸立于高山湖泊之上。我拿出相机，抓拍了一张。在松树、蓝天在远山的衬托下，瑞秋看起来小小的，隐没在大自然中。

还没放下相机，我就想起了另一张照片。一张我看过无数次的照片，和我现在的取景很相似。

嗯……好……按快门。

山姆·拉森去世四年前，他和我们共同的朋友乔什在冰川进行了一场背包远足。两人度过了史上最愉快的时光，好几个星期都时时把这次旅行挂在嘴边，不亦乐乎地和我们这群朋友说起山羊踩踏和60英尺悬崖跳水的经历，硬要让我们看一堆堆照片。用"史诗般""触及灵魂"这样的形容词，默契地接话，像是喜得贵子的夫妻一样交换欣喜的眼神。

我讨厌那次愚蠢的旅行和期间愚蠢的故事。我是说，我其实很爱这些故事，只是痛恨山姆和乔什没有带我去。在这数月前，山姆把我隔离在他的生活之外。我给予了反击：摆出高人一等的姿态；不屑地提起自己的重大突破，其实是炫耀（当时我有女朋友）；挑逗山姆暗恋的女生；成了一个自私自利的混蛋。那时我十八岁。如果我当时成熟一点，就会明白自己疏远他的原因，理智分析他说我“自私自利”是对是错。但是那年夏天我感觉自己被抛弃了，觉得他和乔什的旅行是故意冷落我（看吧，自私自利的表现）。

我最讨厌的是那张广角照片。山姆蹲在黄色的帐篷旁，仰头看向冰川覆盖的陡峭山峰，清澈透明的湖泊在群山环绕之中，他和乔什就在湖岸安营扎寨。这张照片展现了冰川的宏伟美景，也拍出了一种深厚的只属于他自己的幸福感。我疏远了他，他却依然快乐。第一次看这张照片时，山姆就在旁边，我忍住没哭。后来我在乔什的公寓中数次见到这张装裱好的照片，第四十一次时，我对自己说，晚上要给山姆打电话。第四十二次看到这张照片，山姆·拉森已经去世了。

从那以后，我一想到山姆，就会想起他在冰川，在那张照片里的模样。他的身影倒映在冰川澄澈的河水中，心里肯定充满不一般的想法。不再纠结于让我们疏远的那些琐碎小事，而是畅想我们友谊复合的那片肥沃坚实的土地。

现在，我就站在这片土地上。

我放下相机，小跑赶上瑞秋，问：“今天是什么日期？”

她回答：“星期二。”

“不是，现在是几号？”

“呃，我不知道。”

“你能查查手机日历吗？”

“我看看……今天是马年第八个月的第二十天。”她开玩笑地伸手道，“请付费三美元。”

我盯着她:“哇。”

“好吧,两美元。”

我摇摇头:“山姆去世三周年了。三年零一天。”

“哦。”

“他到过这里。我是说,就在这个位置。”

“他不是……出事的地点不是苏必利尔湖吗?”

“嗯,是的。但他出事几年前来过这里,乔什拍了一张照片,而且……”我的视线飘到右边,每次我说话语无伦次时都会这样。

“而且?”

我想说:而且现在我就在这儿,经历数天,来到山姆深深热爱的地方,我之前不理解这种热爱,现在有点明白了。我希望能和他说说话,可能站在这里就是在和他说话;还有,瑞秋,如果没有你,我就不会来到这里,是你把我带过来的,可能这么说很荒谬,但我就像看了一场关于自己的电影,这里就是结局。

但我找不到合适的话,无法条理清晰地表达出来。

所以我只是耸耸肩说:“没事。找到了这个地方,我很高兴。”

我把相机放进包里,继续向湖边走去。

我们在冰川国家公园度过了整整一个星期。前四天,我们碰都没碰过自行车。瑞秋可能真做到了一眼都没看。

我们主要做的事情就是走路和说话。冰川到处都有指示牌、宣传页和脸颊红扑扑的管理人员在提醒我们要保持警觉,制造声音,以免惊扰熊。我们觉得这种美景值得静默的尊崇,不想用言语污染它,但更害怕被受惊扰的熊袭击,所以还是听取了建议。我们交谈,不像其他游客,他们好像觉得制造声音的唯一方法就是每隔十秒大喊一声“你好,熊!”或者是“嘿,熊,我在这儿呢!”真是蠢爆了。和其他人一样,我和瑞秋对避免暴力死亡很感兴趣,但我们的户外活动经验丰富,知道不能大惊小怪。

我们决定,徒步旅行去准星入口时,通过问非同一般的问题来制造声音。看起来易如反掌。我努力想找个问题,脑子却一片空白。我觉得我太了解瑞秋了,没有要问的。

但是,有熊呢。

我先问了一个简单问题,问瑞秋她最想念酾拉的什么,她回答了(讲西班牙语,买三十美分的鳄梨,被劳尔用足球踢到屁股,劳尔是个七八岁的男孩,生活在她做义工的那个庇护所里),又反问我这个问题。我也怀念讲西班牙语的日子,街角热腾腾的牛奶饭,乐队的萨克斯手费南多尝试用吉他演奏时失败了的场景。

对话变得顺畅起来。我们谈到瑞秋几年前做的为期两周的冥想训练,她以前提过但从没细说。还有我大学时期愚蠢的激进行为。说到我们对在波特兰生活的模糊的设想,甚至提到了几次骑行中感到沮丧的时间和原因。

我们走过树林,坐着巴士回到露营地,对话一直在持续着,第二天回到树林中,对话还在继续。我觉得第二天我们从几头灰熊正前方走过,它们可能觉得:可恶,这对情侣心态健康,很有魅力,就算惊扰了我,也没有侮辱我的智商,我发誓,希望他们健康平安。

不徒步旅行的时候,我们就在圣玛丽湖岸喝啤酒,不负责任地花很长时间洗澡,负责任地在安静的下午做爱,在园区外的小咖啡馆吃早餐馅饼,接受着素不相识的陌生人的慷慨相助。有天清晨,我们和露营邻居交谈了两分钟,他就把在帐篷边发现的二十美元给了我们,让我们去吃顿好吃的,因为他觉得我们在做的事非常棒。另一位陌生人具备了双重美德，既是威斯康星的老乡，又和我姓氏相同，他主动提出开车载我们到大巴去不了的雷鸟路，这次旅行成了冰川之行中最美好的一次。

在冰川逗留的前四天，一切都很轻松。我不再想去哪里不去哪里，不再想我值不值得什么东西。只是享受自己，享受山姆的回忆，公园的美景，陌生人的慷慨，还有最重要的，我享受瑞秋的陪伴。对她的失望和因此产生的沮丧被我抛在脑后。我只需要走回去，在后视镜之外的地方看着她。我认真考虑要不要把后视镜丢进垃圾桶，因为透过它，瑞秋从来不是我想看到的样子——一个到哪儿能迅速规划好一天的女人。她有我听过最有感染力的笑声。她知道自己是谁，想成为什么样的人。她的声音如此美妙，好多次我只听她说话，下面就有了反应。

在冰川，瑞秋就是这个样子。我现在相信骑行中的挫折不是关系破裂的前兆，恰恰相反，它是一场测试，而我们通过了测试。我们学会了一起商量各种小事，对彼此诚实，尽管坦诚可能会带来痛苦，如今，一起待在一个地方很简单。好像从现在开始，一切都会变得轻松容易。比如，生活在波特兰，简单极了。

我知道，某种程度上讲，在冰川的一星期不算“一起待在一个地方”，只是一次假期而已。但当时我不愿往那方面想。我欢欣鼓舞地享受着这次度假，认定这是一次抵达。

手肘放在车把上，我已经准备好向西边的地平线进发了。我们在营地休息了整整一天，我双腿充满活力，衣服整洁，精神焕发，跃跃欲试地要爬山，征服落基山脉了。

“准备好了吗？”我问瑞秋。

“没有，”她不再看罗根入口，向着镇子点点头，“我们为什么不采取那种方式？能吃到馅饼的那种方式。”

“我的确喜欢吃馅饼。”

“我每天给你买两个馅饼，买一辈子，只要我们留在这里。”

整个早上，我们从停车处推出自行车，打包行李，讨论之后的计划时，瑞秋一直在说些这样的话。我以为她在开玩笑。她怎么可能不期待骑车穿过公园呢？这场骑行绝对棒极了。

我们出发了。一开始的几英里很平坦，是爬山前的热身。我骑得很轻松，闭上眼睛呼吸山间的空气，设想前方的景色，觉得自己超级超级超级幸运。我正要告诉瑞秋，我的双腿感觉非常强健有力，她却说——

“我想结束它。”

我不确定她是说爬山还是整个骑行。我没问。

“我今天会骑得很慢，”她接着说，“而且会经常停下。”

“听起来不错，”我说，“太匆忙了不好。我们慢慢骑就挺好。可以欣赏更多美景。”

“你听起来真像凯文的爸爸。”

“凯文，这会培养你的性格。”

“坚持住，我和霍布斯会把你轮胎的气放掉。”①

似乎一路都会这么轻松愉快。

快骑到 10 英里时，道路开始上升，我们越过树木，把景色尽收眼底。我只想惊叹：天哪！我们许多次在大巴里，在偏僻的道路上欣赏景色，但在自行车上，一切显得更加立体，更触手可及，更……呃，总而言之，就是更多。我不想承认，但脑海中浮现出彩虹糖的广告。我仰望群山，看着绿树蓝天和紫色的山麓，好像真的品尝到了彩虹的味道。

我感慨道：“这真是令人惊叹。”

---

① 凯文、霍布斯是美国畅销儿童书《凯文的幻虎世界》(*Calvin and Hobbes*)中的人物，作者和瑞秋在用里面的台词开玩笑。

瑞秋没有回答。我好像看见她翻了个白眼。不知道她是不赞同我的感性还是我的措辞。我又没有问。

上升的路段只有6英里,但我们的平均时速只有3.7英里,所以花了将近两个小时才骑完。达到海拔6646英尺的山顶后,我们来到罗根入口游客中心,我觉得头晕。我们成功登顶落基山脉,过程还算轻松,我整个人都很兴奋,满脑子都是"哇,看那些山!呀,这里有只大角羊!伙计我要靠近你了要不要一起去那边的草地里玩?"瑞秋不想嬉闹,她居然想编织,让人费解。我们刚从世界上最美丽的路结束骑行,就在"陆地上的皇冠"的入口,这么晴朗的天气,不远处还有只羊,她居然想织东西。

"你真的现在就要织吗?"我问道。

"对。"

我若有所思地点点头,假装自己认为这么做很合理,真实想法却是"你真是错得离谱"。我去了草地那儿,说实话,没想象中那么激动人心。好多穿着查克户外运动服的游客在拍照,他们都是开车或者搭巴士上来的,无法理解到达山顶的真正意义。

我找了个没人的地方坐下,努力想把现在变成值得铭记的美好一刻。我跳上自行车,不远万里从威斯康星来到这里,如今我就在洛基山顶,扫视着令人惊叹的美景……

不起作用。这不是只属于我的时刻。

我走回瑞秋身边。她刚刚可能只是需要一点空间,现在肯定准备好和我一起创造美好时刻了。但是她还是垂着头,手指摆弄着线团,低声说着什么。

"嘿,"我说,"要不要去散步?"

瑞秋没有抬头:"这该死的线团打结了。"

"哦,所以你想休息一下吗?那边的景色美得难以置信。"

她抬头瞥了一眼，又盯着线团看："我要把这个解开。"

"好吧，"我说，"嗯，嘿，你结束时，我就在冰川国家公园。"

半个小时后，我会回来，我们会交谈。瑞秋会说回到自行车上让她很沮丧，她不是有意破坏我的心情——尽管她因为要重新骑行对我心有怨恨——她想用解线团的方式集中精神，却失败了。我会说我注意到了，但太以自我为中心，没有敏感地替她着想。我们会互相真诚地道歉。很快，我们又会带着笑容开始骑行。我很想说情绪变好是因为真诚的道歉，但其实是因为骑下坡路很轻松。

第十七章

所在之处和向往之地

罗根入口的下坡路段有许多急转弯和俯冲而下的直路，颠簸不平，还有无法言喻的美景，我有点头晕气喘。晚上，在麦克唐纳湖边安营扎寨后，不适感愈发强烈，我喉咙发痒，胸口闷闷的，舌头像是裹了一层膜，有氨水的味道。

这可不是计划的一部分。按计划，我们要在冰川西部度过两天时间，徒步旅行、游泳、沐浴在爱河中，然后在晴朗的早晨醒来，在蔚蓝的天空下并肩骑行，离开公园，赞叹着这场旅行非常完美，我们已做好了一切准备。然而现实却是我郁闷地躺在帐篷里。生活真不公平。

在麦克唐纳湖的第二个早上，我喉咙肿痛，呼吸沉重，一直胡思乱想"我这个罹患头伤风(head cold)的美国男性是有史以来最严重的病人"。但我们必须启程了。因为按照计划，我们今晚要去查理·拉辰斯家，他是我在威斯康星的老朋友，现在住在怀特菲什。尽管家里还有个婴儿，而且我提前两天才通知他，他和妻子米凯拉还是坚持要招待我们，我不想因病迟到，辜负他们的好意。

所以我们继续骑行，速度缓慢。在最初的8英里就停了三次。一次是从有利位置欣赏湖光，一次是从公园卫生间偷厕纸，最后一次停下是在一周前在东入口看到的那块"欢迎来到冰山"的标志那儿。真希望我像在罗根入口时的感觉一样：欢欣鼓舞，精神焕发。希望自己可以说："谢谢你，冰山国家公园，你改变了一切。"

然而，这不像新的开始。像从头来过。

怀特菲什最初是条铁路，后来成为伐木小镇，又变成了旅游城镇，至今仍保留着一些旧时韵味——宽阔的中央街道、几个酒吧、人行道上垂下的挂饰、漂亮的砖瓦建筑——同时还有许多庸俗的商店，搭建的简易小饭店，朴素的旅馆和不那么朴素的零售商店随处可见，木头豪宅在森林中若隐若现。怀特菲什湖长达5英里，群山环绕，风景如画，是城镇最理想的邻居。这里是农村住宅迅速高档化的中心区域。

查理在高中时就是派对的中心人物，认识所有酒保，知道每条小路的位置。他对怀特菲什湖周围发生的事了如指掌，我一点都不惊讶。他的叔叔是个建筑商，专给富豪建奢侈的大房子，他在叔叔手下干了几年，靠着自己的精明开始给人料理钱财。我们到城镇的第二天，他开车载我们经过最富丽堂皇的豪宅，讲这个名人那个百万富翁劲爆的八卦，带我们参观他照看的一栋房子。房子里竟然有电梯，卧室多达十几个，常年没有人住，我们从不锈钢冰箱里拿出酒，来到地下室，坐在豪华的影院里看《虎胆龙威》。

离开这栋房子时，查理笑着问："是不是有点荒谬？"

听起来不像反问句。

后来，躺在床上时，瑞秋说她分辨不出查理对这些豪宅的情绪是骄傲还是羞愧。我说："我不知道。"其实，这是个谎言。作为一个在湖边长大，既崇尚湖滨城镇原貌，也从它的住宅高档化中获益的人，我非常清楚，答案是：两者皆有。

我知道了湖滨的不少内幕，但无缘窥其全貌。我只能看到查理家客房的天花板。因为感冒加重了，我蜷缩成一团，像在日记本里记录的那样“无精打采，打喷嚏，流鼻涕，发烧，受腹泻折磨，卧床不起”。我觉得自己是个糟糕的客人，查理却一直宽慰我，让我好好休息，他和米凯拉很乐意招待我们，我们想留多久都行。

我在床上发霉时，瑞秋和查理夫妇还有婴儿出去玩。说实话，我想不起婴儿的名字、长相和性别了。瑞秋和他们一拍即合，许多次我从发烧的睡梦中醒来，听到她在客厅里捧腹大笑。她一直很擅长和孩子相处，也很喜爱婴儿。只要宝宝醒着，她就温声细语地逗弄，抱着孩子咯咯地笑。

在镇上的第二天，我走进厨房，瑞秋正帮米凯拉给孩子换尿布，看到这一幕，生活像蒙太奇电影一样在脑海中闪过。我看到一栋房子，一场婚礼，瑞秋穿着病号服，我穿着儿童背带裤。我打个冷战，这种情景太遥远太快了。我按下回放键，电影倒回那一幕，我和瑞秋在属于我们的地方，喝着咖啡看报纸。我一遍遍重播这个画面，想起被我们推迟的梦想。安顿下来的梦想。

到了第四天晚上，我终于感觉好些了，我和查理——瑞秋和米凯拉还有宝宝拒绝加入我们——去了酒吧，计划去打桌球，喝个酩酊大醉。几局过后，无处下杆了，我们就窝在一张桌子旁聊天，待了几个小时，说到威斯康星、西部地带、萨米和我对他的想念。我告诉查理，在美亚斯沙滩和准星湖感受到山姆的存在，这种感觉就像是在寻宝游戏中找到了关键线索，他好像理解了。

“伙计，”他说，“你的旅行中肯定有许多这样美妙的事。”

“对，”我醉眼迷蒙地看着眼前的玻璃酒杯，“的确有。”

他接着问：“你最爱哪一部分？”

我喝了一大口啤酒。侃侃而谈的时间到了。

“嗯，”我说，“我想我只是热爱在路上的感觉，你明白吗？就算是最艰难的日子，也有值得回忆的时刻。我们在空旷的路上骑行，面对残酷的逆风，天空烟雾弥漫，路边就只有浣熊的残尸，我告诫自己，就算这看起来——事实上，的确是——很悲惨，但在这个世界上，只有我和瑞秋知道我们身在何处，在做什么。这个事实让我非常开心。”

我稍作停顿，接着说：“可能我只是在胡言乱语，没表达清楚。”

这时候查理应该出于礼貌说：“没有，我觉得我懂了。”或者可以表现得更好一些，应和说：“听起来真是值得一生铭记的经历。”

然而他拼命点头，说：“没有，我完全理解。我和米凯拉有相同的感受。我们有了自己的房子，有了孩子 。每天给孩子换尿布，早早就睡了。每次我跟朋友谈论这个，感觉都很奇怪，因为没人和我处在一样的人生阶段。他们肯定觉得我变老了无聊了。但其实我很幸福，我喜欢自己的处境。我的生活和其他认识的人完全不同。”

“哈。”我摩挲着自己日益增长的胡子。

“什么？”查理没听清，问道。

“哦，啊。我认为你说的很对。其他朋友好像都还没有孩子。”

当然，这不是我的真实想法。我心里想的是：嘿，那是我的台词，我才是那个与众不同的人。

我们又喝了几杯啤酒才回到家中。刷完牙，我在浴室里徘徊。盯着镜子的里自己看，饱经风吹日晒的脸，不羁的胡须，拖把一样蓬乱的头发。我慢慢地转身，看着浴室里柔软的大毛巾，巧妙装饰的墙壁和马桶后堆的半打杂志，正要产生深沉的想法，就开始打嗝了，于是决定先去睡觉。

就像每个威斯康星有自尊的子民一样，查理走过了他家方圆40英里内的每条小路。我和瑞秋在怀特菲什住了四天后，整装待发，告诉他我们计划沿93号高速公路向南骑行到卡利斯佩尔。他摇摇头说："不，这可不行，我不能看你们这么骑。"他把规划好的路线写下来，他的路线经过六七个拐弯还有叫"黑松""农场到市场"这样的道路。尽管多了5英里的路程，我确信至少会有趣五十倍。

除了远处紫色的群山，路边的风景让我想起了家乡。耸立的常绿林渐渐过渡成广阔的草原，空气中传来松香和肥料的味道，房前摆设着邮箱和碎石路车道，车流稀少，人们在车窗里挥手致意。微风徐徐，地势平坦，卷土重来的烟雾也没那么讨厌了。这是个安静温柔的世界，让我再骑一次我也乐意。很快我们就骑到卡利斯佩尔了。我们采取绕过城区的路线，所以看到的卡利斯佩尔就是许多红绿灯、停车场、加油站和麦当劳标志，和其他地方别无二致。骑到一半，我们向西转到2号高速公路，一股劲风拍向我的胸口。公路是四车道，挤满了越野车和18轮大卡车，我调整车子方向，在路边行驶，瑞秋紧跟在后，脑袋随着蹬车的速度晃动，眼神无声地诉说着：这次我可一点都没落下。

5英里，10英里，15英里过去了，情况越来越糟。烟雾更浓了，风力更强了，交通更拥堵了。路上出现了许多伐木装置，路边散落着狭长的树皮。而且，我感觉疲惫不堪。经过几天的休息，我的腿不再有力。我觉得很难受，从后视镜发现瑞秋同样苦不堪言，何况她还落后了一点。我放慢速度。不一会儿，我又开始愤愤不平，觉得自己本来不用忍受这么久的痛苦，都怪瑞秋拖了后腿。后来，在加油站停下休息，吃着巧克力时，我又第一千次觉得自己是敢于牺牲的勇士。

我们打起精神回到路上。但不到一小时，我又步履沉重，闷闷不乐，所以瑞秋建议停下来在麦克雷戈湖边野营时，我欣然同意了，不顾及我们才骑了50英里，而且露营地收费高达10美元的事实。我们在湖里游泳，坐在码头上煮通心面和奶酪，喝了一瓶啤酒。躺在帐篷里，喜悦的情绪又回来了，瑞秋也是。

骑行第四十九天，清晨醒来时，天空晴朗，阳光亲吻湖水。我们沿着麦克雷戈湖岸骑了几英里。车辆稀少，郁郁葱葱的萨利希山像巨大的草头娃娃环绕四周。湖泊西端有个商店，我们买了水果、饼干、糖水以及有酸奶葡萄干的什锦干果。

装东西时，瑞秋说："如果每天都能这样开始……"

她没说完，也不需要说完。我赞同她的想法。

我们骑了10英里，从弗拉特黑德县到林肯县。后者的财政储备肯定很充足，因为在边界处，坑坑洼洼颠簸不平的道路一下子变得完美至极。坐在汽车里，可能注意不到变化，但骑车时，没有几件事比起伏不平的碎石路变成顺滑如婴儿屁股的柏油路更让人满意了。我们在边界停下，我想从柏油路的角度拍张照片，不直接表明这是柏油路，只是看起来像，但这种感觉无法通过一张照片来传达，不知道如何传达，我只好悻悻地收起相机。

那天，尽管道路平坦，却没什么作用。到利比镇这40英里路，2号公路变得非常陡。但我很享受这里的每一分钟。这是我长久以来期盼的景色，每次看蒙大拿地图，我都会浏览一遍这段路。不管是在地图上还是亲眼看见，这里都是绿色的。植被覆盖的群山高耸入云，到处都是淡水湖泊，上下坡时呼吸有点困难。天空和地平线辽阔无边，我和瑞秋非常渺小。我欣赏着云杉、雪松、路边咖啡色沃土堆中的涓涓细流，心里想：这就是西部。我心跳加速。我们接近了，接近结束，快看见结束会是什么情景了。我紧闭双眼，把这种想法抛在脑后。此刻,我只想体会所在之处。

我们在下午三点左右达到利比镇,在公园里休息,边吃边看地图。地图的光泽消失了,到处都是褶皱,两面都皱巴巴的,染上污渍。它在无声地乞求我们结束它的生命。瑞秋亲吻她的手指,抚平地图。

“快结束了,”她柔声说,“坚强一点。”

利比镇西边,2 号公路向西北延伸至库特内河,河边景色迷人——浑水翻腾着越过岩石,流过峡谷,把 20 英尺长的木材推下瀑布——我们在路口下车,走到河边。瑞秋在写日记,我则来回看着库内特河及沿河而建的铁道。大约一年前,我去波特兰时,乘坐的“帝国建设者”号列车就走了这条铁道。经过这里时是晚上,我坐在座位上,头靠着玻璃,无法入睡,注视着窗外的黑暗,猜想外面是什么样的景象。现在我知道了。

沿着公路骑了几英里,我们到达了 2 号公路和 56 号公路交界路口。几个星期以来,我一直希望能在这里向北走,顺着 2 号公路骑到邦纳斯费里,进入加拿大。但是我们没有时间了。要按日程表行事。在怀特菲什,我们打电话给盖伦,终于确定了会合的计划。四天后,我们要到达西南方向距此 252 英里的爱达荷州莫斯科城①。我们得加快速度才能按时到达,不可能向北拐弯了。

路口附近是片休息区,有浴室,还有划分为四部分的大帐篷,每部分都有一张野餐桌。瑞秋想在这里野营,因为黄昏将至,天气又好,没必要冒险前行。我想继续骑,因为黄昏将至,天气又好,所以去冒险吧。最后,我的逻辑取得了胜利。

---

① 美国爱达荷州(Idaho)中一个重要城镇莫斯科(Moskow),位于爱达荷州和华盛顿州交界处,北纬 46 度,西经 117 度。

我们又骑了将近1英里,刚发现沿56号公路骑行风景美得令人窒息,我的车胎就爆了。这次旅行骑了将近1900英里,这是第一次爆胎。真是很不容易了。我一边拿出行李袋,翻找修补工具,一边和瑞秋讨论我们这一路是多么幸运。没有爆胎,没出车祸,除了散落的几滴水,没淋过雨。诚然,在威斯康星时我断了几根辐条,在北达科他州遭遇强风,在蒙大拿我们差点被谋杀,但说实话,总体而言,上天对我们很仁慈了。

我很快就修补好了车胎,但装好行李时,天已经完全黑了。瑞秋建议我们采取明智之举,回到休息处去,我同意了。我们挑了一张桌子,煮了意大利面,点亮蜡烛,开始写日记。或许是因为我在想结束之后的事,或者是因为我修好了爆胎,感觉很得意,我写道:

最近(即今天)我一直在想,也许我可以在波特兰的自行车店找一份工作。没错,薪水可能很低,浪费了我的大学学历,但这是我喜欢的工作。

这是迄今为止,我在日记本里写过最好笑的东西。

蜡烛燃尽后,我们把睡垫和睡袋扔到水泥地上躺下。这既不符合规定也不舒适,晚上,我多次被驶近的洒水车和脚步声惊醒,但我们没有被逮捕或淋湿,也没人过来搭话。第二天,我们和太阳一同起床,向着山谷进发。

56号高速公路像个绝色佳人。铺设良好的道路缓缓弯曲着,经过几个宁静清澈的湖泊以及与公牛山谷同名的河流。公牛河潺潺流过深浅不一的绿色草丛。河上,穿着棕色高筒防水靴的男人挥舞着飞蝇钓竿。河上久经风雨的桥梁通往同样久经风雨的粮仓,河两岸都是山——凯宾内特山和歌荷阿琳娜山——我慢慢从下往上扫视,山脚松林覆盖,山腰是甜美的绿色,最后是点点紫色,不知为何,这景色让我感觉很温暖,充满希望。

骑了 15 英里后,我们在公牛湖畔停下吃东西。我决定打电话给我的朋友维杰。事实证明这是个错误。我选择性地讲了几件逸事,不抱希望地描述了我和瑞秋在哪儿,还有在路上的感受,没指望他能理解。然后,我问他在干吗,他绘声绘色地描述了他具有挑战性、充满意义的工作,他每周在附近的学校上吉他课,最近的一个晚上和我们共同的朋友卡尔喝得酩酊大醉,最近听了许多嘻哈音乐,他在芝加哥过得非常快乐。这让我有些恼火。

挂断电话后,我注视着远方紫色的群山开始幻想。想到一个生活有规律的人。一部 iPod。一间咖啡师认识我的咖啡馆,还有新的裤子和一份有意义的工作,还有旧——

我哼了一声。我现在可是坐在美好的伊甸园里,本应感到满足,不知为何,我却觉得嫉妒。于所在之处和向往之地间左右为难。

我站起来,强迫自己专注于湖泊、群山,还有自行车和瑞秋。她正站在一块岩石上,大口吃着胡萝卜,好奇地盯着我,好像在说,无论你在想什么,都不值得错过这里的美景。或许她只是看着我,其他的都是我臆想的,因为她开口时,只说了一句话:"准备好了吗?"我给予肯定回答。是的,我准备好了。

公牛湖南边,群山无声无息地靠近,变得更高大挺拔。草木更绿了,没有风,没有汽车,不需要做其他事,我们只是并肩骑行,迸发出兴高采烈的欢呼"太漂亮了""简直像在画里"。我记不清具体说了什么,但我记得自己深呼吸,左右张望,想把一切尽收眼中、心底。记得有种预感快乐终会逝去的悲伤涌上心头。记得我看着瑞秋在蓝色绿色的背景下更加鲜明，心想：就是这样。这就是我想要的。我的向往之地。

56号公路的尽头与200号高速公路交会——对，就是之前的那条200号公路——我们靠两碗燕麦粥和十几个小胡萝卜的热量骑了36英里。我饿得要命，残存的热情都要消耗殆尽了。我以为得到西边20英里外的爱达荷州的克拉克福克才会找到吃的，但骑上200号公路时，路口就有间阿米什面包店。我坚定地对瑞秋说："这是我这辈子最美好的一天。"

我们买了汤、三明治、饼干和柠檬水，来到阴凉的门廊那吃饭。出于感性，我拿出蒙大拿地图，回顾了我们的路线。每天，我都描绘着它的痕迹，如今看来，这条墨水画出的线很像落基山轮廓线。瑞秋把拇指放在200号公路最西段，从这里骑到爱达荷州的那段路。

"还有一根手指那么长，"她说，"再见了，蒙大拿。"

有人在我们身后问道："你们是骑自行车走完这段路的？"我回过头，看到一位男士在盯着我们的地图看。他特征很明显——直筒型身材，坚毅的下巴，冰蓝色眼睛——可以推断，他不是个新闻主播就是律师或者医生。

"当然。"瑞秋回答。

"你们从哪里开始的？"

"威斯康星州西部。"

"哇！"

他向身边的女士感慨道。她向我们温暖地微笑，好像调动了全身的力量那么强烈，温柔关切的注视像现实生活中的爱心熊。他们俩坐在那里，笑着点头，又问了几个问题。瑞秋用标准台词回答了。这对夫妻认真听着，看上去很自豪，好像我们是他们的孩子一样。

"听起来真是场不错的旅行。"男士说。他伸出一只手："罗伯特·约斯特。这是我的妻子辛迪。我们和孩子们在南边的克拉克福克露营，但我们住在科达伦。你们去过那里吗？"

我们没有。

"嗯，"辛迪说，"去莫斯科城的路上你们会经过那里。"她瞥了罗伯特一眼，继续说道："如果你们住在我们家，我们会很高兴的。"

"你们到那里时我们可能还没回去，"罗伯特紧接着说，"不过没关系，有备用钥匙。有纸吗？我把信息写下来。"

他潦草地写下地址、电话号码和备用钥匙的地图，夫妻俩站起来说见到我们很高兴，就算他们不在家也别拘束。整个互动持续了大约四分钟。然后他们道别离开了，我和瑞秋还在门廊里。

"我以为我们会吓一跳。"瑞秋说。

"但是我们没有，对吧？"我说。

她看着约斯特夫妇，他们正照顾孩子们进薄荷绿的面包车里。"对。我觉得他们就是这么友善。"

罗伯特向我们挥手，我挥手回应，说："我一直在想，我们究竟做了什么，值得这些。"

"我也不知道。不管是什么，我们坚持做吧。"她把用过的餐巾纸和盘子摞起来说，"怎么样？"

我看着面包车向东边的卡比尼特驶去。"我们再待一会儿好吗？"我问道，"我需要几分钟整理思绪。"

我的意思是：我需要铭记蒙大拿。我们在这个州待了太久，我觉得我该给它最后的深切的注视。想不出要做什么，我打开日记，整理记录的数据。我们一共待了 23 天——10 休息，13 天在路上骑行——骑了 763 英里。一共骑行了 62 小时，平均时速为 12.3 英里。在 5 个露营地、4 个家庭、1 个宾馆中过夜。度过了一次分手危机,遇见了一个瞪眼睛的家伙,还有数不清的挂车和看不见的灰熊。这一切意义在于……可能完全没有意义。我合上日记本。

向西骑行时,我重新回忆了一遍,想方设法地塑造深远的寓意,想把在蒙大拿的经历包装成精美的故事,以后讲给别人听。但我只能看到零碎片段的集合。这种感觉就像和一位老友告别,福祸与共后你对他越发了解,知道还会再相见。

第十八章
风　景

穿越两州边界没什么亮点。我们从一座交通堵塞的桥梁进入明尼苏达州，一边是苏必利尔肮脏的工业区，另一边是南杜鲁斯肮脏的工业区。从沉闷的穆尔黑德到和它完全一样的法戈，就进入了北达科他州，只有一个挂在未经修剪的橡树后的腐烂木指示牌。不过至少那两州交界处有个跨越河流的象征行为，显得郑重一些。北达科他州和蒙大拿交界处什么也没有，沙地上有条无形的分界线，两边都是山艾树，同样酷热难当，山丘起伏，同样让人感觉不管往哪里走都在一个地方。

但是从蒙大拿进入爱达荷州？哎呀，想想都让我神魂颠倒。

离开面包店后，我们就开始在上坡路上骑行，从克拉克福克河进入一片常绿树林。依然是上坡。一直上坡。公路不断向上延伸，好多次像是要到达顶峰了，结果又变得更高。我原本精力十足，现在已然四肢酸软，正当我开始质疑到底能不能骑到山顶，能不能离开蒙大拿时，我骑过一个转弯，发现公路消失在荆棘的阴影中。我高兴得尖声喊叫，告诉瑞秋是下坡路，然后用力蹬车，俯下身子冲了下去，在角落急转弯，经过画着脱轨货车图片的警示牌，时速从 30 到 35 英里，再到 40 英里。迎着气流，我的脸被吹红了，眼睛开始流泪，喉咙灌了风，痒痒的。感觉到了最兴奋的时候，我环顾四周，在松林中发现了一块指示牌，蓝色的方形牌子上用白字写着："欢迎来到爱达荷州。"

我们滑行到河边，在码头边停下。那里，一个双腿粗壮、胸毛浓密的男人正带领一群背着救生艇和船桨的大学生向河岸走去。我们把自行车停在他们堆在一起的装备旁，翻找毛巾时，两个学生回来拿救生衣。他们只穿着宽松的短裤，没有说话，但从步伐可以看出，他们是大学生联谊会的成员。

那个皮肤黑一点的矮个男生看着瑞秋问："你们要去哪里？"

她回答："波特兰。"

我盯着她。今天我们还没有提到波特兰，按照我的逻辑，相当于这个城市不存在。我深吸一口气，眨眨眼，提醒自己，我们一个月前就选定了波特兰作为目的地，几天前在怀特菲什，我还幻想过在那里的生活。我扯出一个微笑，点点头。

"哇！"皮肤白白的高个男生说，"是刚开始骑行吗？"

"不是，"瑞秋回答，没停下翻找的动作，"我们从威斯康星州来。"

"不可能，"他们不可置信地对视了一眼，又看着瑞秋说，"这得有 1000 英里吧？"

"可能吧，"瑞秋说，"更像是 2000 英里。"她抬头对他们微笑。我看着他们，从他们的眼睛中看到了瑞秋的形象。超级自信。美丽动人。冷静镇定。身心坚强，能和身边这个比她高大许多，更有肌肉，可能沉默寡言的男人一起骑行 2000 英里。

我甩掉这些想法，说："到现在为止，已经骑了将近 2500 英里了。"

他们异口同声地感叹:“哇!”接着那个胸满浓密的男人喊他们去河岸,他们祝我们好运,回到了那群人中。

我们把露营毛巾扔到岸边的岩石上,走到水中。此时风力出乎意料地强劲,河水冰冷,我们只好稍微泡一下就回到岩石上,让下午的阳光温暖我们的身体。瑞秋在伸展双腿,我的注意力被吸引过去,落在她优美的膝盖和小腿曲线上。她侧躺着说:“看看这紧翘的臀部。”我抓着她的圆丘,本来是开玩笑的性质,但她湿滑的肌肤手感很棒。最初的意图变了质。我用一根手指沿着臀部划到她的胸部,但她抓住我的手,放到一边,拉下我支起帐篷的短裤,看了我一眼,眼神分明在说:“伙计,现在听我的。”

事情就这样理所当然地发生了。

我睁开眼睛时,上游弯曲的河道漂过来一条划艇,艇上有两个人。瑞秋也发现了,开始大笑。我交叉双臂挡住肚子,她则假装在找掉在地上的东西。小船飘过去了,两名乘客一心盯着船桨和啤酒,只是紧闭嘴巴快速地冲我们点头致意,一切尽在不言中。我也点头致意,看向瑞秋,她拿起了日记本,我如法炮制。我们并肩坐在河岸,写着爱达荷州的美好,有点荒谬的是,这感觉起来再正常不过了。

从飞机上或者谷歌图片来看,庞雷湖的确很像一只耳朵。它的名字来源于法语 pendant d'oreille,意为“耳坠”,指卡类斯佩尔印第安人佩戴的贝壳耳坠。数千年来他们以在庞雷湖捕鱼为生,如今却被白人明令禁止在任何湖中打渔。它形成于上次冰河世纪,冰川公园的米苏拉湖冲破冰坝,流入海洋,这里翻腾奔涌的水流却形成一个蜿蜒的峡湾似的深渊,群山环绕的庞雷湖是全美国第五深的湖泊,也是海军潜艇的试验点之一,促成了水下猛兽“庞雷湖涉水者”的诞生。湖泊深不见底,就像苏必利尔湖和俄勒冈海岸一样,在这里,你不会渴望游泳,而是想坐下来静静地凝视它,猜测里面可能会隐藏着怎样的奥妙。

庞雷湖位于克拉克福克河河口，我和瑞秋一看到那波光粼粼的湖面，就决定在湖滨扎营。但湖滨有好多栅栏圈起的小院子，我们沿着水边骑了几英里，才找到合适的地方。在黄昏的暗影下，这里看起来与世隔绝，小草丛生，一株枝繁叶茂的参天大树遮挡了房子和公路。我们把自行车停在树后，坐在沙滩上煮藜麦(quinoa)吃，看着太阳在湖面上投下阴影。夜幕降临后才搭起帐篷，连做爱都悄无声息。

黎明降临又逝去。头顶的植物吸收了一切噪音，醒来时，已经是日出后几个小时了。日光下，我们发现昨晚的露营地是一片新修剪过的草坪，不管是从路上、湖泊上看帐篷都很显眼，更别提从草坪上看了。几百英尺外就有个男人在给除草机加油。我们赶紧收拾行李。

我们决定暂缓早餐计划，主要是因为不想被逮捕，而且离桑德波因特镇只有17英里，那里肯定有许多美味的小餐馆和咖啡店。拆帐篷时，我问瑞秋想吃什么。

“燕麦片？还是燕麦片？或者你可以吃燕麦片？”

“我会的，”她说，又反唇相讥，“你呢？来点焦虑发作？”

“可能。也许再来点培根。或者火腿。其实水果也行，但听起来培根也不错。哦天哪。”我假装吮着拇指抽泣。

回到200号高速公路上，道路狭窄，路肩残破，车辆虽少但争先恐后，不时有卡车咆哮着和我们擦肩而过。我对此毫不在意，脑中充斥着深入探讨爱达荷州的渴望，忘记了从道德上谴责这种行为。在穿梭的汽车间，我看着阳光洒在微风吹皱的湖水上，闻着枯木、汽油的味道，像是回到了青年时期的威斯康星。真是美好的一天。

我们骑经库特内小镇和更小巧的庞德雷——后者的名字很可爱，在九点前到达桑德波因特。据罗伯特和辛迪夫妇所说，我们“一定会很喜欢”。是的，我对它一见钟情。和诸多威斯康星城镇一样，桑德波因特坐落在湖泊旁，依偎着茂密的森林。我觉得，它和家乡的不同点在于，这里很像波特兰，有自行车道，电影院里播放着外国电影和独立电影，人行道上有年轻人，林荫大道舒适曲折，有农贸市场，还有像社区药店的地方——

“嘿，”瑞秋指着药店说，“能在这里停一下吗？我想看看里面有没有山金车酊①。我的背痛死了。”

我的思绪已经飘到三万英尺高去畅想未来了，好一会儿才落回到现实中来，稳定心神告诉瑞秋我在外面等她。时间紧迫，要看的东西又太多，我觉得，如果我原地不动，待在外面，不执着于细节，就可以一览无余。一个下午就能体会桑德波因特的生活。

瑞秋从药店出来后，我跟着她来到一家她发挥特殊技能找到的咖啡馆里。我五口就狼吞虎咽地吃完了三明治，瑞秋品尝着燕麦片看阿连德的书，我则在店里走来走去。每张桌子旁都坐着年轻人，有手写的爵士即兴演奏会邀请，还有两大摞叫“桑德波因特读物”的小报，标题称在一个叫史怀哲村的地方要举办啤酒节，就在今天！我猜那是该镇的一个瑞士人聚居地，尽管桑德波因特只有8000居民，并没有民族聚居区，而且史怀哲其实是德语名。

我滑坐在瑞秋对面的椅子上，开始胡言乱语。我告诉她我想在这里待几个晚上，盖伦可以等等，因为我们得去啤酒节，再看场尼泊尔电影，而且我在一张卡片上看到了一个有机农场，想去那里当志愿者，耕作是个不错的经历，可以写下来发表在周报上。我确定瑞秋也有好多事情想做，她可是瑞秋，总是能找到自己想要的。说实在的，她怎么想？该不该留下来？

---

① 一种国外产的药酊，用以减轻挫伤和扭伤引起的疼痛和炎症。

她呷了一口咖啡:“我觉得还是直接去波特兰吧。”

波特兰。现在听起来像个肮脏的字眼。

“嗯,对,”我不死心地说,“但我们没必要那么做,是吧?不去的话,也会很棒吧?留在这里怎么样?对我们俩而言,这是个新地方,看起来很不错。”

瑞秋又喝了一口:“我挺期待去波特兰的。我以为你很喜欢那里。”

“我确实很喜欢波特兰,”我说,“只是——”

瑞秋盯着杯子,手指摩挲着瓷的杯柄。

于是我回靠在椅子上,耸耸肩说:“你说的没错。刚刚只是闲聊,别当真。”接着,我站起身,拿过一份报纸,专心致志地想弄明白史怀哲是哪里。

史怀哲是一座山,准确地说,是塞尔扣克山脉中的滑雪胜地,俯瞰着城镇,举办啤酒节的山间小屋海拔足有 4700 英尺,比桑德波因特镇还高半英里。我是从咖啡馆里一个男人口中得知这些的。他叫奎恩,也是威斯康星人,他无意中听到我和瑞秋的谈话,问我们是否真的要骑车去史怀哲。看到我点头,他棒球帽和胡须下面的嘴角翘了起来,笑着指指天空。这看上去很古怪,直到他解释了史怀哲是座滑雪山。真是个悲伤的消息。

奎恩开始问那些常见的问题,我告诉他我们从何处来,穿越了几个州。他缓慢地点头。奎恩语速慢,呼吸慢。整个人动作都缓慢。让人觉得他经常陷入沉思状态。

他说:“威斯康星北部。我在阿什兰上过学,而且在贝菲尔德半岛待了很久。”

“真的吗?”我喜出望外地大声说,“我可喜欢那里了!”

“是的,”他回答道,“我就瞎问一下。你们认识安德鲁和詹妮弗·索特·萨金特吗?”

事实证明,奎恩是个小提琴家,曾经和詹妮弗及安德鲁在音乐上合作过。他甚至认识著名小提琴家安·克里斯坦森,在他的母校诺诗兰学院当老师。奎恩和妻子莫(我最初听成了"摩尔",因为他用了"partner"这个词,我脑海中浮现的不是一个娇小的黑色卷发的女人,而是一个性情暴躁的秃头酒保①)几年前搬到桑德波因特滑雪,本想待一段时间就离开。但他们深深地爱上了这里,想在此地定居,抚养刚出生的女儿,做些草药生意,我对此一窍不通。奎恩没对我们进行深入了解,就毫无保留地告诉我们他们一家现在住在史怀哲村一栋租来的公寓里,在桑德波因特镇有栋在建的大房子。如果我和瑞秋想上山,可以在他的公寓过夜,他正要上去,很乐意帮我们把行李带上去。

我们连声道谢,十分钟后,我们卸下自行车上的行李,轻装上阵。骑了 9 英里,我们就爬了 2500 英尺。算得上骑行中最伟大的爬坡,包括骑上冰川顶峰那次。虽然这很艰难,我却记不得腿在燃烧或者肺部缺氧等不适,只记得我们开心地微笑或大笑。我站起身,一下下蹬着脚踏,想看自己能在正切坡度 4 度的斜坡上保持 10 英里的时速多久。没有行李,我感觉很轻松,非常英勇,瑞秋和我并肩骑行。每次停下来休息时,她都会说"我感觉充满力量"或者"这比我想象的简单"。我点头表示同意,心想为何不能一直这么容易,后来我提醒自己,正是因为遇到过困难,我们现在才会感觉轻松。

我们又骑了 6 英里,经过一片茂密的常绿林,然后,眼前豁然开朗,我们俯瞰到桑德波因特和庞雷湖、凯宾内特山和歌荷阿琳娜山,看到了过去几天走过的所有地方。我们停下来,目瞪口呆了一分钟,然后继续前行,坡度更陡了,海拔越来越高,后来,我们终于来到公寓门口。向奎恩夫妇表示感

① "莫"(Moh)为女士名,"摩尔"(Moe)为男士名。partner 在英文中既有"伴侣"之义,也可以指"搭档"。

谢并拥抱后,我们洗澡换衣服,来到啤酒节现场。

啤酒节上熙熙攘攘。上千人在啤酒棚那儿排队,跟着雷鬼音乐跳舞,随意地躺在草坪上。我和瑞秋加入了后者的阵营。我们还在体味着爬山的感觉。当然,也没有错过啤酒。喝完1品脱后,我们咯咯笑着当众依偎在一起。第二轮时,我们和一位志愿者攀谈,她听说了我们的经历后免费给我们续了一杯。第三轮我们故技重施。后来,我们被活动主办方邀请进啤酒棚,开怀畅饮,喝了第四杯,第五杯,数不清多少杯。活动结束后,帐篷和桌子都被收进卡车里,我们还在喝。最后,只剩下我们俩、半桶啤酒和五位志愿者了。瑞秋和其中一位深入探讨了讲西班牙语的社会工作者在当地能做的工作,甚至拿到了他的名片。我们在半夜才跌跌撞撞地回到家中,完成了一场性事。我对此的印象非常模糊,只记得其间自己猛地撞到了上铺的床板,后来在四肢和毯子的怀抱中睡了过去。

第二天早上,我们起得非常晚,八点了才从床上爬起来,又颓然地坐在靠窗的座位上,吃了燕麦卷,等待醉酒后遗症散去。能睁开眼后,我看向窗外,风景迷人,连绵起伏的山岭上松林如盖,爆米花一样洁白的云朵飘浮在浅蓝色水面上。其实,我是在审视自己,审视走过的路程。身处高地,才更容易理解自己走了多远。我有点能接受我们不能留下的事实了——不能留在山上,也不能留在下面的城镇里——但希望自己至少能牢牢记住这里的景色。

桑德波因特以南,只有一条路可供选择——95号高速公路。这条路坑坑洼洼,尾气弥漫,无聊得让人想打哈欠,路边是低矮的松树,尘土飞扬的空地和小加油站,属于那种需要低下头仔细看路的路段。于是我们照做了,骑了一段时间,我检查后视镜,发现自己比瑞秋快了很多,于是停在路边等待。她赶上来后，我们坐在路边分享牛肉干，对比宿醉的感受，然后重新回到自行车上按各自的速度骑行。真不明白以前为什么会因为速度不同而吵架。

下午晚些时候，我们来到科伦达郊区，乔希·里特唱过一首很好听的歌，歌里面形容你可以骑着偷来的骡子来这里，再加上约斯特夫妇的热情友善，让我觉得科伦达是个古朴的湖边别墅。我猜它曾经是。但现在，它就是座发展中的城市，有宽阔的四车道、华丽的广告牌、死胡同和路边商业区。

“我觉得他们住在这里，”我对瑞秋说，“我们不用在城市里逛了吧。”

“我们直接去找个地方睡觉。”

“也行。但我想接着骑。我们可以穿过市区，日落之后向湖边去。那里肯定还有露营点。”

当时我是真心这么想的。然而十五分钟后——约斯特夫妇站在非常有郊区特色的房子门口迎接我们（他们也是“刚刚走进门口”），给我们一人一个橘子，带我们参观装有空调的地下室，表明在逗留期间我们有完全的支配权，我们能来这里他们感觉非常激动——我已经在浴室里愉快地洗着热水澡，无视外面的景象，只有一个念头，真高兴我们能留在这里。

那天晚上，享用着辛迪做的美味至极的千层面，我们了解到她和罗比特都在附近的城镇长大，后来搬到这里的贵格教徒社区抚养孩子。我对贵格会[①]知之甚少，一直在问问题，他们回答的重点放在了人民而非神灵上。罗伯特谈到帮助他人和奉献社区，最值得注意的是，据我理解，在每周的讨论会上，他和辛迪还有贵格会教友们都会讨论怎样做一个好

---

① 贵格会（Quaker），又称公谊会或者教友派，是基督教新教的一个派别。

人。我恳请他如果知晓了答案一定要告诉我。

约斯特夫妇将话题转回到我和瑞秋身上,我们又讲了一遍经常重复的故事,如何相遇,要去哪里。他们带着微笑聚精会神地听着,眼睛亮晶晶的,说也许我们应该忘掉波特兰,留在科伦达,我们可以住在他家豪华的私人地下室中,永久性免租金。

晚些时候躺在床上,瑞秋率先提起如果我们同意了,生活会是怎样。我怂恿了一下,很快我们就开始详细地谋划要在这里留下,找工作,演奏音乐,探索爱达荷州,看结果会是如何。这些细节让我们激动不已。

我们很想说“好的”。如果不是约好和盖伦会合,我们很可能就说了。

“他说你们马上会遇到爬坡,”罗伯特把听筒放在耳朵旁,手盖住话筒,“帕卢斯虽然多山,但很好骑。”

“帕卢斯?”我问道。

“那里有一望无际的麦田,”辛迪低声说,“你们从来没去过?”

我们摇摇头。

“你们一定会喜欢的。”她冲桌子上的一盒糕点昂昂下巴。现在才七点,她早早就驱车去面包店给我们买了这个:“别客气,你们会需要很多热量的。”

罗伯特挂断电话。他刚刚打电话给朋友乔恩,一位狂热的自行车手,询问去莫斯科城的最佳路线。乔恩的回答是一定要避开 95 号公路,虽然它是最直接的一条路,但交通阻塞地形崎岖,会是一场噩梦。我们没有爱达荷地图,也拒绝从约斯特夫妇这拿一张。于是罗伯特在纸上写了几个数字,放在中间的桌子上。

“乔恩建议采取 97 号—3 号—6 号—95 号公路这条路

线，”罗伯特说，“这路线我走过好多次。嗯，至少走过其中一部分。我的父母住在圣玛丽斯，大约是从这里去莫斯科城的中途。这段路景色很美，但在汽车里都觉得颠簸。不过乔恩很擅长骑行，他说这是最佳路线，那就一定是。”

我们对此深信不疑。回想起来，我们一眼也没看地图，只是谢过罗伯特，记住了路线方向。97 到 3 到 6 到 95。简单。

这条风景优美的路线多走了 30 多英里，需要骑行 125 英里才能到莫斯科城。罗伯特执意要开车送我们到城外，可以节省十几英里。他和辛迪又坚持在我们包里装满了燕麦卷、佳得乐饮料和奶酪条。我们坐在罗伯特的车里离开时，辛迪站在门口微笑着挥手示意。不到九点，我们就到了 97 号公路北端，罗伯特和我们紧紧地拥抱道别，反复说着“欢迎随时回来看看”。我和瑞秋坐了一分钟，眺望着湖泊，出声地讨论约斯特的慷慨。我们已经不再质疑自己何德何能值得这些，只是一致认为到了回馈的时候了。

爬坡不是很糟糕。只持续了 1 英里，我完全被脚边幽深的湖水和湖岸松林掩映下的豪宅吸引住了，根本没意识到爬坡结束。更令人惊讶的是，道路又开始上升了。如此循环。骑了 15 英里，又是一个颠簸的上坡，我开始怀疑那个叫乔恩的家伙是不是真的骑自行车走过这些路，他要是个奥林匹克运动员还有可能。

我们沿着湖岸骑了 30 英里，在 97 号高速公路的引领下进入高原草坪。枯黄的草和灰白的谷仓映入眼帘，还有带着温室和可拆壁板的小房子。我意识到这里就是帕卢斯，比想象中要陡多了。山脉起伏。我的双腿火辣辣的，瑞秋应该也一样，前头还有 60 英里。不过，我们情绪还算不错，欣赏着风景，难得可以把痛苦归咎于第三方。

在一个看起来是顶峰的地方停下来吃东西时，我说："我猜乔恩骑的是那种轻巧减震的碳架自行车。"

"还吃了兴奋剂，"瑞秋补充道，"我是说，他吃了维也纳香肠补充能量。"

"这就能解释他把我们弄到这里来的行为了，简直是虐待啊。"

瑞秋啃了一口苹果，点点头："真高兴我们全弄明白了。"

"不论如何，"我说，"现在开始肯定是下坡了。"

"布莱恩。"

"怎么了？这里都能看到山谷了。"

瑞秋戏谑地模仿我常说的话："我敢说肯定会是顺风。"

"我恨你。"

事实证明，前面确实是个"很长"的下坡，有半英里那么长。下坡时，我感觉自行车很虚浮，结束下坡到达圣罗伊河时，我听到车圈和地面摩擦的声音。当时已经是下午三四点了，还有很长一段路要赶，于是我急匆匆地补胎，胡乱把车胎安回去继续骑。几下颠簸后，我听见嘶嘶的漏气声。车胎被扎破了。我低声咒骂，下车找车胎上破的地方，又修理了一遍，足足用了四十五分钟才修好。我只想说，我再也不想当一名自行车修理工了。

我装好行李，和瑞秋回到路上，很快就沿着圣罗伊河来到一个美得让人心痛的山谷，我现在真心没法描述那里的景色，因为当时我急着赶路没有留意。爆胎耗费了不少宝贵时间，我们得加紧才能赶到莫斯科城，没法停下来欣赏小惊喜。现在花时间寻求美丽，最后一定会心碎。

那段路给我留下的印象不多，我只记得瑞秋。她在爬坡时讲笑话调节气氛，在我补胎时递过一根燕麦卷，对速度计表现出浓厚的兴趣，每隔一两个小时，她就发短信给盖伦，告诉他我们的最新进展，说："我们会到的……可能要后半夜，但肯定会到。"到达圣玛丽斯后，我们坐在城镇公园里，狼吞虎咽吃着垃圾食品，给对方做按摩，计算要在太阳落山前到达莫斯科城的话，需要骑多快（时速 13.5 英里），可以休息多久（1 个小时）。我已经被爬坡击败，对前方抱有审慎的态度了，但感觉很高兴，幸福得有点晕眩。我和瑞秋因为相同的原因向同一个地方前进，说着同样的语言讨论路程。这就是我想从这场骑行中得到的全部。在平原地带，我一度担心我们已经不复如此。但现在，我们又找回了初心。

径直穿过圣玛丽斯后，一块黄色的大牌子挡住了去路，上面写着"此路不通"。那时，我和瑞秋明白，我们彻底完蛋了。

接下来的六个小时可能是整个骑行中最艰难的。骑手朋友乔恩，不知为何，没有让我们直接穿过帕卢斯——那里风景绚丽，山坡缓和地起伏，我肯定会一见钟情，形容那里是"月球"——而是进入圣罗伊国家公园，和所有西部国家公园一样，这里河流奔涌，原始常绿林郁郁葱葱，地形恶劣。

这段爬坡长 4 英里，正切坡度为 6 度，耗费了 1 个小时。急切地想赶到莫斯科，到达山顶时我们放弃休息，压低身子大笑着飞驰而下，到达底部的河谷后，第二座山映入眼帘。这次爬坡有 5 英里，又花了 1 个小时。有几处的坡度太陡了，我们得以"之"字形曲折骑行才能保持移动，骑到一半时，我双腿生疼，像是有人拿黄油刀在割我的大腿肌肉。终于，夕阳西沉时，我们攀上山顶，大口喝东西，狼吞虎咽地吃完最后一点食物——愚蠢的杏仁后，开始埋怨自己为什么没在圣玛丽斯买更多吃的。得在 30 英里外的波特拉奇才能买东西吃，但我们已经没有能量爬坡了。我们都饿得要命，十几个杏仁不但没有填满肚子，反而勾起了饿意。

又过了一个下坡，进入另一片山谷后，地面终于平坦起来，我们在昏暗的天色中并肩骑行，互相鼓励，依然坚信我们能撑到莫斯科。我们已经骑行 12 小时，走了 90 英里路程，包括 20 英里山路，要不是看到了那个灯光通亮的自动贩卖机，可能还能拖着疲惫的身躯再坚持 30 英里。

我们停下车，心想“只停一分钟”。但我一坐下，身体里每一个分子都在叫嚣着休息的甜美，我看向瑞秋，她回看我，我知道我俩都已经疲惫不堪，无法继续了。

我打电话给朋友安娜，她住在莫斯科城，所以我们才决定和盖伦在那里会合。我非常羞愧地问她能否到波特拉奇接我们。

“哦天哪，当然能！”她惊呼，“真不敢相信你们还在骑！”

这正是我们放弃之后想听到的话。

我们骑了最后 6 英里到波特拉奇。和 92 英里比，6 英里可能听起来是小菜一碟。但骑过 92 英里后，肌肉酸痛，急需放松，再骑 6 英里就非常痛苦了。在约定好的加油站停下后，我和瑞秋快不能动弹了。我们步履蹒跚地走进加油站，买了不新鲜的汉堡、糖果和可可饮料。回到外面，靠在冰柜上埋头大吃。坐在空荡荡的停车场上，灯光刺眼，附近还有条癞皮流浪狗，我们像往常每天结束时一样，回忆一天发生的事情，没有意识到今天有什么不同。

一辆熟悉的轿车停在面前，我透过挡风玻璃看到安娜和盖伦的笑脸，预见到将来一周会充满欢声笑语，轻松愉快，当然，还会和亲爱的朋友一起骑行……直到那时，我才意识到这场骑行已经接近尾声了。

第十九章

目的地

我比其他人醒得都早，柔和的清晨阳光透过安娜家厨房的窗户洒落在睡袋和人身上，我仰躺着，盯着天花板看，尽量不去看那个愚蠢的粗呢包。当然，这种努力失败了。

粗呢包的主人盖伦，此时正倒在我左脚边的枕头上呼呼大睡。自从他说计划只背一个包穿越美国后，我一直沉浸在邪恶的想象中：包裂开了，东西撒了一地，他所谓不必要的装备，在背后像蘑菇云一样耀武扬威地升起。然而，它现在就安然无恙地躺在沙发边。很普通的绿色粗呢包，只有我一个挂篮的大小，没有侧口袋，也没有防水涂料。高中时去踢足球、大学时上课或者去洗衣店时，我背的包都比这个更大更好。

还有他的自行车，现在被锁在台阶上，也同样令人恼火——是一辆银蓝色的铝架捷安特。我多次听别人说骑铝架自行车载重骑行是个坏主意。不过盖伦没有载重，只是背了一个包。所以，他可以自由选择铝架自行车，看起来轻便快捷得难以置信，不像我们那两头风尘仆仆，臃肿不堪的骡子。我开始臆想，人们会不会误以为我和瑞秋是盖伦的搬运工。或者，我突然想到，他们可能根本不会注意到我俩。迄今，我们已经听到好多次惊叹了，盖伦“孤身一人”“从波士顿"骑到这里,我们相形见绌,存在感全无。

我翻身把脸埋在枕头里,早上"清新"的口气淹没了这件事。我趴了一会儿,面朝下胡思乱想,告诉自己从会合那天起就反复告诫自己的话:盖伦几乎没有带任何食物和装备,在废弃的房子和破败的谷仓中过夜,好多次一天就骑了100英里,想在什么地方停下都行,无须考虑要不要买一个后视镜。他不仅骑得更远,而且骑得更好。

我从枕头里抬起头,转身看向瑞秋。她的头发从枕头上滑落,落到向上的手心里。我悄悄靠过去,从睡袋里伸出一只手握住她的手掌,她轻轻地回握了一下,但没有睁开眼,呼吸依然平缓。我坚持不懈,用拇指轻抚她的手指。这是在莫斯科城简单的甜蜜之一。不需要骑车,我和瑞秋在一起,好友相伴,日子轻松愉快。数月来,我们在广阔天地间骑行,无时无刻不在一起,现在却像七年级早恋的学生一样,需要寻找空间说话,偷偷摸摸地调情。尽管其他一切模糊不清,我却更加坚信,会追随瑞秋到天涯海角。

我放开瑞秋的手,站起来环顾被我们弄得乱糟糟的房间。地板上丢着展开的地图和倒空的挂篮,衣服和用来装大块燕麦卷的皱巴巴的袋子散落在地上。安娜非常热情地接待了我们。她是我认识最久,最亲近的朋友之一,现在在攻读艺术硕士学位,正处于忙碌的第一学期,埋头于知识的海洋中,看书,写自传,批改大一新生拙劣得可爱的作文,她说过好多次"你们可以一直留在这里",但疲惫的黑眼圈却出卖了她。

我来到安娜的书架前,抽出史蒂夫·阿蒙德的一本平装书。安娜昨晚把这本书放到我手里,说我一定会很喜欢这位作者,只需要浏览几页我就会知道她说的没错。我翻开书,随便选了个故事开始读。第一段刚读了一半,就合上书放回书架上,不觉得感激,只觉得不安。为什么我没听说过史蒂夫·阿蒙德？为什么安娜书架上有一半书的作者我都没听说过？哦，对了。因为她读书和写作时，我在路上晃悠，逃避承诺。

我蹑手蹑脚地回到睡袋里面，又继续盯着天花板看。本以为自己会嫉妒盖伦，却出其不意地被对安娜这种生活的渴望击中。过去几个月，我想过她在研究生院的生活会枯燥无味，疲惫不堪，她会很辛苦，的确如此，但她同时也在成为一名作家。她的书架上摆满经典著作，还有关于如何创造经典著作的书，我读过她写的东西，知道她才华横溢，而且每天都努力地让自己变得更好。

我看看粗呢包，再看看书架，闭上眼睛。在莫斯科城待了四天，足够让我想起一个事实，我没法忽略外界声音，太容易被影响。没错，骑行时我暂时摆脱了这一点，但现在，旅程快结束了，身边都是让我钦佩的人，蒙大拿精神渐渐清晰，其实也是达科他、爱达荷和明尼苏达精神。这种精神是指，就算是骑行中最艰难的日子——事实上，尤其是最艰难的日子——我也奢侈地拥有一个明晰的目标，能让我忘记路上以外的生活。也许我真正想要的是永远向前，这样就能避免和安娜或盖伦，或者任何在做更有价值的事而且做得更好的人比较。说实话，我心里也不清楚。

瑞秋在我身边动了一下，我翻过身，她的眼皮轻轻颤动，手还放在原来的位置。我又握住她的手，等她醒过来。

我们打算当天要骑100英里，因为瑞秋计划在沃拉沃拉附近的公园里和一些朋友见面，所以我们不到八点就启程了，在一条径直穿过帕拉斯的独立自行车道上向西骑行。我能明白为什么辛迪·约斯特提到这里会睁大眼睛，压低声音了。举目望去，到处是被风吹出优雅波荡的圆形沙丘，像是在巨大的儿童沙盒里排列而成的。胖嘟嘟的手指划出了蜿蜒的道路,可爱的手掌掬起沙子团成山丘,再用一把二十齿的梳子划出纹路。

自行车道很宽,最初我们想三人并肩骑行,然而就像所有的三人组一样,气氛变得很尴尬,于是我退到后面让盖伦和瑞秋聊天。我盯着麦田,看秸秆在风中摇摆,心想自己一个人在后面骑感觉不坏,实际上,还有点——

瑞秋在笑。发自内心地大笑。

我靠近一点,想偷听他们在说什么,但在风和交通的双重阻碍下没有听清。我伸长脖子,把头向前倾,让耳朵靠得更近一点点,听到了咯咯的笑声,瑞秋用伦敦腔谈论她的“批股(屁股)”。我立刻想起了在酾拉时,我局促不安地听她和盖伦模仿古巴耄耋老人讲西班牙语或者布鲁克林的犹太小孩讲英语。我不擅长模仿口音,总希望那些交谈快点结束。我努力回想上次听瑞秋捏着嗓子讲话是什么时候。丝毫没有印象。也许是因为骑行太辛苦,或许是因为我没法激发出她的这一面。不论为何,我第一次感觉被拒之门外,被孤立了。

几英里后,我们进入华盛顿州,就在跨越边境时,盖伦的车胎没气了。我和瑞秋买的是昂贵的防弹车胎,和我们不同,他的车胎超级便宜,所以基本每天都会漏气。这让我们有了一丝优越感——我一共只爆过两次胎,瑞秋一次也没有——但同时有点恼火。我们还要走很长的路,换轮胎很浪费时间,如果因为盖伦太吝啬不肯买合适的装备,我们就得骑到凌晨两点的话可怎么办?

两分钟后,我的车胎也爆了。修补好后,刚骑了 1 英里,车胎又爆了,因为我第一次没修好。所以这次我耐心等胶水固定,看着盖伦和瑞秋弯腰玩盖伦携带的迷你旅行装拼字游戏,笑着在购物单上写写画画。相比之下,我觉得爆胎不那么令人生气了。充其量是经历的一部分。

盯着他们俩，我用手指摩挲着轮胎，注意到有点不对劲，低头一看，轮胎花纹上出现了一些红色裂痕和纤维丝。第一次出现这样的问题。我脑海中蹦出“破旧”这个词，然后想到“更换”，但我只要再坚持几天就可以了，对吧？

对。

我们在平坦的耕地和低缓的沙丘间骑了 40 英里，转到 127 号公路上，向着南边的斯内克河谷前进。盖伦戴着耳机在前面骑，我和瑞秋并肩在后，没有车经过，寂静无声。四周有好多赭色的土堆，像是干掉的奶昔，远眺前方，我可以看到河谷深处，也许甚至能看到俄勒冈。我和瑞秋多次喃喃道："真不敢相信我们离终点这么近了。"

冲进河谷的下坡算得上是人生最快乐的十大时刻之一。我追上盖伦，靠得很近，纵身而下，在进入峡湾时高声尖叫。这次下坡长 6 英里，至少骑了 10 分钟，刚好能经历完下坡的 4 个阶段：最初的轻松，随后的狂热，强烈的自我意识，还有最后的意犹未尽。我们来到河边，放下自行车，看着走过的路和前方的路，我除了反复感慨“真他妈的”，什么也想不出来，语调介于庆祝和焦虑之间。

从斯内克出发，是 5 英里的上坡路。非常陡峭，逆风，气温突然变得酷热难当。你看到遥远群山中某一座山上有条曲折摇摆的黑色丝带，告诉自己那不是，绝不可能是路。

那的确是路。

我们很快形成了固定阵形：盖伦一马当先，瑞秋镇守侧翼，我在中间位置，更准确地说，我离瑞秋更近，因为我敏感地觉得应该这么做，而且我骑不快了。这段上坡路走了 1 个小时，达到山顶时，已经快五点了，我们骑了 63 英里，三个人都头晕眼花，感觉腿软绵绵的。

距沃拉沃拉公园还有 35 英里，我们一向西转到 12 号高速公路就会有猛烈的逆风袭击。就算没有,这也是个挑战。如果只有我和瑞秋,或者任何二人组,这段路会是灾难性的。但现在我们有三个人,就算其中两个崩溃了,第三个人还可以撑着,开玩笑讲故事,调动气氛。我们在黯淡的光线下骑行,最后来到一张野餐桌停下,在上面摆满烤肉串、啤酒、巧克力和棉花糖,那时我已经记不得为什么会对盖伦加入我们骑行这么严肃了。

第二天早上,我们在美丽的帕卢斯骑行数英里。蔚蓝的天空下是起伏的金褐色沙丘,远处,收割机惹起团团小麦灰尘。在山地待了好几个星期,回到视野开阔,一览无余的农村,我感觉非常愉快。能清楚地看到地平线。

我们在中午前达到沃拉沃拉,接下来的几个小时,我们走访市区,去了博物馆,寄出最后的几张明信片,在公园吃饭。我很喜欢这些规律化的行程,更喜欢看它们和盖伦的冲突。他没有买明信片和咖啡,没有把加油站当成家,但也在图书馆闲逛,在公园小憩。他更喜欢豆子罐头,加油站的热狗和散装的草莓饼干,而我和瑞秋喜欢熟肉、什锦干果和坚果条。他的开支比我们小多了,但我已经回到路上了,所以我不介意。对比无关紧要。我知道自己想要什么。知道豆子罐头很难吃,而坚果条棒呆了。

刚离开沃拉沃拉,我的车胎漏气了。这次是因为羊角刺,这种植物就像立体的忍者明星,在这片区域随处可见,是自行车骑手的克星。我很快修补好车胎,骑了半个小时后,又没气了。没有明显的起因,只是轮胎上的红色裂痕更大了,冒出好多纤维丝,我痛恨自己为什么没在沃拉沃拉就换掉它,我在那里看到了至少两家自行车商店。

黄昏时分,我们骑到瓦卢拉东部几英里时,盖伦接了一个电话,是他上午联系的可以提供沙发给我们住的人。她说她改主意了，只招待一个还可以，三个人太多了。我们不能在瓦卢拉过夜了，只好快马加鞭，向着西沉的夕阳前进，很快就到了哥伦比亚河东岸。我又想起去年乘火车去波特兰时，看到这条流传着许多故事的巨大河流，才真切地感觉到自己离波特兰很近了。现在也是同感，左转弯之后，这种感觉更加强烈了。沿着河南行，距俄勒冈边界只有6英里了。

我本以为会在瓦卢拉停下，所以没为跨越边境这一刻做好情感准备。可能正因如此，它才成为一个美好时刻。

我们在空旷的公路上向南骑行，说说笑笑，所有人都在为这个临时决定感到兴奋。盖伦和瑞秋开始讨论三个人够不够组成一个自行车帮会，自行车帮会要做什么事，我提供了几个建议，然后退到后面，闭上眼睛体会夜晚的感觉，想心中所想，也就是：什么也不想。

车灯的光打到指示牌上时，天空已经繁星密布。湿漉漉的空气中满是清甜的水蒸气，南面的地平线隐隐透出曙光。

指示牌上写着："欢迎来到俄勒冈。"

第六十天是真正的酷热难当。我们又来到一片高原沙漠，没有任何能制造阴凉的东西。骑行的时候还好，但很快我们就停下了，因为骑了8英里后，我的车胎又扁了。看上去几阵大风就能把我的车胎吹裂，不可能坚持到波特兰了。

我问盖伦："你能试试神奇的谷歌短信吗？"

昨天，他告诉我和瑞秋一个刚开发的服务，你可以发短信给谷歌问问题，比如"离俄勒冈州尤马蒂拉镇最近的自行车商店在哪里"，几分钟之内就能收到答复。当时离智能手机面世还有一年，谷歌短信算是高端科技了。

盖伦发现在距尤马蒂拉7英里的赫米斯顿有家自行车商店。我卸下挂篮，让他和瑞秋在咖啡馆里休息，以百米冲刺的速度向南骑行。不带行李，一个人骑行感觉很好，我骑得很快。到达商店时,已经大汗淋漓,头晕目眩了,还有些尴尬。修理工只是稍稍检查了轮胎,就把同事喊过来卸轮胎。用专业术语来讲,我的轮胎已经“彻底垮了”。修理师傅告诉我几百英里之前就该换轮胎了,他不敢相信这轮胎能撑到现在。我盯着脚尖嗫嚅:我注意到了,但有点着急,就……

看着他工作时,我回想起一周之前写的那篇日记。摇摇头,哼笑了一声。心想,别提在里面工作,我这辈子都不想踏进自行车商店了。

尤马蒂拉东面,84 号州际公路是唯一的选择。在州际公路上骑行,听起来就是一场噩梦,于是我们选择回到华盛顿州,走 14 号高速公路。回去的途中,只有稀稀落落的几颗能遮阴的树,除了帕特森没有其他城镇,我们停下来接水,吃馅饼当晚餐,在小餐馆外遇见了艾米丽,这月遇见的第一个和我们一样在骑行的人。她从波特兰出发向东骑,听到瑞秋说我们正要去波特兰,她从车把上挂的包里翻出一张崭新的印着标志的三折纸。

“你们听说过骑行冒险公司吧?”她说,“这是朋友送给我的礼物,上面标注了穿越刘易斯和克拉克国家公园的路线,我已经骑完那段路,不需要了。你们想要吗?”

我正要来一段关于独立探索的凄美独白,却被盖伦抢了先:“当然了!我们只有一张差劲的华盛顿地图。”

盖伦和瑞秋紧挨在一起,聚精会神地看艾米丽指出她的露营地和骑过的道路。我抱着胳膊看向另一边。2400 英里以来,我一直坚持不提前规划的原则,绝不会现在屈服,不能功亏一篑——

“罗斯福城有个很不错的免费露营地,”我听见艾米丽说,“是 50 英里内最好的地方了,你们一定要在那里停下。还有,这座桥边有一个很棒的水果摊。桃子非常美味。”

我不动声色地靠近一点，偷看地图。我喜欢桃子，还有免费露营地。我一直听着，看艾米丽指出更多她最爱的地点，突然明白了。她手里的地图，不是威胁，更不是束缚。只是张简单的地图。

我们向艾米丽表示感谢，祝她一切顺利，回到14号公路上骑行。帕特森以西，依旧是炎热和逆风。我曾期待最后这一段路会很轻松，但却像在达科他州时一样，精疲力竭，无聊透顶。汗水刺痛眼睛，双腿酸疼。终于到达荒凉的罗斯福镇时，我非常高兴遇到了艾米丽，知道这里很安全可以过夜。

我们来到公园，找到了艾米丽说的露营地。那里景色难看，地面坚硬，而且整个公园空空荡荡的。我们想不通为什么不能在河边茂密的草丛搭帐篷，于是我们这么做了，睡得很香甜。直到凌晨两点，我被类似金属心跳的声音惊醒，拉开帐篷门，一股水流迎面扑来，我们惊声尖叫，慌乱地收起帐篷逃离此处。我和瑞秋跑到沙滩那儿，摆脱了水流的攻击。盖伦选择了一间小凉亭的角落，他睡的是吊床，正好不在灾难区。我擦干身体，蜷缩在瑞秋身边，拥抱取暖。我微笑地看着群星闪烁，想着要向谁怎么讲述这件趣事，慢慢睡着了。

罗斯福往西，空气炎热干燥，还有让人难以忍受的爬坡，风力强劲，尘土漫天。我们摆出固定阵形，努力骑车，偶尔停下来吃东西，骑经酒厂、观光景点、峭壁版巨石阵。我们离波特兰很近了，只有100英里左右的距离，不会再为小事绕行。

下午三点，我们回到俄勒冈州，这次可不会再回头了。俄勒冈没有像迎接英雄一样热情欢迎我们，从玛丽山通往比格斯章克申的桥梁没有路肩，而且车流拥堵。比格斯不过是土地上的水泥岛，于是我们在加油站吃了三明治，又吃了很多饼干和坚果条，就尽早离开了。艾米丽让我们对前面这段路做好准备：在支线道路上骑10英里，她形容这段路很

"闷",然后在84号州际公路骑13英里。州际公路。她坚持称别无选择,除非我们想走海拔1000英尺的石子路,而且州际公路也没那么糟糕。"路肩超级宽的,"她说,"而且我还遇到很强的顺……哦,坏了。好吧,你们明天肯定糟透了。"

支线道路确实很差劲。猛烈的阵风让我不禁质疑,我们为什么要对抗盛行风骑行穿越美国。整整1个多小时,我们和狂风搏斗,一点点艰难地移动,轮流在前面骑挡风。

84号州际公路却出乎我们的意料。

路肩足有6英尺宽,我们沿着哥伦比亚河骑行,络绎不绝的汽车带动气流形成顺风,基本抵消了我们正奋力抵抗的盛行西风。夹在汽车和河流之间,瑞秋和盖伦之间,我有种异样的感觉,像是被吸着向西走,一切都很明确,生命正在加速,前方的一切不可避免。我第一百次垂下眼睛看着富士自行车,手握着上管,自言自语:谢谢你。

沿着道路骑了几英里,在达尔斯东边,盖伦的车胎又没气了。他修补车胎,瑞秋打电话给父母,我则爬上路边的岩石,眺望河对岸通往波特兰的火车轨道。我记得这段路。那时,我注视着车窗外的茫茫雾气,局促不安地在座位上扭动,猜测等待我的会是什么。一年之后的现在,我又来到这里。同样离波特兰很近。同样在猜测。我不知道这样跨越千山万水,最后带着熟悉的疑问,来到熟悉的地方有没有意义,有什么意义。只知道我已经走了很远。

我们计划在傍晚,或者午夜,或者日出前到达胡德河,总之一定要在明天之前。这样骑行的最后一天,第62天开始时,离波特兰就只剩不到60英里的路程了。但盖伦修补轮胎花了很长时间,好不容易修好了回到路上,瑞秋也第一次爆胎了。没隔多久,又有了第二次。我们穿过达尔斯后,天已经黑了。离开了镇上最后一盏路灯的光,我才意识到天有多黑。而且有风。而且很冷。我把观察结果告诉瑞秋，快速商量之后，我们对盖伦说这种行为太疯狂了，我们要留在达尔斯过夜。我敢肯定，如果他是只身一人，一定会继续骑，但他只是点点头，同意了。

镇上没有明显的露营处，盖伦去寻找废弃的建筑物，我和瑞秋坐在熟食店里，一边吃着炸鸡和微温的奶酪，一边说这是最后一个晚上了，出钱找个房间也是合情合理的。盖伦可以当流浪汉露宿在外，我们可以买瓶葡萄酒，在便宜的旅馆开个房间，做点醉酒后该做的事情，第二天早上三个人再会合回家。我正要打电话给盖伦宣布这个消息，一个戴着眼镜的矮个男人就走过来问外面的自行车是不是我们的。五分钟后，我们就在他家后院搭帐篷了，第二天还收获了一顿早餐。

为我们提供食宿的恩人叫戴尔，曾经是海军陆战队的神枪手，现在却只能扔扔瓷器和熏三文鱼，对自己杀过人的事实不加掩饰。他坚持说自己从不睡觉，可能是真的，因为我凌晨两点半睡眼惺忪地走进房子小便时，他正坐在灯光昏暗的厨房里看《国家地理杂志》，抬头问我有没有在野外见过美洲狮。4 个小时后，他把我们叫醒去吃早饭，是包裹着三文鱼和山羊奶酪的煎蛋卷，还有浓浓的咖啡，他睁大眼睛，真诚地提醒我们要“把爱传递出去，好吗，伙计？”最后，他站在门廊跟我们挥手道别，直到我们消失在他的视线里。

今天是 10 月 14 号，距我和瑞秋离开康诺弗整整 2 个月，行程 2428 英里。天空清澈，空气凉爽。经过一夜安眠和丰盛的早餐，我们已经整装待发。准备骑 90 英里到波特兰，我们的目的地。也许是这样吧。

至少盖伦是铁了心要在夜幕降临前到。他甚至计划好要和波特兰的表哥一起做饭。瑞秋也通知父母等待我们的到来，昨天晚上，在浪漫的熟食店晚餐时，她说她非常兴奋，终于能离开自行车，睡自己的床，穿最喜欢的运动衫，过习惯的生活了。我点点头，喃喃着表示同意，其实自己都不确定是否真心。尽管一部分自我已经准备好去发现这次骑行是否改变了什么，是否让我有了安顿下来的勇气，更大一部分那个熟悉的自我却想保持现在的状态。永远处在到达的边缘。永远有期待。

我们六点半就出发了，听从艾米丽的建议选择走 30 号高速公路，离开达尔斯 1 英里后，差不多在昨晚调头回去的地方，道路消失在一片常绿林中。转变在瞬间完成。从荒芜到茂密，从立秋到春分。相比穿越州界，或者看到哥伦比亚岸边铁轨的瞬间，这里更像结束。真高兴我们等到天亮才出发。我想看清楚我在去往何处。

30 号公路在岩石和松树间穿行了 5 英里，延伸到峡谷深处。北边是侵蚀而成的悬崖峭壁，南边是奔腾绵延的哥伦比亚河，中间是木桩栅栏和缺水的牧场，鸟儿叽叽喳喳，引擎呜呜作响。84 号州际公路就在几百英里外，尽管很吵，却吸引了除本地交通以外的全部车辆，所以这条路上只有我们仨。我们并肩骑行，谈论着戴尔、波特兰和“华丽”这个词的起源。后来道路开始上升，我们安静下来。我感觉双腿像是灌满了乳酸。肩膀抽痛。我缓慢地长吸一口气，回想起在梅萨比车道，在刘易斯敦群山，穿越爱达荷州时的情景。这感觉才对。我喜欢州际公路熙熙攘攘匆忙前行的感觉，却更希望在这里骑最后一段路。在没有车的安静状态下。在非此非彼的无名地带。

我们在下午一点达到胡德河。如果跳过景观公路，在 84 号州际公路上加速前进的话，到波特兰的时间很充足。盖伦完全同意这个计划。我反对。在州际公路上逆风骑行 60 英里，这可是错误的结束方式。我想再经历几次艰难的上坡，体会没有汽车的宁静，有更多时间考虑和沉思，弄明白这段路的意义何在，它会把我带到哪里，我真正想要什么，我可以成为什么样的人，又应该和将会成为怎样的人。所以，在停下来吃百吉饼、喝咖啡时，我建议在胡德河过夜，放慢节奏度过最后一天。

"你们觉得怎么样？"我问道。

瑞秋点点头："我没意见。你呢，哈金斯先生？"

盖伦慢悠悠地啜了一口咖啡，来回看着我和瑞秋。"不行，"他说，"我今晚一定要到。"他站起来，说要给表哥打电话，尽管他走出去了，我和瑞秋还是趴在桌子上小声讨论怎么办。瑞秋说也许我们应该让他自己先走，我说是的，应该这么做，我们留在这，租下那个房间，买瓶葡萄酒，开始时我们和盖伦就是分开各自骑行，结束时也应该是这样。但盖伦又回到桌子这，我们还没讨论出结果，当着他的面继续讨论会很奇怪，于是只好继续骑行。

我跟在盖伦和瑞秋后面进入州际公路入口，融入车流时，我告诫自己要抬头挺胸，保持思维清晰，看着远方的群山。但很快我就把宝贵的注意力放到碎玻璃、辘辘作响的路面、打转的风、全身的疼痛感，还有路边的指示牌上了。我骑得太快，指示牌上的名字和数字一闪而过，脑子根本来不及处理。骑得越远，我越觉得自己选择错误。觉得我和瑞秋应该回到胡德河，租下那个房间，给这场骑行一个正确的结局。然而，骑到 46 号和 26 号公路及出口之间的某个地方时，我低下头，看着自己的双腿像活塞一样在机械运动，然后把视线转向河边，勉强辨认出那里有个东西，像个残破的旧码头。我开始思考，也许在河边峡谷的高速公路上艰难骑行，挣扎着骑过每一英里，经过看不清楚是什么的东西，实际上才是最好的结局，如果算得上结局的话。我盯着车道看，思维飘到远方。不知道是过了一分钟还是更久，脚下的道路和目的地终于合为一体。

尾 声

我从车座上站起身，膝盖绷得笔直，靠惯性滑行。大腿前面的肌肉尖叫着抗议，但我还是保持站立的姿势，因为，我的屁股从来，从来没有这么疼过。我可以勉强忍受全身的抽痛，却因为轻微的颠簸而痛不欲生。每次只要稍稍移动 1 厘米，就疼得像是坐在了一包点燃的香烟上。

我相信，这就是“鞍磨伤”(saddle sore)。

我对此并不感觉意外，因为我已经两周没停下来歇歇了。两天前，我骑了 102 英里。昨天骑了 128 英里。而今天，如果腿能撑住的话，我能骑完 140 英里。

我在一家加油站停下来，花 5 美元喝了杯玉米糖浆，回到路上继续骑行。天色渐晚。半小时前，太阳就沉到松树后了，光线逐渐模糊。来往的车辆开了前大灯，司机们放慢速度，皱眉盯着我，等我招呼或者举白旗请求搭车。我可没打算这么做。一定会坚持骑完。

今天是九月十四号，五年前的今天我到达了波特兰。如今我又回到路上，一个人向东骑行，飞速穿过了俄勒冈州和爱达荷州，蒙大拿州和南达科他州，明尼苏达州和威斯康星州。我一直骑得很快，比预期的还快，以后也不可能骑得这么快了，不是因为我喜欢半夜小腿抽筋或者中暑得肺气肿的感觉，也不是要证明什么，只是因为我既冲动又过于多愁善感。所以,尽管我在八月中旬才决定要实施这场骑行,尽管这意味着要在一月内骑行 2200 英里,尽管我知道这对其他人而言无关紧要,只有我自己在乎,我也一直在跟时间赛跑,想以这种方式,在今天回到家里。

这次我没带速度计,但我猜现在的时速是 9 英里或者更慢。我感觉关节僵硬,背部痉挛,腿部肌肉软成一摊坠到袜子里。我知道自己离终点很近了——差不多还有 20 多英里——但我没弄清最后这段路到底有多长。现在还没有。马上要弄清了。

我垂下头,咬了咬腮帮子,逼自己想些事情。任何事情。关于瑞秋的事。如果不是她说了那一句话,我可能就不会在这里了。那是十一月一个清冷的夜晚,我正挣扎着度过在波士顿的第一年,经常焦虑发作,有种压抑的恐惧感,不停抱怨着我们应该回到我俩的自行车上,离开她的城市,去别的地方,任何地方都行,永远。我这么说的时候,瑞秋停下来,转身和我眼神相对,说了英语中最糟糕的一句话:我需要和你谈一些事。

现在我终于明白了。那天晚上,那一周,那一年,我都没明白,但现在我明白了。就像没有瑞秋,我永远不会去波特兰一样,我也永远不可能带她离开那里。和第一次骑行一样,这次骑行也是我欠她的。

空气中的秋意越来越浓,穿短袖太凉了,于是我把车停到路边,在挂篮里翻找彭德顿法兰绒衬衫。我还保留着原先的肩筐。它们现在变脏了许多,我得时不时修理一下挂钩,但我还是带着它们,还有我的睡袋和垫子,带有凹痕的锡锅,还有值得信赖的啤酒罐炉子。我从右后方的行李包顶部拽出衬衫,它下面就是一团没洗的衣服,还有好多天没穿过的足球短裤。过去一周——实际上是整场骑行——的大部分时间里,我一直在莱卡内裤外面套着磨破的牛仔短裤。我同样抛弃了吸汗衬衫、笨拙的摇粒绒、防滑鞋和昂贵的太阳镜,穿着一件淡蓝色的唐老鸭T恤、一件红白格子的彭德顿法兰绒、一双阿迪达斯鞋子,还有一副在某个音乐节地上捡到的黄色墨镜,就骑了大部分行程。

仔细一想,也许我的确想证明一些事情。

我套上衬衫,坐好,逼迫双腿蹬踏板。可它们并不乐意,叫嚣着"永远不会原谅你"和"永久伤害"之类的话。但我就快到终点了,而且我觉得双腿或是身体的任何部分,不会真的想在这个温度低于华氏40度的晚上待在外面,在县公路旁露营,所以我继续汽车,当疼痛从"我可能会哭"减轻到"我还可能会哭但谁在乎"时,我试着回想骑自行车是否有这么疼。是的,事实上它就有这么疼,这就是我不骑富士车的原因。

瑞秋离开我一周年的那个晚上非常荒凉,人烟稀少,我正骑往市区。大雨倾注在人行道上,呼啸的西风把我推向一队狂按喇叭,蹒跚而行的车流中,一辆黑色汽车不知道从哪冒出来,一下子出现在我面前。我握紧刹车,还是狠狠地撞上了,肩膀撞到金属,头撞碎了玻璃。我躺在地上,感觉到雨水和某种更黏稠的液体流过前额。警察和救护车来了,吃过药缝完针之后,已经很晚了,我躺在床上,无法入睡,因为我的肩膀酸软,前额胀痛,大脑兴奋,想不通为什么自己对富士自行车的惨死不太伤心,毕竟它载着我从威斯康星一路而来,见证了我抵达波特兰的艰辛。但我不在乎它的离去。当时说不出原因,就是不在乎了。

现在我更不在乎了,因为我正在骑这辆自行车。鲁道夫。给他起这个名字是为了向我的祖父致敬,他在入伍参加二战的时候,发现其他步兵都有中间名,于是灵机一动,当即编了鲁道夫作中间名。我的鲁道夫比富士要轻,而且哑光蓝色涂层和铜光闪闪的皮车座让他看起来更漂亮些。他还有一个华丽的车头徽章，一个朋友送给我的礼物，形状像个手，很像威斯康星的地图轮廓，当人们问起威斯康星人从哪里来的时候，我们就会比出这样的形状或手势。还有他的轮子，是我亲手做的，从来没断过一根辐条。

我身体前倾，重心转变让我的鼠蹊部像炸开一样疼，不得不左右扭动减轻痛感，但我坚持着，在鲁道夫的车头印上一个吻。我一点也不想念富士。我喜爱鲁道夫。我选择了他，建造了他。

好吧，我建造了大部分的他，那家非盈利自行车商店的一些极其耐心的同事也给了我许多帮助。四年来的大部分时间里，我作为一个志愿者兼经理兼活动组织者兼其他各种职务在那家店里工作。跟瑞秋一起到达波特兰的第二天，我在谷歌上搜索“波特兰+社区+自行车”，发现这家店是一家活跃的非盈利性组织，为那些买不起自行车的人提供自行车。我爱上了这里，尤其是它的志愿者项目。有时候他们会在晚上举办小型聚会，一群人聚集起来修旧自行车，而且他们还忍受，甚至欢迎像我这样的傻瓜新手。这个项目的主管热情洋溢，充满魅力，对自己的事业充满热爱，而我很快就认定他的工作是有史以来最好的工作。所以我迷上了这个地方，并且申请了他们公布的所有职位，到达波特兰一年后，那份有史以来最好的工作有了空缺，我得到了那份工作，心情非常愉悦，直到两个月后，瑞秋说出了那句最糟糕的话。

我身体后倾，仰视的目光透过松树，捕捉到几颗羞涩的星星正透过深紫色天幕偷瞄。突然觉得心痛感伤。回想起在达科他州的那些夜晚，我和瑞秋并肩骑行，只有我们两个人，两人的孤独像一个秘密。这次骑行的一个月，也有同样甜蜜的秘密。因为一直以来，只有我一个人，在路上不断前行，不需要也不想要任何人理解我行为的方式、所在地点及原因。

这并不是说我不会孤独。我一直想念我的妹妹，我的朋友们。我还想念我的工作，就像爱瑞秋那样，我几乎是盲目而彻底地爱着我的工作。很长很长一段时间里，我认为这份工作完美无瑕，完全适合我。一辆自行车曾把我载到了波特兰，给了我那么多的喜悦和方向感，而且以某种方式，我找到了这样完美的工作，只需要在一群世界上最善良的人们快乐并坚定地为那些没有自行车的人制作自行车时，稍稍引领一下就能获得报酬的工作。曾经我很欣慰，知道自己能为他们的工作尽一份力。我也很欣慰从达尔斯的戴尔那意识到我做的是正确的事情，是“传递爱”，是向那些我几乎不认识的人付出我拥有的东西。

恩，哇。我大口呼吸，看着闪烁的天然的和人造的星星。我的小拇指麻木了，用疼痛量表上的数字来衡量的话，双腿的疼痛已经到了“无法清晰思考”的程度。我记得 K 县是一个车少，安静，松树成排的美人，是这样没错，但它还无情地拥有众多山丘。好，放马过来吧，我说。我已经征服了数千英里，还剩下不到 10 英里的路程，我正好希望这最后一搏刺激些，让我感受到每寸旅程，在骑行结束时铭记为什么我要这么做。因为我想。

那是一个阳光明媚的星期六早晨，我坐在最喜欢的咖啡厅里，想挤出几个转瞬即逝的小时来写作。三年多过去了，我丧失了对工作的热情，只剩下疲惫，而且每隔一个月我就会变得恐慌，不知道这份工作将把我引向何方，不知道我将要去哪里，不知道为什么我连这么简单的问题都回答不了。那天早上，我思绪太过零乱，无法落笔，其实每个早上都是这样。我打开谷歌街景地图，浏览沃什伯恩，姑且称之为探索，不知为何，我把鼠标滑到小图标上，回到正常地图的模式。二十秒的时间里，我从沃什伯恩跃到贝菲尔德郡，从确夸美光海湾跃到苏必利尔湖，从森林到城镇到绿色区域再到空白地带，经过两年的挣扎，我终于意识到自己要去何处，去往那里的原因和方式了。

所以我来到这里，右转进入西巴克特本路，在熟悉的松树枝下，熟悉的道路上骑行。时至今日，我明白了自己规划路线的重要性，稳稳地转到曾和瑞秋一起骑行的道路的南面。现在我需要路标，来提醒自己是从哪里开始又在哪里结束。我已经骑过了辐条断裂的地方，骑过了那块"世界潜鸟之都"的标志，还有那个波光粼粼的湖，那里依然点缀着些许香蒲，岸边绿树环绕，露出一个饱经日晒而褪色的小码头。现在，我经过了路边的松树。几年前离开时，我曾以为那是最后一次看见它们。我一直在想这一个月来萦绕脑中的想法。也许就是我生活的方式。不断追寻，不断循环。

周围漆黑一片。我的车灯电池不足，闪烁着暗淡下来，我索性关上了车灯。我连 10 英尺开外的东西都看不清，也不需要看了。只需要聆听轮胎与路面摩擦的声音，车链和齿轮契合的声音。我深吸一口气，空气闻起来像松焦油，像干了的汗味，像夏末的味道。我的小腿肌肉拧在一起，眼皮像挂了沙袋一样沉重，脖子上满是玻璃碎片，裆部的不适已经无法用语言来描述了。但我还是继续骑行，以一个慢跑者的速度，经过了一条隔着树林都能感受其气息的小河，经过了我和瑞秋观看秃鹫的沼泽，经过了小船停靠的码头，越过连绵起伏的山丘，来到了车道尽头。跳动的小小光晕点缀着车道。我在一个光晕那停下细看，发现那是根蜡烛。我亲爱的，多愁善感的父母在他们的车道上排列了蜡烛迎接我。一时间，我犹豫了，因为我有点想在今晚单独结束这一切，拥有自己的美好时刻。但是我已经那么做过了。现在也正在做。而且不管怎么样，我的亲人就在那，等待着，和其他被我留在身后的事情一起等待着，我一直希望能把这些东西带到一个可以称之为家的城市。于是我回到车座上，在烛光的指引下，向着结局骑去。

致 谢

我想向所有帮助我完成这本书的人致以最诚挚的感谢，这种希冀如此强烈，以至于我不确定该从哪里开头和收尾，如何实现幽默和真诚的完美平衡，不知道言简意赅的说明和饱含深情的长篇大论哪个更合适，或者……实际上，我觉得写致谢词和写书应该差不多，这样的话，也许我最好从卡伦·嘉宝和谢丽尔·斯特雷德开始，她们甚至现在就伏在我的肩头，像两位文学中的绝地武士欧比旺一样，低声提供建议。

卡伦，从一开始你就追问一些令人恼怒的好问题，并帮助我学会如何用语言应对它们。在这本书尚未成形，我还算不上是个“作者”的时候，你就对这本书和它的作者给予坚定的支持。“感激”这个词是多么苍白无力。

谢丽尔，感谢你教会我“探究”箴言，说了看不见的话，对我的母亲如此亲切，也感谢你的仁慈和镇静，能在你摇滚巨星般喧闹的书展上，从比肩接踵的人群中认出我，说了我最需要的几个字。你值得人们的立像尊崇和欢呼庆祝。

非常感谢大卫·比思比尔对阁楼研究所（Attic Institute）的领导，那里是本书诞生的摇篮。感谢莉斯·普拉托，在我要搭乘火车的时候，把我拉到她美妙的工作间最里面，讲述这列火车的事情。向我的代理人大卫·弗雷尔致敬，他始终对本书抱有坚定的信念，耐心解答我幼稚的问题，而且随心所欲地使用感叹句，令人精神振奋。深深感谢我的编辑丹尼斯·罗伊，在我开始写作时，他从专业角度，温和使用直率的苏格拉底问答法，让我回味了整个故事。

我永远欠劳罗·科赫、布莱恩·瑞伊、杰西卡·哈里森、尼尔·舒密尔、内特·修林曼、艾米丽·高温、诺亚·贝克、米歇尔·赫尔曼、乔·格罗伊利西和贾内尔·比克弗德的人情，在我专心写作无暇顾及自己的房子时，他们热情款待，让我住进他们的客房、家族小屋和家具齐全的地下室。

还要感谢艾米莉·布赫、克里斯汀·博特、布里萨·卡尔弗、塞莱斯特·汉密尔顿·丹尼斯、卡尔·古斯塔夫森、茱莉亚·希梅尔斯坦、特德·李、艾希莉·米歇尔、维贾伊·潘达科、莎拉·洛伊尔、格拉姆·希普利、米莉亚·蒂切诺、尼克·威廉姆斯，以及其他所有人（你们知道我指的是谁），在我写作期间给予赞美的评价或及时的鼓励，或者只是越过满是空玻璃杯的桌子握着我的手，让我闭嘴。

感谢每一位为我们提供床位、饭菜或者让我们搭便车的人，还有在路过汽车中挥手致意的人，你们提醒了我人性是多么善良。我经常聊到你们，更时常想起你们。

瑞秋，在这场骑行中，你有着让人难以置信的优雅动人，给了我莫大支持。你不会知道，因为你我才有可能写下这个故事。

鲍尔、乔、乔伊、乔什、安娜、贝思怡和丹尼，你们都明白自己会永远留在家乡，就像你们明了那个没有出现在这段、却无处不在的名字。

盖伦，你的信念极具感染力。你让我们中的大多数人变得更好了。

利亚，你是我的最爱。

当然，还有爸爸妈妈，永远感激他们为我做的一切。

后 记

这是一篇叙述文。它是真实的,也具有故事性。在讲述故事时,我使用了分节符、当下流行的过渡手法、叙述距离等特殊表现手法,这些是真实经历中没有的。在不篡改旅程经历和当时心态的前提下,我尽可能巧妙地使用上述手法去把故事讲好。

为回忆起那些经历和心态,我几乎把骑行日记背得滚瓜烂熟,花了大量时间在谷歌街景地图上重塑我们的骑行路线,骑自行车或者开车重温了其中大部分路程,打电话问候了每一位在骑行中遇到的人,看看他们的回忆是否和我的有出入,以确保自己不是胡说八道。

然而,故事的大部分都源于我的回忆。肯定会有出错的地方。如果你居住在蒙大拿州里奇镇,不赞同我说那些山丘是“蓝褐色”,或者你只是想帮忙却被我误认为是一位连环杀手,感觉非常沮丧,又或者你就是那个在明尼苏达州潜伏在我们帐篷外的不明物体,绝对不认为自己喘气粗重,那么,非常抱歉,我已经尽力了。

文中有些对话是精确引用,但大多数都是根据我的记忆和咨询当事人后再创造的——尤其是瑞秋,她多次坐下来和我闲聊,分享她骑行日记中的内容,甚至回应了她前男友的调查,这次荒谬的调查中还有“我觉得我想问的是:你为什么会爱上我”这样的问题。

在前两章中,我稍微压缩了时间,以便尽快切入骑行正题,但没有凭空建构场景,也没有编造任何人物。事实上,本书中出现的所有人物名字都是原型在生活中的真实姓名:这些人是如此慷慨又善良。只是听到他们的声音,我都想放下一切,再次开始骑行。一遍又一遍。